有一种力量，叫文学；
有一种美好，叫回忆；
有一种感动，叫青春；
有一种生命，在鲁院！

鲁迅文学院·百草园文集

留下，留不下

朱建平 ◎ 著

LIUXIA LIUBUXIA

知识出版社

本书以流畅、凝练的文笔，将作者的心灵感悟、对亲人的挚爱、对山水的眷恋，完完整整地呈现在读者面前，让人身临其境地感受到那份真挚感情。

图书在版编目（CIP）数据

留下，留不下/朱建平著. --北京：知识出版社，
2017. 1

（鲁迅文学院百草园文集）

ISBN 978-7-5015-9373-6

Ⅰ．①留… Ⅱ．①朱… Ⅲ．①散文集-中国-当代
Ⅳ．①I267

中国版本图书馆 CIP 数据核字（2017）第 009582 号

留下，留不下

出 版 人	姜钦云
责任编辑	易晓燕
装帧设计	游梽渲
出版发行	知识出版社
地　　址	北京市西城区阜成门北大街 17 号
邮　　编	100037
电　　话	010-88390659
印　　刷	北京一鑫印务有限责任公司
开　　本	787mm×1092mm　1/16
印　　张	15
字　　数	280 千字
版　　次	2017 年 2 月第 1 版
印　　次	2020 年 2 月第 2 次印刷
书　　号	ISBN 978-7-5015-9373-6

定　　价　39.00 元

C目录
ontents

慈父二十年祭

又是寒冬，又是一年。

农历的十二月十四日，是我父亲的忌日。二十年前，天寒地冻的这天，我永远失去了父爱。

二十年前，我还是一个初涉人世的少年，那年我十六岁，刚上初中三年级。有人说穷人的孩子早当家，可是不知道为什么，我身为穷人的孩子，却少年不识愁滋味。不但懵懂不谙世事，更不知道柴米油盐的贵重。所以当父亲进入弥留之际，母亲急匆匆请人叫我回家的时候，我依然嬉笑在同学中间。

祖上世居会稽山脉铜盘山一个叫后湾的半山腰上，开门见山，全家人靠种在几亩贫瘠山地上的玉米、番薯过日。父亲少年时，上过几年私塾，在他二十岁的时候，祖父为了给孩子找一条生存的路，带着干粮沿着会稽山脉寻找适宜生存的地方。经过数月的找寻，终于在离家近百里，也处在会稽山脉的源流㖄找到了一块他们认为适宜生存的山地。于是，二十岁的父亲带着他十六岁的弟弟也就是我的三叔，远离父母，在源流㖄搭了个草棚，落地生根，开始了他们的创业。

父亲作为读过几年书的人，具有了不贫穷的思想。但在当时，凭着他和我三叔那两双还显稚嫩的肩膀，要想生存已是难事，何况想走出贫穷，真的是有点痴心妄想。于是，父亲在给三叔安排好一切后，离家到了余杭（俗称下三府），找到了已在余杭落脚的我的堂叔。然而命运多舛，父亲在没有搞清堂叔是做什么的情况下，就和他"混"

在了一起（对此，父亲一直没有告诉我他和我堂叔做了什么，他只用一个"混"字来概括），直到新中国成立。新中国成立后，因为父亲有和我堂叔在余杭的一段经历，不知道为什么竟然被打成了反革命。这顶"反革命"的帽子，父亲一直戴到一九八二年的夏季。此时的父亲已经受苦多年，年近花甲。

我年少之时，很少能见到父亲，因为他被发配到远离源流吞的红卫大队干活。当时我也觉得很奇怪，为什么父亲在红卫大队干活，而母亲在家所在地的东风大队干活？红卫大队和东风大队虽属同一个镇（当时叫公社），但两者相距十余里。因此父亲真的做到了早出晚归。为了挣那少得可怜的工分，父亲常常是早上担一担猪粪或人粪出门，晚上再担一担稻草或湿柴回来。回到了家真的是一动也不想再动。但不想动也得动，因为家中还有六个小孩六张嘴等着他和母亲归来。随着年龄的增长，父亲渐渐做不了田间的重活，于是生产队就照顾他到了离家二十多里地的薛家山牧场干活。这样一来，名义上是照顾父亲，其实和发配差不多。整个牧场，只有父亲和一个年龄和他相仿、被人呼作小毛的光棍。两个大男人在牧场的工作一是养猪，二是管住生产队在薛家山上的柴山和毛竹山，防止有人偷偷砍伐，所以一年当中难得回家几趟。尽管如此，父亲每次回来，总要想方设法地为我们这帮孩子带好吃的，如野生的柿子、比板栗要小的柴栗（因为板栗、柿子是公家的，不能采摘）等野果。那时我最希望去的地方就是父亲所在的牧场，因为在那里父亲对我比在家里要好，而且满目青山竹园，可以任我玩耍。

父亲虽然年少离家，独立性强，但持家却不是个好手，幸亏有任劳任怨的母亲，所以我们姐弟六人终于被拉扯成人。父亲对我的几个姐姐管教是比较宽松的，对我则不一样了，相当严格，他常说的一句话是："女孩坏坏不到哪里，男孩坏就完蛋了。"虽然父亲对我严格，但他不像母亲，他实施的是思想教育，而我母亲实施的则是棍棒教育。在我的记忆中，父亲只打过我一次，那时我大概七八岁的模样，少年贪玩，不知好歹，跟着一帮比我年长的伙伴去村头的溪里玩，因为我年龄小，再加上个子矮小，结果成了伙伴们的玩乐对象，被他们

2

留下，留不下

按在水里，喝了不少水。晚上父亲回家，邻居将我被伙伴们戏弄的事向父亲说了（邻居不敢向我母亲说，因为被母亲知道，等着我的肯定是一场棍棒交加的狠打，所以他们就告诉了认为不会打我的父亲），结果，我当天晚上就被父亲打了个屁股发青。

父亲喜欢看书，所以他经常向别人借书，在他的影响下我也变得喜欢看书。父亲从不反对我看书，因此在我读小学四五年级的时候，我已经看完了当时非常流行的《杨家将》《呼家将》《说岳全传》《三侠五义》等，等我上初中一年级，我早就看完了四大名著和许多的古典书籍，并向武侠小说发展。看多了书，我总是希望自己也能写点东西给别人看，但天资愚钝，始终无法如愿，直到现在，这是我始终非常遗憾的，我想父亲如果泉下有知，肯定会为我感到遗憾。

少时辛苦，老来多病。父亲不到 60 岁身体就很差了，基本上干不了重活。于是他就从牧场回到了家中，不干活了也就没有了赖以生存的工分。为解决家庭的生计问题，父亲东凑西借终于凑了点本钱，从事起了每天能挣五六毛钱的"扯白糖"生意。每天五六毛，现在看来不可思议，但那时却是一个大男人一天的劳动所得。等到农田承包到户后，父亲扯白糖的生意也做不动了，每天就在家看看书，照看一下我大姐的女儿。在父亲的一生中，他最大的心愿就是能和城里人一样买一台电扇，但直到他故去，始终没有尝到电扇吹风的滋味。这始终是我心中的痛。

父亲离我而去时年仅 64 岁，按照现在的说法真的可以说是早逝。我是真正经历了人生三大悲事中的一大——少年丧父。所以我时常想，如果父亲能活到现在，哪怕再活十年，这不但是他的福气，同时也是我们儿女的福气，然而，这只是如果。父母的恩情往往只有在自己做父母的时候才能体会到。现在虽可喜的是老母尚在，但我却没有真正地尽到为人子的责任，每每想来，心中惭愧不已。

在父亲去世二十年的忌日里，我突然想到了要写些文字，以纪念一下生我养我的父亲。

我的母亲

和很多的同龄人一样，大年三十一过，母亲就迈入了七十岁的大门。

母亲一生是辛苦的一生，从出生到现在，她只过过一次生日，那是她五十岁的生日。当时我父亲还在，可能自感生命即将进入尽头，父亲决定在母亲五十岁的时候，一定要给她过一次生日，一次和同龄人一样像模像样的生日。生性节俭的母亲极力反对过生日。但父亲斩钉截铁地说，这是我第一次给你过生日，有可能也是我最后一次给你过生日，无论如何，你得听我的。于是，母亲才过了有生以来的第一个生日。事实也果然如此，到了年底，父亲就撒手人寰，离我们而去了。从此以后，生日就成了母亲和我们做子女的不曾记得的日子。

母亲嫁给父亲的时候才15岁，而那时的父亲已年近而立。母亲家里很苦，外公去世得早，外婆靠给大户人家做佣人的微薄收入，把母亲和她姐姐拉扯大。母亲每每说起这事，时常说当时的生活是吃一顿饿一顿的。外婆为了给女儿找条活路，同意了媒人的介绍，把尚不知道世事艰辛的母亲嫁给了我父亲。其实，对母亲来说，期盼着能过上早有菜粥、晚有番薯的美好日子，也是她幼小心灵的奢望。然而令人意想不到的是，在一次运动中，父亲成了"反革命"，成了人民群众的专政对象，而且被专政改造，母亲的奢望成了真正的镜花水月。所幸的是父亲虽然被专政改造，但人身还是比较自由的，能时常回家，这才燃起了母亲的生活勇气。

当初的母亲为了生存，必须到生产队里干活挣工分。年幼瘦小的母亲，有着一股不服输、不求人的偏脾气。在生产队干活的时候，拼着命地干。当时一个壮男劳力的工分是八到十分，而瘦小的母亲凭着一股犟劲挣到了六分，和当时生产队里那帮人高马大的壮年妇女挣到了一样的工分。正因为她这份犟劲，母亲的第一个孩子因为严重的营养不良出世不久就不幸夭折，为此母亲也大病一场，我奶奶甚至为母亲准备好了身后事所需要的一切，但我母亲又凭着一股犟劲回到了人间。在很长一段时间里，母亲始终沉溺在失女的痛苦之中，为了让母亲能振作起来，父亲领养了我的大姐，当时大姐五岁，虽然大姐已经有点懂事，但母亲也不怕大姐知道自己的身世，从不隐瞒大姐抱养的事实，不但大姐可以时常回亲生父母家，而且我们两家还成了时常走动的亲戚。

　　随着大姐的到来，母亲的生气渐渐恢复，两年后母亲怀上了我的二姐，随后，基本上每隔两年我就增加一个姐姐。母亲三十四岁的时候，已经有五个女儿了。面对梯子档一样的孩子，母亲想了很久，决定再生一个。父亲曾经反对，当时的大队（村）领导也以不发放粮食威胁母亲，警告她不得再生。但母亲毫不妥协，于是就有了我来到这个美好世间的事实。生下我之后，母亲心愿已了了，所以不用大队的妇女主任做工作，自觉地到医院去做了节育手术。孩子多了，母亲身上的压力更大了。当时大队为了惩罚母亲，不但在母亲生病时让我家买不到一只鸭子，就连本该给的口粮也被扣除不少。时常是别人拿着箩筐能担回稻谷，而母亲只能灰溜溜地拿着一副空箩筐回到家中。

　　因为有了时时受人冷嘲热讽的经历，所以母亲心里时时憋着一股气，这股气不但用在生产队的农活上，还用在了对我们这帮小孩子上。因此我对母亲始终是这样说的："别人说严父慈母，而我们正好相反，慈父严母。"对此，母亲并不否认，只是说："如果我不是这样，你们这帮小孩能养大吗？"说实在的，母亲的这种不甘落人话柄的脾气，给我们姐弟六个带来了很大的影响，我们姐弟六个，从不淘气，很少被人告状上门，我的二姐唯一一次被人告状上门也是被人诬陷的。当时我二姐和一帮小伙伴在邻居的菜园子里玩，结果几个小孩子看到菜园子里的豆荚已经成熟了，就偷偷地摘了许多，我二姐站在旁边看，没有动手。谁知，到了晚上邻居老太却找上门来，说有人看到我二姐在她家地里偷摘豆荚，要母亲把偷摘来的豆荚拿出来。我母亲一听大怒，马上叫来二姐拷问，尽管二姐被母亲打得嘴角鲜血直流，但她绝不承认。那邻居还不相信，没有办法的母亲为了表示惩罚二姐"偷窃"的行为，随手拿起手边的一把柴刀，将二姐的右手放在桌子旁的长凳上，准备用力砍下去。千钧一发之际，幸亏旁边的一个人死死地抱住了母亲将她拖开，不然，到今天我二姐绝对是个没有右手的残疾人。事后，母亲和二姐抱头痛哭。这事对我和其他的几个姐姐影响很大，从此以后，我们再也不敢去别人家的私有地里玩了。

我虽然是母亲用尊严和苦难换来的，但母亲从不宠我，因为她坚信父亲的那句"女孩坏坏不到哪里，男孩坏就完蛋了"的话，所以对我要求比对我的姐姐们更加严格，因此，我基本是伴着母亲的棍棒成长的。不过现在想来真的要感谢母亲对我的严加管教，因为我知道如果没有母亲的棍棒教育，我现在肯定和同村的几个同龄人一样，天天待在家里侍弄那几亩责任田。同样，因为有了母亲的棍棒教育，我过早地明白了持家的艰辛。因此，到小学二年级的时候，我就开始尝试着为家里做拔草、放鸭、看鹅的活了，到了四年级的时候，每天下午放学，我就拿着一把镰刀（柴刀太重，拿不动），到离家两里多地的山上去割一小捆柴，然后背回家。其实，能被镰刀所割断的都是当年刚抽出来的嫩枝，割起来轻松，背回来很重，晒干了很少。尽管如此，我一直坚持了一年多，直到母亲坚决不要我做这事为止。后来，为了能自己挣学费，我先是利用晚上放学到天黑这段有限的时间，拿个簸箕，到田里抓泥鳅，攒上几天，等到有个一斤半斤了，再拿到市场上去卖。这活虽然轻松，但钱太少，完全不够交学费，但不管怎么样，多少为家里减少了点付学费的负担。等到初中的时候，我跟着堂兄利用寒暑假给泥水匠做小工。一年两个假期下来，能挣上二十多块钱。

母亲的手脚有一到冬天就失去知觉的毛病，对此母亲用了很多的方法医治，但都毫无效果。一次，我从父亲拔来的草药中看到了两样草药，好像我在山上时常见到的，于是，就暗暗地记在心里，趁放学和放假的时间，到山上去找，结果拔回来全部是杂草。

初中毕业后，我因为成绩差，没能考上高中，只收到了一所职业高中的录取通知书，专业也是我极不喜欢的养殖业。母亲虽然大字不识一个，但对读书她认为无论什么学校，只要能读，都要读。因此我到当时位于上灶的一所职校里，读了两年的书。毕业后，找个工作很快成了我独立谋生的大事。经过多方努力，当时镇兽医站的许站长欣然接收了我，从此，我成了一名走家串户的农村兽医。尽管是兽医，但我也算是挣工资生活了。每个月四十五块钱的工资尽管不多，对母亲来说，也是极大的欣慰。

当时母亲的身体已每况愈下，我要她不要再到田地里去干活了，结果她说："你只要一月挣一百二十块钱了，我就不做了。"结果三年后，我每月一百二十块钱的工资没有挣到，反而在许站长的支持下考上了大学，重新成了一名只会用钱不会挣钱的学生。为了给我挣学费，为了我能在大学里和别的同学一样生活，母亲节衣缩食，拼命干活。结果，在上山砍柴担柴时被沉重的柴担弄成了腰椎压缩性骨折，在床上躺了整整三个月。我那时就想，只要我工作了，我就不要让她干活了。谁知，等我三年大学读完，又碰上了娶妻购房的大事，想让母亲不再干活便成了一句空话，母亲依然忙碌着。

等到母亲和我住在一起的时候，是在她经历了又一次腰椎骨折之后，她的到来，我的本意是想让她休养，谁知，女儿刚刚出生，而且是相当地认人，只认母亲及我和妻子，请了几个保姆，全部被女儿的哭声吓怕，没奈何间，只能把抱孩子的事交给母亲。等到女儿长大上了一年级，年岁越高的母亲又开始担当起了接送孙女的责任，每天坐公交车早送晚接，碰上车里拥挤，她又舍不得花钱打的，只能再等下一班公交车，等回到家中，已是天色昏暗。

子欲养而亲不在，我最担心的就是这种事出现在母亲身上，因为对父亲，我已经弥补不上，对母亲我尽量地不去产生这个遗憾。

我其他无能，只能用文字来祝愿母亲——祝七十寿辰快乐！

此时悲情悼三叔

接到堂兄电话的时候,尽管我早有准备,可是依然被这个电话惊得半天说不出话。悲伤,很快弥漫了我的全身,泪水,顺着脸颊直流而下。

我的三叔走了,早上刚走,在经历了八十四年的岁月后,离开这个世界去了另一个虚无缥缈的世界。

三叔是我父亲的第二个弟弟,在他十六岁的时候,和我二十岁的父亲,背着祖母为他们准备的干粮和几个必需的农具,从王坛的铜盘山老屋沿会稽山脉北行,到现在的平水源流峆搭上草棚安家落户。

父亲读过几年书,所以落得个文不能致仕武不能干活,很多时候兄弟二人连自给自足都有点难度。但少年持家,却让三叔学会了很多三脚猫的功夫,如做篾匠,能编几只像模像样的篮子、竹筐;做石匠,能把棱角不清的石头敲打成棱角分明的基石;做泥水匠,能把家里主要的灶台给建好;还能杀猪宰羊。这些都是父亲所不能的。

父亲后来被在"下三府"(今余杭)谋出路的堂叔哄到了"下三府",稀里糊涂地和堂叔混在了一起,等父亲猛然觉醒回到源流峆的时候,三叔已经撑起了属于自己的天地,成了家,兄弟两人开始了"各开门户各吃饭"。所以我就成了我们所有堂兄弟中最小的一个。

三叔虽然比父亲能干,但恪守"孝悌"传统。所以,自我懂事起,我就知道他和父亲从未有红脸吵架的时候。

父亲六十四岁那年早逝,尽管属于无疾而终,但因为没有准备,很多身后事情都是措手不及。特别是坟地，更是重中之重。在这个时候，三叔把他早就看好了的屋旁的坟地让了出来，这让父亲能在极短的时间里得到终身的栖身之地。从此，我再也没有为清明、冬至给父亲扫墓发愁过，因为三叔说，只要我活着，你父亲的坟地我会整理好的。事实也是如此，一到清明、冬至，父亲杂草丛生的坟头都会被三叔清理得干干净净。

少年辛劳，老来多病，不知道从什么时候起，三叔不但耳背，而且开始行走不便，发展到后来别人和他说话需要把嘴巴附到他耳边，他行走需要拄着两个拐杖才行。几个堂兄成家后，都搬到了山外，想让三叔也一起到山外生活，但在山窝窝里生活惯了的三叔坚持不肯去山外，喜欢独自一人守着那几间泥墙旧房。所幸我的几个堂兄和堂姐孝顺有加，所以三叔的生活用品基本不缺。

我每次回家都会去山里看看三叔，给他买条烟，买点吃的，当然在看三叔的同时，我顺便也去看一下父亲。每次见到我，三叔都会捎几个积攒了好久的鸡蛋或者过年留着的桂圆给我做点心，每到春天，他还会专门给我留点他自己晒制的笋干菜。

三叔和父亲一样，都秉承了祖父、祖母热情好客的秉性，路人路过家门口，口渴了喝杯水那基本属于开门进去自己找杯子喝就是。三叔家周边是茶地，每到采茶季节，三叔的家就成了采茶工人的休息地。此时的三叔会烧好开水，供采茶的人喝，有时候还会烧好饭菜，请几位路远的收茶的人吃饭。因此，三叔的好客是有口皆碑的。

三叔很早就说自己会死，因此，我还没结婚的时候，他就催着我说，"你赶紧结婚吧，别让我等不到你娶妻。"等我结婚了，他又催着我早点要孩子，不管男孩女孩，都好。我女儿出生后，去看三叔的时候，我都会带上女儿，他也是看着小女喜爱有加。

上个月底我接到老母的电话，说三叔生病了，我赶紧利用中午休息时间赶去看望。三叔已经听从我几个堂兄的意见，搬到了外面，见到我，三叔显得很是高兴，和我唠了几句家常后，就催我，"你要去上班的，赶紧去吧。"前几天，我又去看他，他对我说，"你回去吧，今天没事的，明天这个时候你再来，因为明天我就不在了。"第二天一早，我刚要打电话给堂兄，堂兄的电话来了，他说三叔没事，应该还能有几天。听了这话，我放心不少。只是没想到，今天我刚到单位不久，就接到了堂兄的电话，说三叔早上六点多的时候走了。

等我赶到老家，三叔已经头枕青砖躺在堂前的门板上了，神态安详，仿佛熟睡着。

一个下午，我坐在三叔身边没有走开，我要在三叔在世界扳着手指倒数的最后日子里，陪他一程。

逝者长已，生者长念。谨以此文悼念一下我刚刚逝去的三叔。

留下，留不下

小　叔

　　一直想着为小叔写点什么，但完全没有思路。小叔，仿佛是一个熟悉的陌生人，无法落笔书写。

　　但不管我愿不愿意写、会不会写，小叔还是走了，在正月十七那天。

　　堂姐说，那天午后，坐着晒太阳的小叔想睡了，堂姐和堂兄把他扶进房间。

　　躺到床上后，小叔说胸口有点闷，堂姐就慢慢地给他揉了几下胸口。

　　过了一会儿，堂姐感觉小叔睡熟了，让堂兄别吵他。但又过了一会儿，堂兄感觉不对劲，怎么没动静？仔细观察了一下，才回过神来，小叔走了！

　　小叔走得很安详，带着一丝笑意，走完了八十三个春秋。

　　父亲兄妹五个，父亲是老大。兄妹之间的年龄间隔都是两岁。所以，要知道几位叔叔和一位姑姑的年龄，很简单。

　　二十世纪四十年代初，二十岁的父亲和十六岁的三叔在爷爷的带领下，寻到平水另谋生路。小叔和二叔一起，依旧守在铜盘山岗上的几块山地艰难挣扎着。

　　其实，和我父亲及三叔比，生活在爷爷奶奶身边的小叔还算是幸福的。不过，小叔也一生辛劳，爷爷离世后，奶奶一直由小叔照顾。

　　小叔一生未娶。听姑姑说，小叔不是没机会成家，而是不想入赘给别人家做上门女婿，以致错过了成家的机会。

其实，在铜盘山顶上，靠着几块薄瘠的山地生存，要想娶妻生子，还真的是难事。

不孝有三，无后为大，深受传统思想熏陶的小叔，最后还是接受了奶奶的意见，把三叔的三儿子过继了过去，也算有了后人。

父亲和三叔另居平水，一年之中，偶尔才回去几次，每次回去，小叔总是要给两位哥哥准备一些可以做农具的物品，如锄头柄、扁担等等。

我小时候，会在暑假的时候，回到铜盘山顶上度假。每到此时，小叔都会给我掰玉米，让奶奶煮给我吃。这时候的玉米，往往是老中挑嫩，并不好吃，可是，对那个时候的我来说，依然是美味佳肴。

我们的家风很好，所以父亲兄妹五人，从没有过红脸吵架的时候。小叔虽然一人承担起了照顾奶奶的责任，但他从无怨言。

堂兄成家后，在平水买了房子，年事已高的小叔也就随着堂兄到了平水生活。

小叔到平水后，我也到绍兴工作了。尽管距离近了，但见面的时间依然很少，只是在我回家的时候，偶尔才去。

一直觉得小叔偏心，对三叔家的几个堂兄和堂姐好，对姑姑家的表兄表姐好，而对我家不是太好，每次奶奶让小叔带笋干、霉干菜下来，到了我家，他给的始终比奶奶要求的少。但后来才明白，小叔其实不是偏心，是用心，是感恩。三叔过继给了他儿子，让他不再无后，姑姑作为姐姐，有着兄长不能做到的细心。

或许，很多事都要等自己年龄大了，才会理解，才会知道，才会明白。

三叔去世的时候，我曾写过一文，那时候写得很流畅。但写小叔，却写得很艰涩，越写越觉得对小叔并不了解，不知道他的过去，不知道他的现在，当然更不知道他在另一个世界的生活。但我相信，以我们的家风，小叔一定也是一个受人尊重的人，也是一个在家族中有着一定分量的人。

无以为记，寥寥千字，记下我的心，我的怀念，我的真诚。

纸蝶翻飞

窗外，喜乐阵阵。初春的寒气似乎被这喜气勾兑得有了暖意。

忽然想起病中的小姐夫，该去看看了。虽然只有两天不见，仿佛过了两年那样漫长。

拨通电话，响了好久，才传来姐姐急促的声音："等下说。"

我心一震，莫名生出一丝担忧，再也不能安心坐在屋内，起身下楼，开车就走。果然，车行不到五分钟，姐姐的电话来了。

来不及安慰，我的泪喷涌而出。

姐夫身体一直不错，所以偶有小病，从不在乎。前年小姐姐和我说，姐夫的胃不舒服很长时间了，让我拖着他去检查一下。我带着姐夫到绍兴的医院做了胃镜、B超，发觉是胃窦炎，也就按照医生的要求，配药吃药，一段时间后，胃果然不再出现不适。

二〇一一年九月十几号的时候，小姐姐又告诉我，姐夫的胃不舒服，去医院做了胃镜，在胃壁上发现了一个凸起，医生说不出个所以然。

幸好，有一友人的亲戚在浙二医院，赶紧联系。一大早，带着姐夫去杭州，找到已经联系好的医生，医生看了下胃镜报告单，也说不上原因，就开出一张 CT 单子，可惜，浙二医院的 CT 室排着长队，无法当即检查。我就建议姐夫回绍兴检查，然后把单子拿到浙二。

第二天，姐夫去绍兴的医院做了 CT 检查，CT 的报告单出来后，接诊的医生也说不出所以然，说要请专家会诊。

第三天早上，刚送女儿到学校的我，打电话问了结果，一听说要请专家会诊，赶紧拉上姐姐、姐夫，赶到杭州。

前天接诊的医生，看过 CT 片子，说，"今天要找另外的专家了。"

找到专家，他一看片子，对姐夫说，"你出去一下。"姐夫疑惑地走出门口，医生看不到姐夫的身影了，才说，"迟了。"

姐夫的病情果然和我预想中的一样。

再次通过关系，终于在带着姐夫快回到绍兴的途中，接到了浙二住院部的电话，有床位了。

接下来，就是接受医生建议，进行穿刺确诊和安排手术。

虽然我明白，这穿刺其实只是一个安慰性的排除法，这排除法比中 500 万的大奖还要渺茫，但我依然充满了期待。

穿刺后的结果，让我们姐弟几个泪流满面。等姐夫在麻醉中醒来，我一脸阳光对着他，"没事，住个院，做个手术就成。"

国庆马上到了，医院准备安排手术，但时间却排在国庆后。在这度日如年的时候，我们哪能等、哪敢等？在征得姐夫家人的同意后，姐夫被转到了浙一。

浙一医院的院长郑树森教授成了主刀医生。手术进行得很顺利，能看到的肿块和涉及的淋巴被清理干净。

一切，让希望如阳光一样升起。虽然手术后医生说，如果能恢复，生命的历程也只在二年到三年。

听到医生的话，我心想，二年到三年，哪怕只有一年，也好，只要能活着。

手术后的姐夫待在 ICU 监护室，好不容易等到探视时间，我们终于见到了插满管子的姐夫。看着虚弱无力的姐夫，我只能默默祈祷上苍。

此后，杭州成了我经常去的地方，违章停车和超速的罚单，也纷至沓来。

姐夫出院，我一早就赶到了杭州。去的路上，人车拥堵，我却并没有觉得烦，反而觉得亲切。心情决定环境。

化疗，是手术后必须要做的。姐夫手术后，消化一直不好，等我送他去医院复诊的时候，医生说先调节消化，然后化疗。

化疗的医院在浙一的分院，也就是杭州城站附近。在去分院的路上，姐夫说，"化疗都一样，还是到绍兴去吧，先把消化调节好。"

我把车停在钱江三桥上，再次劝他，他坚持要回绍兴。其实，我知道，他也想在杭州，可他不想再拖累他的父母、妻子，所以，选择回绍兴。

化疗的副作用，让原本就虚弱的姐夫更加虚弱了，但让我看到了希望，毕竟，这是治疗，是在和病魔做斗争。

过年了，做了几次化疗的姐夫回家了。新年的头几天，他一直住在老家，我也就没去探望。正月初四，姐夫被外甥接到了平水，我才在新年第一次见到了他。此时的姐夫，虽然有些虚弱，但精神不错。我开玩笑说，"你老丈母娘好久没看到你了，有空的时候去看看。"

没想到，我这一句玩笑话，让姐夫下定了决心，不再顾及怕自己的虚弱，吓坏了老岳母，执意去看了我妈。

岳婿相见，泪水涟涟。本来就身体不好的老娘，自从见了女婿后，时常以泪洗面，身体也变得更加地虚弱。现在想来，真是后悔，既然姐夫有孝心，不想让我妈担心，为什么我一定要让他去看呢？

在我以为姐夫身体开始慢慢恢复的时候，姐姐忽然打来电话，说姐夫的病突然发作，送杭州了。

我连夜赶到杭州。见到我的时候，姐夫已经不太会说话，但心境却很清楚，当姐姐告诉他我到的时候，原本躺着的他，竟然坐了起来。

医生告诉姐姐，姐夫的癌细胞已经全身扩散，无力回天，还是早点回家，免得身在杭州，无法返乡。

姐夫租用医院的救护车回了家，等我摸黑赶到姐夫家，虚弱的他依然能清楚地知道我的到来，依然要强撑着坐起来，用失神的眼睛寻找。

第二天，我一早赶去，挂着氧气的姐夫，躺在姐姐的怀里，无助、痛苦地呻吟着。我看过资料，知道这病很痛苦，很多病人不是被癌细胞杀死，而是被折磨死的。

我无力，我无能，我没有办法为姐夫减轻痛苦，能做的，就是去商店买了几条棉裤，给他替换。

姐夫走了。我从来没有像今天那样细细地打量他。我找来一个口罩，给他戴上，我不想让他在另一个世界里，痛苦地张着嘴。

出殡的锣响了一遍又一遍，我坐在姐夫身边，看着那些供他在另一个世界使用的纸钱，在火舌的舔舐下，化作片片纸蝶。

纸蝶翻飞，亲昵地落在我头上、肩上、身上，钻进我的脖子。似乎姐夫知道我的不舍，化作翩翩纸蝶，和我亲热，和我告别。

蹄髈

早上，姐姐打电话给我，说给我买了个蹄髈，让我回去拿。

我很奇怪，怎么无缘无故地给我买一个蹄髈？姐姐说，这是母亲让她给我买的，母亲和她说，你弟弟四十岁了，趁我现在还在，能给他过一下生日，等他五十岁的时候，我肯定不能给他过生日了。

听了姐姐的话，我无言而立，泪水，顺着脸颊流下。

父亲早逝，家里的一切都压在了母亲瘦弱的肩膀上，可是母亲再瘦弱，在我们儿女的眼里，她依然伟岸，依然坚强。我在家里排行最小，母亲在我眼里更显高大，我一直以为母亲强壮着，年轻着，从来没有想过要把"衰老"这样的词和母亲联系起来。直到2007年的冬季，母亲再次腰椎骨裂，躺在床上无法动弹，我才突然发觉母亲老了，头上突然间冒出了许多白发。

2005年春节的时候，我写过一篇短文《我的母亲》，用当时的心境写出了母亲一生的辛苦，可是，那时候的我依然以为母亲没老，依然没有想到母亲也会老去。当时只是想着按照咱们农村的习惯，我和几个姐姐早已成家，也都有了小孩，所以母亲已经到了儿孙绕膝的幸福时期，而没想到母亲已经衰老。

女儿上学后，母亲成了女儿的专职接送员。接送女儿既苦又累，但母亲从不把苦累表现在脸上，从不和我说这些，使我一直以为接送孩子是一件轻松的事情。直到母亲卧病在床，接送女儿的重任落在了我的身上，我才真切感受到了其中的苦累。

母亲因为腰椎骨裂，不得已动了手术，手术后回老家住了一段时间后，再次和我住在了一起。我一直希望母亲能过得舒服些，所以我每次上班前，都会在电饭煲里给母亲放好中午烧饭的米，到时候只要按一下开关就行，还嘱咐她我们回家自己会烧晚饭的，可是每当我下班回家，母亲一定已经把晚饭烧好了。到后来我才知道，母亲是硬撑着给自己和我们烧饭的。

俗话说"大人天地心，小孩无良心"，这话我也时常戏说，但从没把这话和自己连在一起，因为我一直自诩自己属于"有良心"的一类。

天底下最伟大的爱就是母爱，最无私的爱也是母爱。父母之爱比任何的爱都要深重，这点只有自己做了父母后才能体会。

母亲在病中，依然记得我这个已入不惑之年的儿子，在母亲眼里，儿女就是白发皓首，依然是小孩，依然需要她的关心、照顾和爱护。

母亲，娘啊，儿子也是做父亲的人了，竟然还要让您操心，按照旧时的伦理观念而言，那是极度的不孝。

从姐姐家拿回母亲给我买的蹄髈，我却无法下厨烹饪，我无法让母爱被我烹饪。

泪，不停地流。只要想到母亲的那句话，我的泪就无法遏制。

母亲，我的娘，我要如何才能报答您对我爱？

一碗馄饨

一碗馄饨，让我牵挂了近四十年。

那年我七岁。调皮的我在和小伙伴玩的时候，跌断了手臂。左手臂，让我像一根没有经过火煨的毛竹扁担一样，翘了。

手臂骨折，让我第一次到了绍兴城里。

绍兴，只听父母说过，从没到过，虽然从家到绍兴的距离不足二十公里，但那五毛钱一张的车票，让虽然到过绍兴，但从没在绍兴城里好好逛一圈的父母不得不凭着去绍兴城里看到的、听到的一知半解的见闻，在听觉上满足一帮儿女的好奇。

为了省五分钱的车费，父亲带着我坐车没有直接到绍兴汽车站（现城北桥汽车站），而是到了五云汽车站（现汽车东站），极少到绍兴的父亲一路打听，才打听到在东街的一家医院（那时候大概叫塔山卫生院）里有一位姓顾的骨科医生，医术高明。等我和父亲找到医院的时候已经到了医生即将下班的时间，好在顾医生见我们远路赶来，稍不留神就有可能误了班车而无法回家，所以就推迟了下班时间，给我拍照，正骨。

等在脖子上挂了夹板、手臂缠了纱布的我走出医院大门的时候，肚子的饥饿感早就战胜了刚才正骨时候的剧痛，就对父亲说："爹，我肚子饿了。"

父亲看看我，动了几下嘴却没说什么，只是牵着我的手向解放路走去。那时候解放路远不如现在一条背街小巷繁华，可是对从没进过城、从没见过自行车、小汽车的我来说，无疑是看到了万花筒，周围的一切让我目不暇接。父亲带着我走到轩亭口秋瑾纪念碑旁边的一家小小的小吃店里，问我："你想吃什么？"

那搁在蒸笼里的馒头、包子虽然已经不再冒热气，搁在油锅边的油条已经有些耷拉，可在我眼里依然是那样的喷香扑鼻，诱人异常，父亲小心地问了一下馒头、包子的价格后，再摸出口袋里的手巾包，小心地看了一下里面的钱和粮票，然后对那服务员说："给我烧一碗馄饨吧！"

我不知道馄饨是什么？直到那一大碗热气腾腾的馄饨放在我面前的时候，我依然不知道碗里那黑黑的是紫菜，像虫子一样的是虾皮。父亲把调羹放到我手里说："吃吧，这可是你从没吃过的好东西。"确实，我从没吃过馄饨，更不知道馄饨是用什么做的。

我小心地用调羹舀起一个馄饨，送到父亲嘴边，"爹，你吃吧。""不用，爹肚子不饿，你吃吧，快点吃，要是误了班车我们就回不去了。"父亲推开我的手，笑着看我吃。

我舀了一个馄饨到嘴巴里，好香！轻轻一咬，里面竟然是肉。我慢慢地嚼着，慢慢地品味着这馄饨的美味。这是我从没品尝过的美味，那香、那鲜、那油油的汤水、红红的虾皮，让我哪里舍得一口咽下。一碗馄饨，我吃了足足大半天。父亲没有再催我，一直看着我喝完碗里最后一滴汤，再用舌头舔了一圈嘴唇后，才拉着我起身走向汽车站。

在后来的日子里，虽然我每个星期都要去医院复诊，但因为父亲要到生产队出工干活，来去匆匆，我再也没有吃到过那让我回味无穷的馄饨。在此后的日子里，虽然多次到过绍兴城里，但家里捉襟见肘的日子让我早就打消了到解放路上去吃一碗馄饨的奢想。同时，绍兴城区解放路多次改造，轩亭口那家小小的小吃店早已不见踪影。

一九八八年下半年，我工作了，等我拿到人生第一次工资——四十五元钱的时候，我带着五元钱赶到了绍兴，在轩亭口旁边的同心楼里叫了一碗馄饨，可是，不管我怎么品尝，怎么回味，都没有吃出七岁那年的味道。

从女儿向我道歉说起

　　早晨，依然是我送女儿去上学。关好门窗，我牵着女儿的手走了几级楼梯，才发觉女儿竟然没有带书包。我很生气，忍不住骂了她一句，女儿反抗说，"我以为你给我拿书包了，刚才不是你把书包给我从书房拿出来的吗？"我一听，对啊，书包是我拿出来的，可是读书要带书包是你自己的事情。

　　女儿怕赶不上公交车，开始发起脾气来，毕竟公交车不会因为有我们的存在而特意等待。我没理会她，只是顾自站在楼梯口，让她自己开门去拿书包。见做爸爸的没有帮助自己，这让原本有着期待的女儿更是生气，她背着书包狠狠地摔上门，又一把甩开我伸过去准备牵她的手，怒气冲冲跑下楼梯，边跑边说，"我不要你管，再也不要你管了，我自己会去坐车上学的。"

　　我也早就想着让女儿自己去上学了，可就是放不下只有做了父母才能体会到的那种牵挂和担心。所以，每天早上我都要把她送到公交车站，然后一直陪着她直到坐上公交车。今天，看着怒气冲冲的女儿，我突然想到确实也应该让女儿早点学会自立，毕竟也是读五年级的人了，迟早需要自立的。于是就看着她通通通跑下楼，然后才慢悠悠地下去，我要在背后看着生气的女儿自己去坐公交车。

　　女儿明显感觉到我就跟在后头，于是走得更加飞快。我远远地跟着她，看她过马路的时候如何躲避那横冲直撞如入无人之境的汽车，看她如何躲避那如水的自行车、电瓶车。看着女儿在横过马路的时候，为躲避汽车、自行车和电瓶车走走停停、躲躲闪闪的，我的心也被吊得紧紧的，直到她穿过马路走到对面我认为是安全地段的时候，我才放下了心站在马路的对面，看着女儿坐上公交车。

按一直以来的习惯，我从报刊亭里买了一张报纸，然后站在路边边等班车边看报纸。这时，电话响了，拿起一看，是一个不熟悉的电话，按下接听键，就听到女儿在电话里轻声地说，"爸爸，我错了，早上不应该这样气你。"我听了，笑了一下，问她，"你知道错了？""恩，我知道错了，所以向你道歉。"女儿到了学校，用学校里的公用电话专门打个电话向我道歉。

挂了电话，我不禁欣慰，看来我对女儿的教育还是有一点成功的。女儿开始懂事的时候，我就教育她要懂得分享，特别是她喜欢吃的、喜欢玩的更要懂得和别人分享。所以现在女儿会在吃零食的时候，把零食塞进我和她妈妈的嘴巴里。女儿开始上学了，我就开始教育她要懂得感恩和道歉，懂得感谢所有帮助过她的人，懂得对被她伤害过的人有一份歉疚之心。同学之间没有矛盾是不可能的，但孩子之间的矛盾大都是现在吵等下好，所以做家长的就没必要太重视孩子之间的矛盾，所以，我就教育女儿要有宽容之心，教育她宽容是一种美德。

其实很多时候做父母的也会反思自己对孩子的态度是对是错，但问题的关键在于反思之后有没有这样的勇气对孩子说"我错了"。对女儿，我也反思过，也为要不要向女儿道歉挣扎过，挣扎了好久，我还是说出了"对不起，女儿，爸爸错了"的话。

我清楚地记得我第一次向女儿道歉的情景。那天，一直到睡觉的时候女儿拿着备忘录让我签字，我才发觉作业没做好。我当然很生气，没问缘由，就伸出巴掌对着她的屁股啪啪就是两下。女儿哭了，她越是哭，我越是生气，当然，到最后，落在女儿屁股上的巴掌就大大超过开始的两下了。打过之后，我一个人坐在客厅，看着在书房里抽泣着做作业的女儿，我开始反思，我这样不问缘由直接开打是对是错？反思了许久，我发觉我错了，我至少得先问清楚女儿为什么会忘记做作业？于是我就搂着女儿，问她缘由。她说，作业不是她忘记做，而是搞错了题目，做了另外一课的作业。我听了，诚恳地对女儿说，"爸爸错了，爸爸不应该没问清楚就打你。"对我的认错，女儿明显惊诧，但我还是从她惊诧的神情中看到了欣喜的表情。

我一直不把成绩的好坏看成衡量女儿以后是否成才的标准，对时常被周围朋友小孩在学校的表现和学习成绩比女儿好的困惑所缠绕的妻子，我经常开导她说，"女儿心理健康，生理健康，生活阳光，比什么都重要，你看看电视里的一些残疾孩子，他们的父母只想着能让自己听到孩子叫一声哪怕是模模糊糊要靠自己的思维去辨别的爸爸妈妈，对做父母的来说，也无疑是天籁之音，可是实现不了，至少现在还实现不了这个无疑等同幻想的奢望。和这些父母相比，我们难道还不幸福？虽然女儿的成绩不是很好，但是至少她有一颗阳光的心灵，她每天都是快快乐乐的，她不会记仇，不会在背后算计人，不会想很多阴暗的计谋，不会做一些卑鄙的事情。"

孩子的成长过程，其实也是家长继续成长成熟的过程。父母是孩子的第一个老师，只有自己身正，才能期盼孩子身正，只有自己平和，才能让孩子恬静。不要对孩子要求太高，要放得下自己的身架，别和孩子争个你大还是我大，你听我的还是我听你的。要求孩子阳光的时候，自己也要阳光；要求孩子宽容的时候，自己也得宽容，要求孩子向你道歉的时候，自己也得时时反省，及时道歉。

余　香

　　许久不去姐姐家了，上星期周末，我在家闲着无事，突然想着去姐姐家坐坐。姐姐家远在山沟，没有公交车，平时人们出行全靠步行或骑自行车。我坐车到邻村的村口后，就走着去姐姐家。行至村口的坡路上，碰上一位拎着一篮青菜的老太太。我看着她，感觉有点面熟，就朝她笑了一下。这老太太看我朝她笑了笑，也回复我一笑。

　　就在我们擦肩而过的一瞬间，老太太突然停了下来，回过头问我："你是不是XX（我姐姐的名字）的弟弟？"

　　"是的，我是XX的弟弟。"我回答道。

　　"哦，我看着有点像。你现在还好吧？我和我家老太公经常说起你，说你是好人。想想二十多年前我们养鱼的时候，到你们村里来卖，大冬天的，你看到了，一定要多买我们两条鱼，说这样可以早点卖完，早点回家，这件事我们老两口记得很牢。前年听我们村里的人说，XX的弟弟为了救人被坏人打伤了，我们真的有点想不通，好人怎么会被人打了？我和老太公说起这事还流了不少的眼泪。现在身体好了吧？"老太太边说边仔细地朝我脸上看，"还好，还好，现在气色很好，好人有好报。喏，这篮菜是我刚割回来的，你们要买菜吃，我们反正是自己种的，多得很，你拿去吧。"老太太说完，硬把手中的一篮菜往我手上塞。

　　"不，不，我不能要，我还要到我姐姐家去，我拎着你给我的菜去姐姐家，拎来拎去的，麻烦。谢谢！谢谢！"在我的再三推辞下，

留下，留不下

老太人终于收回了手中的菜篮子，蹒跚着往家中走去。

说实在的，我看着老太太还真的一时想不起为了让两个老人早点回家而多买两条鱼的事。回忆了许久，我终于回想起那是二十年前的冬天。那天是腊月二十八，单位放假后我回到了老家，刚走到家门口，看到家门口有一对老夫妇坐在两只大脚盆前，脚盆里面装着大小不一的鲫鱼、鲤鱼、鲢鱼，在叫卖着。冷风吹在两位老人的身上，使他们本来佝偻着的身子更加佝偻了，特别是那老大爷的鼻子上还挂着清水鼻涕。我心里一动，进屋放下东西后，随手倒了两杯开水，出门递到他们手上，并说："你们给我抓几条鱼吧，我多买两条，这样你们可以早点卖掉回家。"老太太听了我的话，赶紧说道："谢谢，谢谢!"并精心地为我挑了两条鲤鱼、两条鲢鱼，过秤时还把秤杆翘得高高的。

事情过去二十年了，我早就忘记了，因为在我意识中，我没有刻意去做，鱼是过年时节一定要买的，多买两条也不是一件很难的事情。可是让我没有想到的是，就是这样的一件小事，却让两位老人牢牢地记了十多年。

"赠人玫瑰，手有余香。"我不知道这话是谁说的，也没有对这话有多大的理解，但碰到这一事后，我对这话有了深刻的理解。

作为警察，我们每天会接触不同的人，这些人的层次不一，贫富不一。对此，我们就必须要懂得"平等待人"，必须懂得"人格尊严平等"，必须深刻领会"法律面前人人平等"。只有抱着一颗平等的心，把当事人看作自己的亲人，换位思考，以心换心，才能真正做到"众生平等"，才能真正实践"全心全意为人民服务"的宗旨。付出就别想着回报，时刻想着回报的付出不是付出，而是刻意而为谋求。为谋求而付出，小辫子就会时常被人拽在手里，让你无法动弹，无法挣脱，犹如咬了钩子的鱼儿，任人摆布。试想，如此做人痛苦不?

平时多做一些力所能及的事，人民群众都会牢牢地记在心中，正如《宰相刘罗锅》片尾曲中唱的那样，"天地之间有杆秤，那秤砣是老百姓。"所以，事后我时常在想，老人在时时感激我的同时，我也要时时感激他们，他们让我真正懂得了"赠人玫瑰，手有余香"的深刻含义。

愿做"佛门犬"

清代著名书画家郑板桥曾经刻过一枚印章，其文为"青藤门下走狗"。初见此语，不甚理解，只是能感觉到郑板桥对徐渭徐文长的崇敬，然而，当我从寿圣寺中看到一只狗的时候，我才突然领悟到郑板桥专门刻一枚"青藤门下狗"印章的深意。

寿圣寺在长兴水口顾渚山景区内，是一座有着一千七百多年历史的千年古刹。沧海桑田，世事更迭，但屹立于寺院中间的一雌一雄两株年龄高达一千七百多年的古树，却见证了寿圣寺的千年历史。长兴县文联的杜主席引着我们一帮"文化采风"人步入寿圣寺的时候，寿圣寺的方丈界隆法师竟然站在寺前迎接，让我等凡辈受宠若惊。

界隆法师一路领着我们觐见供奉在寿圣寺的佛陀，向我们讲解着佛门礼仪。引领我们登上供奉着圆成大和尚舍利子的佛殿，让我有幸第一次看到了真正的舍利子。那舍利子有二，一是一个完整的头盖骨舍利子，一是一颗珠状舍利子。舍利子是佛门得道高僧特有的，并不是每个僧人在圆寂后都会有舍利子，而是要有一定修行的高僧才会有，所以圆成老和尚的舍利子绝对可以称得上是罕见。记得有一位广西的朋友在一次网上聊天时，给我发过几张照片，那是他们当地一位修行比较深厚的比丘尼的舍利子，那闪着玄光的舍利子，让人一见心中就会升起一股莫名的敬仰。

在这样的佛门圣地，我见到了一只狗，一只白色的、长毛的京巴狗（我也不知道定性正确否）。初见那只狗时，我们坐在寿圣寺接客的客堂里，听寿圣寺方丈界隆法师为我们讲授佛法的神妙。它匍匐于界隆法师脚下，纹丝不动，静静地听着界隆法师为我们讲解佛法的精妙，佛法的缘分。心中有佛，一切随缘，不强求，不苛求，珍惜得到的。等界隆法师讲完一个段落后，有人问他趴在他脚下的狗是怎么回事？界隆法师笑着说，万物皆有缘，狗也是，这狗落户寺院，就是一只佛门犬。

好一只佛门犬，听法师一言，我再细看这狗，竟然看出与尘世中所见的普通狗不同的地方来，它很静，很神秘，静得让人感觉不到它的存在，神秘得让人无法知晓它是什么时候来的，是怎么进来的。因为我们在进客堂的时候，根本就没有看到它的身影，或许是当时我们一心向佛，心无旁骛的缘故吧。

佛门一直被人称为"圣地"，这确实如此，曾经在旅游的时候进过不少的佛门净域，但从来没有这次的感受，或许和心境有关，或许和界隆法师的亲和有关，或许和寿圣寺的环境有关。不管有诸多的理由，一切都让我进入此地，心生安详。

尘世喧嚣，人心嘈杂，世事的纷争，终有一处可以让人心生安详、不理世事喧嚣嘈杂之所，佛门正是人心渴求的圣地。狗，虽为动物、异类，可是当它步入佛门，它也是心生安详的"佛门犬"。犬和狗为同一动物，可是称呼的不同就体现出了境界的不同。羡慕这留恋尘世的狗进入佛门圣地后，能成为心无旁骛的犬，若有来世，我倒愿意做一只无欲无求的"佛门犬"。

自在林禅寺的猫

自在林禅寺有一只猫，背部棕色，夹杂有黑色斑纹，腹部白色，个子很大，也很壮实。

我们走到自在林禅寺门口的时候，猫站在禅寺前的香炉旁。仰着头，细细打量着我们几位不速之客。或许是很少有人打搅，让它感觉既新奇又不安。所以，它打量了我们一番后，迈着有点慌乱的猫步走到了房屋的边缘。

住持释本凡师父为我们拿来椅子，邀请我们坐下歇脚。这猫或许从住持的行动和我们的举动中看到了善意，于是一改刚才的慌乱，显得从容不迫起来，猫步依然是猫步，但明显显示出了婀娜多姿。

猫迈着不慌不忙的步子，走到释本凡师父的后面趴下，侧着头，竖着耳朵，细细地聆听释本凡师父和我们交流红尘和空门，喧嚣和寂静，渡人和人渡。

佛门的理论相当深奥，我听了半天依然没有听出些所以然来，于是，我就装着认真听的样子，看着那猫。

那猫发觉我在看它，也转过头和我两眼对视，从它的眼睛里，我竟然看到了若有所思的睿智和深沉。不知道是不是在怪我没有佛缘，没有听释本凡师父的传道。

假如我在这个时候问释本凡师父，猫在禅寺属于什么？那么我相信释本凡师父肯定会说，这猫落户在自在林禅寺，那肯定是一只佛门猫了。佛门猫吃什么？它还会吃鱼吃老鼠吗？这不是我所能考虑的和需要考虑的，我看到殿前一张放着香烛的桌子下的一只盛着饼干面包之类食物的猫碗，我仿佛找到了答案，不管正确与否。

继续看着静静地听着释本凡师父讲述、若有所思的猫，我不禁有种感慨，连生性顽劣的猫，都能静心向禅，灵性逐现，而我，却无心向禅，这是幸还是不幸？

人都要有一个信念，让信念成为自己生命的支持，只有这样，人生才不会无聊，生命才不会虚度。

做人要知足，要常乐，要做到境随心动，而不是心随境动。

境随心动，能做到随遇而安。心随境动，只能是欲无止境。

"是心是佛，是心作佛"。

都不容易

上周五，坐某航的飞机去大连。登机时间是上午十点四十。

九点半过安检，等到十点多，某航的一位工作人员在喊，"某某，某某某，赶紧去换登机牌，换乘另外的航班，你所在的航班延误了。"

没有叫到我的名字，也没有叫到同行者的名字，我们坦然地等在候机处，等待检票登机。

十点四十，没有检票。

十点五十，依然没有检票。

候机的人开始骚动，站在检票口的一位男性工作人员成了众矢之的。

解释，耐心解释，细心解释。航班延误，请稍等。

候机的人开始平静。

又来一位工作人员，喊道，"航班延误，现在还有一个航班可以提前走，要走的赶紧去柜台改签。"

一大帮人拖着行李，争先恐后地冲出候机厅，重新排在安检处，等待再次安检进候机厅。

一阵忙活，刚经过安检的行李再次被安检。进了候机厅，刚才呼喊的工作人员非常抱歉地说："不要意思，刚才的航班人员满了，你们得等下一班了。"

"那要等到什么时候？"

"不知道，我们也在等通知。"

刚才的候机处再次喧闹若市。航空公司的工作人员来了一个又一个。解释，道歉，鞠躬，都用上了，但依然无人平静。

十二点多了，某航的工作人员拿来了快餐，一帮吵得饥肠辘辘的乘客，凭着登机牌，领到了一份简单的快餐。

快餐用毕，争吵继续，要求赔偿的，要求退票的，要求道歉的，各种声音都有。

某航的工作人员再次道歉，并请误机人员乘车去酒店休息，等到航班正常了，继续登机。

谩骂开始升级，三名工作人员无力招架，声音开始发颤，鞠躬道歉继续。好不容易安抚了部分乘客，同意坐车去酒店，又有几个人跳出来反对。工作人员继续解释，继续保证，就差下跪了。

喧闹了半天的乘客终于明白，鸡蛋碰不过石头，还是乖乖地去酒店休息。

再次走出候机厅，坐上大巴。大巴一路狂奔，行车三十多分钟，到了一个远离机场的酒店。此时的乘客，心中再有怨气，也无法发泄，只能乖乖地领了房卡，安心休息。此时的时间将近下午两点。

一个多小时后，酒店服务员电话通知，赶紧到大厅集合，马上开赴机场。

再次过安检。

坐一次飞机，过三次安检，创个人历史纪录。

工作人员站在候机处的检票口，一手一叠百元大钞，一手一张表格。登机者，凭登机牌领一百元，然后在表格上签名。每发一百元，工作人员鞠躬一次，道歉一次。

下午四点终于坐上飞机，又过了半个小时，飞机终于起飞。

坐在机上，想着今天一天的行程由于航班延误而泡汤，不禁懊恼，再想想航空公司工作人员那受罪的样子，不禁感叹不容易，这世界上，无论做什么工作，都不容易。

理解，宽容，换位思考。

雨中子行

周六，赖床到九点还不想起来，不因为别的，只因为有一份难以言说的抑郁闷在心里。

习惯早起，赖床无疑也是一件痛苦的事。拉开窗帘，窗外细雨蒙蒙。开窗，细雨随着寒风扑面而来，却吹不走心头的那份郁闷。

打电话给同学，问他上午有事没，同学回答没事。我打的赶到他单位，没有说什么，只是伸出手，让他把车钥匙给我。

坐到车上，点火发动，我才恍然，直到现在我还没有搞明白我开车要去做什么。我的目的地又在哪里。

一切信马由缰，只是凭着一份感觉小心地踩着油门，把着方向，直到车过宛萎山山脚，才蓦然惊觉我把车开到了平水大道上，在回家的路上。家，永远是深刻在骨子里的港湾。

我没有把方向转到家的方向，而是沿着平水大道一直向前。车内的音响被我开得很大，低音的震动让人有一种激动和冲动。

细雨的雨滴打在汽车的挡风玻璃上，没有很快流走，而是要停留好久才会和后面的雨滴一起抱结成团，顺风而走。玻璃模糊，需要用雨刮器刮一下才能看清前面的风景。

路上的车不多，我把车开得很慢，任由细雨把挡风玻璃打得斑驳陆离，不为别的，只为此时看车外那模模糊糊、朦朦胧胧的虚幻。

细雨，让路边的青山都遮上了一层薄纱，云遮雾掩，看不清山上的景物，只有一色的青黛在云雾中时隐时现，恍若仙境。近处的那些柿树早已落叶，但偶尔也能见到几片火红的枯叶还孤零零地挂在枝头，在细雨和寒风中颤抖和晃荡。

公路夹在青山之间，一条不大不小的溪流时而和公路平行，时而穿路而过。翠竹、绝壁、溪流、水潭让人流连忘返。

停车而下，寒风拂面却不觉刺骨，细雨飘落在额头，凉凉的，只是架在鼻子上的眼镜的镜片，很快和汽车的挡风玻璃一样，模糊一片，让眼前的一切都变得朦胧而神秘。

站在车前，看着掩遮在云雾中的青山，突然惊喜地发现一只野鸭扑腾着翅膀掠过路下的溪流的水面，翅膀扇过，水面仰起一阵微波，让我竟然呆立了许久。

回神细看，才知道自己已经把车开到了舜王庙的脚下。为保护小舜江源头而种植的白杨早已落叶，"荷尽已无擎雨盖，菊残犹有傲霜枝。"光秃秃的枝干让人感受到了另一种境界。

舜王庙已经被开发成了一个景区，面积扩大了很多。既到庙前，也该去祭拜一下这位华夏先祖。庙内已经有人在燃烛拈香跪拜，我也学其样，供上香烛，虔诚跪拜。等我跪拜后站起，端详着舜宽厚、智慧、仁慈的庄严之相，心中抑郁之气全无。

此时我突然惊觉，人其实需要有一个寄托，这个寄托的对象不管有形无形，虚拟真实，只要我们心中有形就成。"不如意事常八九，可与语人无二三"，这不是人类生存交往的悲哀，而是人生活的实在。在无法言喻、无法理解的时候，找一个自以为能寄托的对象，来一次隔空交流，其实，在交流的时候，我也很明白，这其实是自欺欺人，可是不自欺欺人不行。不自欺欺人，我就无法排解心中的抑郁；不自欺欺人我就无法瞬间惊觉；不自欺欺人我就永远摆脱不了阴影。自欺欺人依我看来也是一种意识、一种境界。

又见兰花吐香

今天周末，也是让很多人热血沸腾的情人节，可是，对我而言，无论这个情人节如何热闹，如何让人热血沸腾，都只是一个镜花水月的理想梦幻，于是也就睡个懒觉，赖到十点多才起。

刚走出房间，就闻到一股优雅的清香。前几天还含苞的兰花开了，我心里竟然升起一种莫名的感动。那盆兰花放在餐厅后窗口，已经有好几年了，除了刚到家那年开过几朵清香四溢的兰花外，接连几年都没有见它开花，去年春节期间，我在餐厅里突然间闻到一股优雅的清香，开窗一看，才知道原本以为不会再含苞吐香的那盆兰花竟然开出了十多个花苞，有几个花苞已经开放，还有几个含苞待放。我搬进客厅，放在音响上面，那优雅的清香让我享受了好长一段时间。

今年开春，我对这盆曾经给我带来过意外惊喜的兰花竟然多了些急切的期待，期待它能再次开花，给我那小小的陋室添上那君子似的淡淡清香，所以也就格外地留意，果然，这盆兰花不负厚望，给了我一个意外的惊喜。前几天，天刚刚开始回暖的时候，我把寒冬来临之前唯恐被冻坏而搬进客厅的兰花拿到窗外，想给它晒晒太阳，浇浇水。端起花盆的时候，我好奇地拨开那茂密细长的枝叶看了一下，竟然在那密密的细叶间发现了几个碧绿似玉的花苞。碧绿的花苞无疑给了我一个巨大的惊喜，在惊喜之余，我也就有了以前没有的期盼和等待，更有了许多的希望和欲望。

兰花，自开自落，不受束缚，一切随性。因而，一直以其清雅幽香而被视为花中君子，很多人都喜欢把自己比喻成与世无争、清香淡雅的兰花，可等涉及切身利益的时候，又有多少人能抛开世俗？做人若能做到像兰花一样与世无争的万分之一，那么这人就能称为君子。

世上很多事情都是说着容易做着难，毕竟人是感性的动物，既有思想，又有理智，既有希望，又有欲望。所以要想真正成为像兰花一样的君子，那只能是理想中的圣人。

人关键是要有自知之明，明白自己的存在，明白自己到底有几斤几两。有理想，也有理智，能辨明是非，能明白可为和不可为。

在毫无牵挂中，又见兰花吐香，做人若能及此毫厘，那绝对不会后悔来这世上走了一遭。

一句话的作用

周六和周日，我经历了三件事，这三件事其实都和说话有关，话不多，只有一句。然而，就是这一句话，却恍若冬夏。

周六，我去单位附近的一家单位办事，因为烈日炎炎，不愿意把车晒得火烫的我，就把车开进了这家单位旁边的一家酒店的地下停车场。

车沿着弯曲的车道刚下到停车场，就有一位管理人员认真地给我指示停车位置，然后又认真地站在我车旁给我指挥。其实，不用他指挥，我也能很轻松地把车停在本来就不拥挤的停车场，可是，为了尊重他，我还是装模作样地按照他的指挥把车停好。

停车锁门后，我习惯性地说了一句"谢谢"。然而，让我没有想到的是，他听了"谢谢"后，竟然激动地说，我从管理这个停车场起，就从没听到过一句谢谢，没想到我今天听到了，要是每个人都能在停车的时候，说一句谢谢，那对我来说是极大的满足和荣誉。

听了他的话，我一时语塞，不知道说什么好。说实在的，我这句谢谢也是习惯性地说出，再说难听一点，就是"随口说说"而已，虽然有着尊重他的成分在里面，但内心的尊重远远没有他说的或者说是他想的那样郑重和真诚。和他的真诚相比，我虚伪极了，因为感受到了自己的虚伪，所以我只能不再说话，只能用笑脸陪着他说话。

周日，一帮文友去爬山，行到山顶的时候，突然发现本来只有几间无人居住的空房子的山顶，放着几张凳子，还有一个蓝色塑料外壳的热水瓶和一小罐茶叶，十余只一次性纸杯。我拿起热水瓶掂量了一下，里面的水是满的，看来，有好心人知道周末有人会来爬山休闲，特意给这些休闲的游人提供消暑解渴的茶水，心里忍不住升起一股暖暖的感觉。

我拿出随身携带的茶杯，喝了几口茶水后，就用热水瓶里的水把茶水加满。同行的伯恩也说，到底是我们山里人好，这样热的天给你们提供解渴的茶水。正说着，我忽然发觉有一个奶粉罐被一次性纸杯塑料袋挡着，拿开一看，罐里面有四五个面值为 5 角的硬币。伯恩说，这个办法好，既方便了游人，又消除了放茶水人的尴尬。

我摸了一下口袋，才发觉，早上出来走得匆匆，除了一串钥匙外，半个硬币也没带。伯恩在口袋里翻了一下，也只翻出一个 5 角的硬币，我说，先放这 5 角的吧，等下等淡笋他们来了再放。

很快，谢老师、淡笋、陈老师和彭老总上来了。我坐在热水瓶旁说，要加开水的现在加，但前提是要掏钱的。淡笋水也没加，伸手从口袋里摸出一块钱说，先放钱，后倒水。陈老师也掏出一个 5 角的硬币放入铁罐。

远处走来一个老太，伯恩说，你们真好，在这个山顶休息的地方放上凳子和茶水。老太说，这不是我放的，是村里让我侄媳妇放的。正说着，走来一位中年妇女，她见我们几个人站着、坐着，就说，"各位老板，你们要笋干菜吗？"陈老师说，"我要的。"那妇女就赶紧从远处的房子里拿来两袋笋干菜。陈老师打开袋子看了一下笋干菜的质量说，"多少钱一斤？"妇女说："二十五块。"陈老师说，"你这个笋干菜的质量连二十块一斤都不值，要不就二十块。"妇女叽叽咕咕了半天后说，"好，二十块就二十块。一袋笋干菜二斤重，四十块钱。"陈老师掏出一张五十的纸币递给妇女。妇女接过钱后说，"我找不出，不过也不用找了，你们已经喝了我的茶了。"

妇女的话让我们这帮人的心里都感觉很是不爽，淡笋说，"我茶还没喝，就已经把一块钱放在铁罐了。"妇女说，"我又没看到你放。"淡笋说，"你看没看到我放没关系，你只要看一下铁罐就知道了。"那妇女没有接淡笋的话头，而是说，"这里走过了几个人我都知道的，你以为我这样好骗。"

听着妇女说的话，我不禁有些愤怒起来，说，"你说这话就错了，你把茶水放在这里，应该是做好事的行为，既然是做好事的，就不在乎钱不钱，况且我们还没喝茶就已经给你放钱了。"那妇女还想再说，陈老师早拿过妇女拿在手上的纸币说，不买了。

本来还想再坐一会儿的我们很快就走了。走到山脚的时候，天突然暗了，旁边山顶的一个炸雷，把我们一帮人都吓了一跳。天下雨了。我看见路边一间房屋门前晒着两竹匾的笋干，就赶紧过去，把笋干端进了房屋的廊下。这时，屋里出来一个人，原来就是那个哑巴（我在《一个人的村庄》里曾经写过他）。哑巴见我端着竹匾，嘴巴里不停"啊、啊、啊"地说着，头不停地点着。我知道，他是在向我表示谢意。我用手指指天，说，"下雨了，我也是随手帮了个忙。"我不知道哑巴是不是听懂了我的话，反正，他脸上的笑更浓了。他见我放下了竹匾，赶紧用手指着屋里，让我们进屋，然后又从里屋搬出椅子，拿来热水瓶，为我们倒茶。做完这一切，他进屋去了，过了好长一会儿才出来，原来他是进屋找香烟去了。这包价格为二十块的烟，看得出他已经藏了好多天了，因为他的桌子上放着的是五块钱一包的烟。他小心地拆开，然后递给每人一根，脸上始终洋溢着和善的笑意。

雨很快消散了，我们和哑巴的交流的手势也越来越通畅。笑容，始终洋溢在我们的脸上。

"好言一句三冬暖，恶语伤人六月寒。"写此文留作记忆。

"心有所想" 和 "心有所系"

生活的继续，人生的历程，一切都伴随着"情"字在前进。爱情、亲情、友情，三者既可相辅相成，又可单一成立。人生经历爱情、亲情、友情这三个历程的同时，既能获益，又能伤人。

"哪个少男不钟情，哪个少女不怀春，"这是生理和心理的必然历程。人生路上有很多迷人的东西，也有很多诱惑，包括这"情"其实也是诱惑人的"怪物"，其中的关键就是如何正确对待这个诱惑。"心有所想"，说明还有追求，说明人还没有颓废，还有进取之心。当这"心有所想"的心理出现在十七八岁、二十多岁男女身上的时候，他们所想的是爱情，这种想是一种动力、一种激情。当成家立业时，这种想成了一种责任、一种压力，当人生过半、儿孙绕膝，这时的"心有所想"，时常出现在友情、亲情中，这种想是人生历练和阅历的一种完美结合。

人生活在社会中，社会是个感性存在，看得见，摸得着。儿童时代，我们心系的是口袋里的零食，商店里的玩具，母亲轻轻的一个搂抱和父亲下巴上那刺刺的胡子。少年时代，我们心系的是同学的赞扬和老师的表扬，心系的是今天的作业何时能完成，明天的考试能有好成绩。走过少年，情窦初开，我们心系的又是暗恋中的那个她或他今天是否会留意到我对他或她的那一个笑容和神情的注视？成了家，为人父母了，我们心系的又是今天孩子的早餐和晚上的作业、工作和老人的身体。老了，我们又开始心系陪自己度过几十年的另一半的身体还能像从前一样健康否，心系儿孙的工作、学习、生活、家庭。如此循环往复，周而复始。

"心有所想"，这是一种成熟，一种激情，一种支撑和动力。想，要想得想当然；想，要想得合乎情；想，要止于礼。想，不能随心所欲；想，不能不着边际。当"想"成为一种负担的时候，那这个想肯定脱离了纯洁的轨道。

"心有所牵"，这是一份历程，一份责任，一份牵挂和思索。牵，是一根看不见摸不着的细线，一头连着自己，一头连着所有一切值得牵挂的人和事。牵，维系了人和人之间的感情，牢固了社会的关系。

当"心有所想""情有所牵"脱离正常轨道，驶入不该驶入的轨道时，这世界就变得战火纷飞，亲情断裂，手足无情，爱情绝望，友情不再，灰飞烟灭。

人生短暂，所有一切都是过眼烟云。生，是偶然，死，是必然。何苦为一些不必要的人、事、情、心苦苦追问？得到了又如何？得不到又如何？

"得之我幸，失之我命，"一切都是天定。落到自己身上，到底又有几人能真正参透？

于无意中品味悠闲

今天休息，前天的大雪之后，很快就晴了。今天依然是晴天。

晴天，太阳起得也特别早，卫生间窗户一样被早晨的太阳遮得严严实实，把关着窗户的卫生间烘得暖暖的。

想找点现成的早餐，可是找遍冰箱角落，除了一条年糕、几个鸡蛋，别无他物，没法，就烧糖年糕加鸡蛋。糖年糕加鸡蛋，在早时的农村，是毛脚女婿在春节到未来的丈母娘家拜年的专用点心，也是我在过年去做客的时候偶尔才能吃到的美食，没想到却成了我现在随意的早点。

水壶里的水开了，我找出从老丈人家拿来的一只瓷茶杯，放入还是去年的茶叶，浓浓地泡了一杯。

家里一直没有一只像样的瓷茶杯，只有一套玻璃茶具和一只去年为了赶时髦特意买来的"紫砂杯"，买来的时候还沾沾自喜，不到一百块钱就买到一只可以养生、可以观赏、可以收藏的紫砂杯，那绝对是物超所值。谁知好心情没能持续很久，中央电视台的一则关于紫砂壶的新闻，让我的心不但落到了谷底，还不敢再用这"紫砂杯"。老丈人说他有瓷茶杯让我去拿，我一直没拿，直到前几天老婆去的时候才帮我拿来了一只。

拖过摇椅放到阳台的窗前，暖暖的太阳正好晒进阳台，整个摇椅就完整地沐浴在暖暖的阳光下，拖过一张凳子，暂时充作茶几，找出一本买了许久但一直没有看完的《〈小说月报〉获奖作品集》，有模有样地在太阳下面看了起来。

茶杯到家后，我喝过几次开水，一直没有泡过茶，今天还是第一次。茶既泡上，我突然想到看看这老丈人送的茶杯。于是，我端起茶杯，对着太阳光细细地看，杯色洁白，杯壁不但光滑而且很薄，就着太阳光，能把烧制在茶杯上的字给映出来，这样的杯子，我从没得到过，看来老丈人把心爱之物送给了我。

太阳慢慢地升高，温度也越来越高，沐浴在阳光下，身上也紧跟着暖了起来，背上都有细细的汗珠沁了出来，羽绒衣已经穿不住了，单穿一件毛衣已经足够。去年的茶叶早已经没有了新茶的清香，但对我这个不知道"品"茶，只知道"牛饮"的人来说，这新茶和陈茶绝对是同一个口味。因为用心看书，静心看小说，人不知不觉中走入了小说，心不由自主地被小说中的情节、人物牵住，天人合一的忘我或许就是这个境界。

摇着摇椅，看着书，喝着茶，这样的景象我曾经梦想过好多次，就像前几年最想躺在沙发上，喝着茶看电视一样，一直没能实现过，不是不能实现，而是实在没有这样的心境去实现这样的景象，没想到，在这个寒冷的冬日我在无意之中实现了。

人生就是这样，越是描绘理想的画卷，越是想实现，越是实现不了，反而在无意之中的一个举动，却实现了期盼多年的梦想。

随意，随缘，随性，随行。于无意中享受悠闲、品味悠闲。

做人须大度

一直没有读过被人传颂的唐骆宾王所写的《代李敬业传檄天下文》，前几天在逛书店时，看到一本《唐宋散文》，拿起翻阅，发觉书内就有《代李敬业传檄天下文》。故因此文而买此书。

阅读此文数遍，折服于骆宾王文采的同时，也被文后注释中欧阳修所提的武则天看了此文后的态度所震惊。文后的注释中写道：欧阳修在《新唐书·文艺列传》中说，徐敬业乱，署宾王为府属，为敬业传檄天下，斥武后罪。后读，但嬉笑，至"一抔之土未干，六尺之孤安在"，矍然曰"谁为之？"或以骆宾王对。后曰："宰相安得失此人！"看罢注释，武则天的爱才、惜才之心跃然纸上，这样的度量，让我震惊和惊叹。

很多时候，我们都会提醒自己做人要大度，要放得开，要想得通，可是这都在事不关己的时候。当事已关己的时候，又有多少人能做到"宰相肚里能撑船"？有的人在此时的度量甚至连一根针都放不下，更不用说一只船了！

人活在世上，只是社会中的一分子，很小很小，有时候根本就是毫不起眼，可有可无，可是尽管如此，我们的言行依然是受到约束的。这个约束来自社会，来自法律。所以，很多时候我们都不能由着自己的性子做事，行动，因为我们都生活在众目睽睽之下，除了心中藏着的那一丝少得可怜的隐私外，很多时候根本毫无隐私可言。

人生活在社会中要接触形形色色的人，要接受千变万化的事，千人千心，千心千事，我们无法要求别人的心和自己一样。那么如何接受？如何融合？这就需要包容。包容的前提是大度，少了大度，根本做不到包容，做不到包容也就始终自以为是，独立为政，格格不入，四处树敌。

佛教传入中国千年之久，直到今天依然被人推崇。其推崇的"因果报应"，很大程度上就是提倡大度，提倡宽容。尽管我从小接受的是"我们要用科学的眼光看事物"的教育，可是到成人之后，走上社会之后，才发觉佛教有着一定有利于生存的智慧。

做人须大度，说着容易做着难，所以能做到这一点就成了人"修养"、"素质"的体现。我们的教育虽然已经提倡"素质教育"，可是细看细想，"应试教育"依然占着主导。"人之初，性本善，"很多时候，环境改变人。有时候或许不是我们不想大度，而是环境逼着我们不大度。但如果能回头细想和反思，就会发觉这话只不过是我们的托词而已。

做人须大度，首先要做到的是宽容，宽容别人就是宽容自己。其次要做到换位思考，转个头想想别人为什么要如此对我？换了自己碰到这样的事情是不是也会这样做？第三要做到小事不究大事原则，对无关紧要的事，一笑了之。

做人须大度，骆宾王因为写了这篇"气盛辞直，锋芒锐利，慷慨激昂，淋漓畅达"的《代李敬业传檄天下文》而闻名天下，但武则天同样因为对待这篇足以让她无地自容檄文作者的宽容态度而让后人敬仰。

学学武则天，做人大度些。一国之君都能忍受这篇扒光衣服裸身对人般的檄文作者，我们面对的那些人和事还有什么不能宽容？不能大度？不能一笑了之？为人大度，就会笑口常开；为人大度，就会天天阳光；为人大度，就会道路宽广。

我们都是孩子

"我们都是孩子，所以不能用自己的要求去要求孩子该做什么不该做什么，要允许孩子犯错。所以我只向家长说孩子的好，从不说孩子的不好。"

说这话的是我的一位文友，一位小学的语文老师。

听了她的话，我应该用"震惊"来形容我当时的表情。

确实，我们都是孩子。或者说，我们都是从孩子时代过来的。

很多时候，我都为如何教育女儿而发愁。

当女儿不按照我的想法说话了，我会板着脸告诉她，这话不应该这样说。当女儿不按照我的想法做事了，我会用很生气的语言训斥她。当女儿做了我认为是错了或者出格了的事，我更会怒火中烧，来个暴力镇压。

所有的一切，我都以自己的要求和设想去教育女儿，去要求女儿该如何想、如何做。唯一没有想到的是女儿也有她自己的想法，她也有自己的衡量标准来要求自己什么该做，什么不该做。

女儿读书了，每天我都会把她的作业管得死死的，要她一切按照老师的要求去做，按照老师的要求去写，从来不允许她用自己认为快乐的方式去写作业。作业，让女儿开始厌烦了读书，讨厌了每天晚上的家长签字。

女儿刚出生时，我曾经设想让我的女儿以后自由成长，不再为试卷上的分数而忐忑不安，不再以 100 分为努力目标。然而，等女儿读书了，我才发觉我的设想完全是妄想，每个家长都像我这样想的话，学校完全没有必要设立。分数，成了衡量女儿上课是否专心、课余是否努力的唯一标准。

我从来不敢和别人讨论女儿的成绩，每每有人问起，我都是含糊回答，虚与委蛇。孩子的成绩成了家长骄傲自豪的资本，也成了家长不敢公开的软肋。尽管明白孩子读书成绩其实是家长之间虚荣心的比拼，但我从来做不到不在乎孩子的成绩。

孩子有很多的兴趣班可以报名，我想了很久很久，就把这个挑选的权力交给了女儿，心里期盼着她能挑选数学、英语之类的兴趣班，谁知，女儿一下就在漫画、语文栏目里打了勾。妈妈劝说了半天，她却抛下一句"你们给我报吧，反正到时候我不去读"后，就气哄哄地走开了。当然最后她依然屈服于我和妈妈的压力，每周六都去读半天的英语兴趣班。我每次看她读书回来的脸色，都是一脸的无奈。

女儿喜欢看书，我也支持她看书，因为我坚持看书比看电脑玩游戏要好很多，但等她一捧起书，她就忘记了一切，包括我们认为必须做而且应该做的作业。与我的设想背道而驰，重新从她手中夺下书本成了我和她时常较量的焦点。

我时常想把女儿造就成完人，容不得她出错，殊不知女儿也是常人，她也和别的孩子一样，喜欢玩，喜欢闹，喜欢哭，喜欢笑。为了成就孩子的完美，我拼命向孩子灌输完美的意识，可是，当我反过来仔细想想，我自己完美吗？我小时候也和女儿一样完美吗？我也让父母省心吗？也能满足父母也无法逃脱的虚荣吗？没有，我始终没有让父母省心过，更没能让父母满足过虚荣。现在想来，我父母当初也是恨铁不成钢地痛苦过，但我成为庸人了吗？成为人中垃圾了吗？没有，至少现在我的生活过得比我的父母好。

我也是孩子，在我父母眼里，我依然是孩子，既然我还是孩子的时候因为遵循了父母的做人原则，获得了后来的成功，那么我为何不把父母教给我的做人原则教给女儿，让女儿在掌握正确方向的前提下，自由成长？

46
留下，留不下

我该如何放下

　　曾看到一个故事：两个和尚过河，由于河水深，水凉，一个美女要求和尚抱她过去，和尚抱她过去之后，走了一段路，另一个和尚对这个和尚说："出家人不应近女色，你怎么能抱她过河呢？"这个和尚说："我早都把她放下了，你怎么还没有放下呢？"

　　这是一个充满禅意的小故事，故事寓意即对一些事情的在乎和不在乎也就是放下与放不下，其实就在一念之间。然而，说说容易，做到很难。

　　狐狸，既是我的同学，也是我的好友，自从认识之后，我们两人一直平淡如水、真情如铁，很多时候只要一方有事，另一方绝对是倾力相助而无怨言。没有时常热络的联系，但平时偶尔的一个电话、一个短信，又会把我们拉到一起。友情就是这样平淡而永久地继续着。

　　周五，狐狸打电话给我，说周六要去领汽车牌照，因为不认识车管所，所以让我给他做向导，带他去。我一口答应。确实，作为好友，我一定得帮这个忙，况且也不是什么大事。周六早上，我一改以往周六赖床的习惯，很早起床，单等狐狸的到来。然后，时间一分一秒地过去，时间很快到了上午的 10 点，狐狸还没有来。我想，这狐狸到底是来还是不来，正在念想间，在乡下的老母让照顾她的阿姨打电话给我，说以前给她配的药已经吃完，今天吃的药要去配了。久病的老娘饭可以一餐不吃，然而药不可以一餐不吃，一挂了电话，我赶紧起身坐公交车赶去乡下，准备到乡下的医院给老娘配药。刚坐上公交车不久，狐狸打电话给我，称其已经在我的城市边缘，就是不认识去车管所的路。我这才想起，刚才走的时候没给狐狸打电话问他的方位，没法，只能在电话里指点狐狸，让其按照我给的路线自己去车管所。虽然电话打了，但心里始终忐忑不安着。然而这忐忑不安很快被配药这事给冲淡了，等我配好药回乡下家里的时候，狐狸打电话说车管所找到了，我让他赶紧来我老家吃饭，反正等下回去的时候也可以从这里走。狐狸回答说，要在城里逛逛。我一想，也对，狐狸好久不来我的城市，让他逛逛就逛逛，所以也就安心在老家吃饭。

吃好饭，每天中午饭后必睡的恶习又来了，于是倒头便睡。睡到半途，我被电话吵醒，一位朋友找我有事，说已经在老家村口等着，没法，只能起床。趁着睡梦的迷糊和朋友一起回到城里，在一家茶室坐下聊天。聊到半头，狐狸电话来了，接了狐狸的电话，我的瞌睡一下就醒了，完了，只顾睡觉喝茶，竟然把在车管所领牌照的狐狸给忘记了。赶紧让狐狸到茶室门口，想请狐狸一起喝茶然后赔罪，然而等我看到狐狸的座驾之时，竟然发现狐狸之妻也在车内，这个丑可是出大了。狐狸情同兄弟，礼节有所怠慢无所谓，狐狸之妻也在，那么我就大大地不应该了。想将功补过，让狐狸夫妻用了晚餐再回。然而，心里有气的狐狸夫妻哪里还有这样的兴趣，就把不能共进晚餐的原因推在了小狐狸身上，说小狐狸一人在家，无饭可吃，必须回去。言毕，驾车绝尘而去。

回到茶室，我越想越是不对头，赶紧发短信给狐狸，向他说明原因，然后是真诚道歉。狐狸回一信息说，老朋友，没有关系。

看来狐狸是放下了，我却放不下，压抑了一个晚上，赶紧敲下以上文字，一是向狐狸再次道歉，二是也能让我和狐狸一样轻松放下。

放下，放不下；放下，依然放不下。这其实就是俗人的念想和心智。放下是一种境界，放不下是一份责任。

我是俗人，所以不知道放下和放不下之间的禅理。

留下，留不下

耍威风

前日和昨日都下雨，刚洗好的车子很快又是灰头土脸。中午，趁着休息的间隙，我把车开到了门口的洗车铺。

洗车铺里一老一少两个人各自在洗车，我顺手拿过高压水枪，开始自己冲洗车子。过了一会儿，那个老人过来说，"你站边上去，我帮你洗吧。"我说，"不用，我自己会洗的。"老人奇怪地看了我一眼说，"你不是这单位的吧。"我说，"我当然是这个单位的啊，我不是经常来洗车的吗？你怎么说我不是？"老人说，"你们单位的人从来不会自己洗车，但你每次来洗车，都会自己动手洗，所以让我有些不太相信你是这单位的，肯定是来蹭便宜的。"这时，年少的那位过来说，"你认不认识那车号为＊＊＊＊的车？"我说，"认识啊，怎么？"他说，"这人昨天下午来洗车的时候，我动作慢了些，门下面没有擦干净，被他狠狠地骂了一顿。"

听了这话，我心里不禁一阵感慨。这洗车铺租的是我们单位的房子，洗车铺的老板为了搞好关系，对我们单位的所有车辆都实行免费洗车的政策。这本来是老板的好意，但不知道为什么，我们一些同事把这好意当成了理所当然的事，把车开到洗车铺，车门一关，两手一拢，在边上当起了看客，还指指点点说这样洗不好，那样洗不好。

其实，对我们这些成年人来说，尊重别人就是尊重自己已属多余的说教，尊重别人本来就是应该的事情，可是很多时候我们把它当成了"不应该的施舍"。或许有人会说，洗车本来就是他们的本职工作，做好本职工作是他们应该的，至于收不收钱是另外一回事。我承认这话有道理，可是，当冰天雪地的时候，当烈日当空的时候，你把车开到洗车铺，坦然接受他们的服务，还横挑鼻子竖挑眼的，安心吗？

前些日子，一位师长在自己的微博上写了几句话，大意是，在自己无能为力的时候，只能认真低头做孙子，除非有一天，你能牛气地说，"喂，孙子，你过来，老子不干了。"看了这话想起今天这一老一少说的话，让我感触颇深，确实，有本事和比自己牛的人较真去，干嘛到比自己还要弱的人那里耍脾气显神威？人本来就是平等，为什么一定要来个欺软怕硬？有种你在洗车的时候，看到领导开车过来，别媚笑着给领导开门，媚笑着把自己的车让位，也牛气地说一句，你走开，我先洗。在这一老一少靠卖力气吃饭的人面前耍威风，我看不起你，蔑视你！

别在弱势人群面前耍威风，要在强势面前耍威风，那才是牛气，让我佩服！

你敢吗？

问问你能做什么

"问问你能做什么？"这是美国总统肯尼迪说的话，美国的哈佛大学还专门为总统的这句话注册了商标。

当我第一次看到这句话的时候，我突然感觉到，这句话对我的工作、生活将是一个极大的触动和鞭策。

曾听报社的一位朋友说，当初报社有几位记者时常以"曝光"为由，向一些被他们抓住了"把柄"的单位索要好处，让他们没有想到的是这些单位的领导竟然打电话给报社的领导，把他们的这些做法告诉了领导。鉴于这些记者索要的好处不多，也够不上处分，再加上"法不责众"，没法，报社领导只能在开会的时候给这些记者敲敲警钟。总编在会上说，你们别以为是记者，手中掌握了舆论监督的权力，就牛皮哄哄地不可一世，是谁在给你们的工作撑腰？我告诉你们，是报社！你离开报社就一文不值。

这话对我在日后的工作影响很深，我时常会问问自己，我能做什么？我还能做什么？确实，离开了单位的支撑，我将什么都不会做，什么都做不成。

我刚调到公安局，来找我办事的人越来越多，平时难得一响的电话也时常响声此起彼伏，接连不断，接起电话，都是套近乎，寻好处。不管我如何解释自己手中无权说话没用，电话依然不断。在我感觉无计可施的时候，单位一位领导告诉我，你要知道，如果你在逢年过节的时候收人家一条烟，那么你将为他做一年的狗，只有不收受别人给你的好处，你才能挺直腰板做人。听了这话，我茅塞顿开，确实，做人当然比做狗要来得舒畅。熟悉和不熟悉的人拼命向我套近乎，目的只有一个，就是我能利用在单位的人缘为他们谋点好处，要是我不能给他们谋好处，谁会来理我？要是我不在现在这个看似有权的单位，谁会记得我？但是，要是我因为为了一点私利做了违反原则的事而走出这个单位，谁还会记得我？同样，走出这个单位的光环，我还能做什么？

思路顺了，做事也就有头绪了，果然，给我打电话的人越来越少，我又重新回到了一天难得有一个电话的过去。很多同学问我，你们单位里的人在外面的圈子很大，认识的人很多，你怎么就一个人都不认识呢？对此，我只能惭愧地说，那是我无能。确实，从参加工作到现在，快二十年了，和我现在在交往的除了同学和几个合得来的朋友外，我没有一个能真正称得上"朋友"的朋友。没有朋友，不愿意结交一些有目的的人并不是说我是一个毫无人情的人，我会在合理合法的范围内帮助一些人，但从不求回报。记得有一位老人来办事，大字不识一个的他进了我们单位的大门，犹如刘姥姥进了大观园，分不清东西南北，他就四处询问办事的程序，一圈下来，正好碰上下楼的我。我听他说完，就带着他去找经办此事的同事，结果同事有事在外面，还需要等一会儿，我就让他到我的办公室坐下，顺便给他倒了一杯水，然而就是这一个不经意间的举动，让他记住了好长时间，他回家就说遇上了一个好人。此事是后来别人传给我的，却让我感动不已。

当我们时常能"日三省吾身"，每天以"问问我还能做什么"来提醒自己，我们必定能做到"换位思考"，必定能做到"老吾老及人之老，幼吾幼及人之幼"，也必定能做到恪尽职守，敬业爱岗。

"问问我还能做什么"？这既是一句警示，也是一种精神，更是一个自勉！

冬日思绪

晚上，突然想着出去走走，也不为什么，只是想走走，在纷繁的世事中找一处幽静之地，让烦躁的心能安静下来。

街上，冬日的寒气逼不走来往的车流、人流；广场，唱戏的、跳舞的、打球的依然是主角。走了一圈，才发觉要找一处清净之地还真的难。

四处转悠一圈，把脚步跨入了文理学院。平时灯火辉煌的教育楼已经没有了多少灯光，篮球场上，空无一人，田径场已经大门紧锁，校园内不见了卿卿我我的年轻情侣，河边的长椅空荡荡无聊地和低垂着的柳枝做伴。奇怪之余猛然一想，才明白，学校放假了。

在河边找一处长椅坐下，河水静静的，没有流淌的痕迹，尚未满月的月亮也静静地待在河里，在几颗寥落星星的陪伴下一动不动。

拿出手机，插上耳塞，随手按下音乐播放键，耳塞里面传来的竟然是齐豫演唱的《心经》，这本来应该属于佛门梵音的心经，在现代音乐的伴奏下，依然让人心静，让人沉凝。《心经》之后是《大悲咒》，《大悲咒》之后是《自在行》。听着这些佛门梵音，美丽、慈祥、慈悲的观世音菩萨在我眼前显现，让我原本烦躁不安的心不由自主地静了下来。闭上眼睛，不想其他，只想在这齐豫的歌声里静静地体会、静静地领略梵音的奥秘。

很多时候我们都会埋怨这个世界太繁杂，这个社会太浮躁，功利、金钱、虚荣无处不在，人与人之间的交往都被利益牵扯。我们只会埋怨这个社会，埋怨那些为利益而与我们交往的人，埋怨这个世风日下的社会，我们从来不会去反思自己，去正视自己。我们会用无数的豪言壮语描绘自己眼中美好的未来，却从没为自己的一个小小失误或一个小小的自私去反思。

我的心很浮躁，因为我没有把自己在社会这个大家庭中的位置摆正，自以为自己很了不起，其实，这个社会虽然说是由一个一个独立的人员组成，但是真的少了我之后，地球照转，太阳月亮照样按照自己的规律起落，盈亏。我没有那么的伟大，也没有那样的必不可少，我的重要只是对一个家庭而言，但这也只是一时的效果，在一时间，我这个家庭绝对会因为我的不存在而无法运行，但过了这个短暂的不应期，家庭依然如修复后的机器，正常快速地运行。

我们烦躁，我们张狂，我们不满，这一切都是因为我们把自己看得太高太高。其实我们没有那么的伟大，那么的必不可少。以我们单个人的智力、能力，我们不可能完成很多艰巨复杂的事情。积沙成塔，集腋成裘，积水成河，只有无数个和我一样或自视无所不能或自视平凡的人组合在一起，我们才能完成自己理想中的狂妄。

自视不凡，得到的只能是无穷无尽的烦恼和痛苦；虚荣满怀，得到的只能是整天挖空心思的盘算和担心；好高骛远，得到的只能是不切实际的虚高和泡沫。

认清自己，才能把自己的位置放准；认清自己，才能把自己的目标定准。踏实生活，踏实工作，不急功近利，不好高骛远，才能实实在在地做事，清清白白地做人；才能知道钱再多，死去的时候依然两手空空；房再大，每天需要的只是一张床。

放下不必要的虚荣，就会发觉生活其实很轻松；放下无谓的仇恨，就会发觉朋友其实很有用；放下虚无的追求，就会发觉踏实就是真实；放下无度的欲望，就会发觉知足其实很简单。

找一个静逸之处，听一些能让人静心的音乐，回顾一下自己的过去，展望一下自己的未来，就会发觉原来曾经失败的过去有过成功，缥缈的未来也是坎坷遍地。认识自己，也就认识了过去和未来，也就少了很多无谓的烦躁与苦闷。

文化的洗礼

接朋友可扬短信，说今晚在南方书店有一场诵读会，要我参加。

我曾听谢老师、彭老总和国庆多次说起南方书店，有一次还和彭老总一起到了门口，但终究没有进去。

南方书店在钱王祠前，原本是一家酒吧，后来文理学院门口的三叶书店搬迁到这里，随着酒吧变迁更名的还有三叶书店，"三叶书店"更名成了"南方书店"。

南方书店，我一直以为只是一个买书之地，只和文化稍微有点搭边，但没想到书店老板竟然能把文化当成了和经营书店一样的产业，时常举行一些茶座、演唱会，慢慢地把绍兴一些喜欢文化的文人吸引了过去，并正在慢慢影响着一大批即将喜欢或在文化边缘徘徊的人。绍兴是一个文化古城，是人杰地灵，人文荟萃之地，可是，遗憾的是一直没有一个真正的文化人是在绍兴土生土长，有几个文化人都是从绍兴出去在外地成名成家，然后再也不再荣归故里。

进书店，不像传统印象中的书店，进门要经过一道玻璃的屏风，门和屏风之间的空间不大，但"洞中日月小，壶内天地宽"，过了玻璃屏风，就是一排高高的书架，书架共三面，三面的书架每个都足足有两人高，拿书需用梯子做辅助工具。

进门的书架其实也是一道起到隔断作用的墙，因为书架后面是一个小型的演出场，据说南方书店已经举行过好几场小型演唱会了。当然，有演出场地也就有休闲的桌椅，供人喝茶的小吧台和阁楼。屋内除了那先进的灯光和音响设备，装修全部是原汁原味的天然。

找一个角落坐下，叫上一杯茶，找来一本书，感觉这不是书店，而是一个茶室、一个图书馆、一个歇脚的角落。

诵读会的主角分别是专门搞摄影的夏天、广电总台的两位，我叫不出名字，因为不熟悉，也从没见过，倒是见过好多次夏天，这是一个很有文化气息的人。住持是可扬，这位广电总台的老牌主持在这个小小的书店，我依然可以看出他的敬业和亲近，他在调试音响、音乐的空隙里，还不忘和我打个招呼，唯恐冷落了我。

诵读会准时开始，让我没想到的是原本只有稀稀拉拉几个人的书店一下挤进了好多人，还进来了几个十余岁的孩子，看到孩子，我不禁后悔没带女儿了。

夏天、广电总台的两位轮番上场给我们诵读了诗歌和散文的片段，可扬和广电总台的另一位女主持人也各自客串诵读了一篇短文。

本来只在收音机里听到播音主持的声音，现在他们就站在我的面前，我竟然有些不知所措，受宠若惊一般，我静心凝听，和诵读者一起进入角色。那穿越大海的海燕，那假如给我三天光明的盲人作家，那含泪吟唱红酥手黄藤酒的陆游唐婉，忽现眼前，身临其境就是这样的感觉。

我喜欢文学，也喜欢文字，但我一直不敢说自己和文学靠边，觉得文学太神圣、太神秘，不是我等俗人所能理解，所能靠近，所能接受的，但通过今天晚上的诵读会，让我看到了文学其实离我很近，只要有心，处处能接受文化的洗礼，处处能和文学扯上关系，沾上边。

珍爱文学，珍惜文学，虔诚接受文化的洗礼，是我的任务和目标。

为约定而生活

五年是一个什么概念？

十年又是一个什么概念？

十五年又该是一个什么概念？

在没见到一别十五年的同学之前，我没有任何的意识和概念。当我站在一群分别十五年的同学面前，我突然顿悟，十五年是什么？十五年是岁月，是历练，是奋斗，是收获，是永远无法割断的同学深情和丝丝牵挂。

奔波了数个小时之后，我终于站在了丽水松阳的土地上，怀着忐忑不安的心，我四处寻找十五年同学会的集聚地——松阳宾馆。松阳宾馆其实就在眼前，我却在它面前转了大大的一个圈。丽水的同学建林就坐在大厅里等待着我们的到来，可是激动的心却让我两眼盯着建林却视而不见，要不是建林起身拉住我的手，我一定不会想到他就是我的同学。

一九九四年的六月，在杭州的华家池边，我们一班二十九位同学（本来是三十位，其中一位因为成绩优秀而被转到了本科班学习）一改以前的谨慎和拘谨，齐聚在学校的小食堂里，啤酒、黄酒、白酒、可乐、雪碧轮番上阵，击碗高歌。一切显得疯狂，却又不失理智，因为我们班是我们系乃至我们学校有名的学习风气最好的班。记得有一次教育部和省教育厅的领导来学校视察，在我们毫不知情的情况下，领导们来到了我们自修的教室。教室里鸦雀无声，三十个人一个不少，三十个人每人都在看书做作业，这一切，让视察的领导惊叹不已。不是我们和别的同学不一样，只是因为我们比我们的学哥学姐、学弟学妹们更知道学习机会来之不易，更懂得知识的重要。离开华家池的前夕，我们约定十年一次聚会。二〇〇四年的四月，十年的约定到了，而我却因为一个偶然的意外，没有重回华家池，没能和同窗三年的同学再次把酒言欢，握手笑谈十年历程。在这次十年的聚会上，同学们感觉十年太久，五年一聚最为合适，于是十年一聚改成了五年一聚。在这次聚会上，丽水的同学一致要求，五年之后的同学聚会放在丽水（这当然是我后来才知道的）。二〇〇九年的四月，同学耀华打电话给我，说五年一聚的同学会放在松阳，时间定在五月的十六日、十七日，接此电话后，我竟然激动得犹如孩子般地扳着指头算起了日子。激动过后，我不禁反思，怎么一说开同学会就会激动得犹如孩提时候？其实，不用反思，我也知道，这一切都是同学情深惹的祸。我一直自喻比较感性，重感情，容易感情用事，确实，十五年了，十五年没见同学了，这能让我不激动吗？

往事历历在目，眨眼间，十五年的岁月就这样一闪而过。建林带着我走进一个大包厢，二十多位男女同学围着一个直径足足有三米的大台子，在等着我和另外一位同学的到来。尽管我有拥抱的冲动和流泪的渴望，但是还是竭力控制，笑，弥漫在我的脸上，笑，显现在每个同学的嘴角。没有虚假的寒暄，只有真实的问候。时间早已过午，饥肠早就辘辘，然后，见到了同学，生理的饥饿早被心理的激动所替代，要不是老大根亮的再三提醒，我还不想捏起筷子。十五年的牵挂，十五年的思念，十五年的离别，让我忘记了医生的嘱咐。端起酒杯，倒上满满一杯娇艳如花的红酒，一碰一大口，一圈下来，一瓶红酒只剩几滴。这样的酒量，要是在平时，我喝上十天也不一定喝得完，然而就在这短短的几分钟里，这酒和着浓浓的同学深情，和我融成了一体。

天渐渐暗了下来，我们一帮同学在老大的安排下，移师北上，到了松阳寨头摄影休闲园，两位落后了的同学和一直喜欢摄影、喜欢用自己拍摄的照片给我们这帮学生做新年贺卡的方老师也赶到了寨头摄影休闲园和我们会合，学生、老师齐聚一堂，仿佛又回到了大学时代，回到了华家池边。在班长小翁、团支书耀华、老班长阿木和老大根亮的倡导下，每一位同学都谈了这五年或十五年来的奋斗历程。历程的回顾，让我们这帮全都成了孩儿他爹孩儿他妈的同学又回到了毛头小伙和窈窕淑女的大学时代。奋斗历程不同，各自收获也不同，然而对同学的牵挂，对同学的关心却是相同的。移了桌椅，放下卷起的投影幕，开了闪烁的镭射灯，十五年前，华家池边体育馆的感觉出来了，根亮、阿福、火明引吭高歌，海灿、小萍翩翩起舞，一曲《萍聚》是我和豆芽成为同学以来的首次合作，不全的五音却引来同学们的阵阵掌声。我们的歌声，激起了其他同学的无比热情，在大学期间从来没见过他们唱歌跳舞的同学纷纷把会场变成了歌厅和舞池。

时针早跳过了子夜的零点，会议室的歌声依然嘹亮着。所幸的是老大根亮找的地方是一个建在山顶的寨头休闲摄影园，不管我们再怎么吵闹，都不会影响任何一个淳朴的山民。

等我从睡眠中醒来的时候，分别已经近在眼前。相见时难别亦难，老大根亮要求再做一回东道主，请我们这帮同学用了中餐再走。没有一丝虚伪推却，没有一丝虚伪的挽留，只有真诚的邀请，我们又围着一张大大的圆桌坐下。除去有事无法赶到的同学，我们二十三位同学共同举杯，为昨天，为今天，为明天干杯。

干杯！今天的分别为了明天的相聚，今天的握手为了明天的拥抱。

干杯！我们再次相约，五年后，我们共同聚会衢州。

聚首，为了和同学的再次聚首，我们约定，我们郑重约定：一个都不能少！

为了约定，我们快乐生活；为了约定，我们笑对生活；为了约定，我们平淡生活；为了约定，我们珍惜生活！

情醉开化

一

这是我第二次到开化。

与上次不同的是这次是来参加同学会的,二十年的同学会——离开校园已经二十年了。

二〇〇九年十五周年的同学会结束时,我还为要五年后才能和同学团聚感到伤感,谁知,眼睛一眨,二十年的同学会到了。

二

同学会召开的时间,正好是我在北京学习的时间。北京衢州,相隔千里。

班长翁锡良专门给我打了几个电话,让我想办法赶上同学会。记得当时我不敢一口答应,因为我不知道老师会不会同意我请假,毕竟刚到鲁院。翁锡良见我支支吾吾、犹豫不决,开口就说:"人生能有几个二十年?"听了这话,我只觉得鼻子一酸,当即决定,哪怕老师给我记上旷课,我也要赶到开化。

好在老师同意我周五下午请假，但要求我周一早上一定要回到鲁院。一切很顺利。周五上午放学后，坐公交，赶地铁，在火车开车前的半个小时，赶到北京南站。等到杭州，已经是晚上的八点四十五了。第二天早上很早起床，匆匆忙忙赶到车站，赶到诸暨，和早已经等我的卫平、胡群会合。

三人一路狂奔，到了开化早已过午。鹏举同学专门到高速出口迎接我们，赶到金山农庄，老师同学和我们稍作寒暄，才开始就餐。路上，我们多次让已经到达衢州的老师同学先吃饭，但他们依然停箸静等。

五年没见方旭升老师，在我眼里，他依旧如昨。方维焕老师是我们的班主任，我们离校的时候，他正在国外交流，二十年未见。与王家刚老师也是二十年未见，他清瘦一如往昔。胡旭阳老师是比我们高两届的师兄，现在尽管已是校领导，但亲和依旧如邻家阿哥。

三

饭后的活动是爬古田山，我对百度上的古田山资料并不关心，我关心的只是能和老师同学一起共上古田山。

上古田山的道路依山涧而建，所以一路之上，涧水之音潺潺不息，间隔着几声鸟鸣，让平静的山林增添了许多的生气。半途之中，偶尔冒出的小飞瀑，让人惊喜不已。倾倒在路上的参天枯树，已被建设者巧妙地融合在水泥石块的道路之中，让人不得不佩服建设者的独具匠心。

行到半山，古树、涧水、美景已经成为同学们前进的动力，刚才还是集群作战的同学队伍，在老师的带领下，已经分成了前锋、主力和殿后三大块。我有幸和建林及华明刚上大学的儿子紧跟着荣平、小其的脚步，成为前锋的一部分。

古田山从理论的海拔数看，并不高，但等到要真正亲密接触，才明白海拔不是问题，体力和坚持才是关键。

无数次，从树林的间隙中看到白墙黑瓦，但紧走几步才明白，那不过是密林间隙中天空的幻影。看来人到一定时候，为了达到一定的目标，时常会看到幻影。这些幻影既是激励也是打击，关键是如何把握和看待。

好不容易走到山顶，山顶没有北安说的古寺。这让我感到很奇怪。我以为寺院不是建在山脚，就是建在山腰，或者建在山顶。现在从山脚到山腰，都没见到古寺，是我们的路错了，还是北安的信息错了。

心有不甘，荣平和小其早沿着另一条路去了。我和建林也跟在后面，很快，他们两个都不见了影子。

此路是往下走的，这让我和建林有些不踏实。沿路而下会见到古寺吗？建林挺身而出，抢先探路。见建林如此重情，我也只好跟上。走了一段路，只听得建林在前面大声喊："快下来，看到古寺了。"

果然，走了百把米路后，眼前豁然开朗，两幢房子在群山和田间阡陌之间安静地待着，古寺，没有臆想中的宏伟和辉煌。但古朴和淡雅，却让古寺和山林自然融合。这就像我们同学感情，虽无激情，但早是你中有我，我中有你。

四

师生感情，同学感情，已经让我醉了，醉得我无法控制自己。

不知道为什么，晚上我很想喝酒，但却不敢喝。我一直在自问为什么？后来饭后聚会畅谈的时候，我从志伟的言语和眼泪中找到了答案。原来，我怕，怕自己酒后无法控制自己的情绪，怕自己的冲动影响同学的情绪。

随着年龄的增加，经历的增加，我越来越发觉自己的泪点越来越低，稍稍有些感动，都会落泪。就像我听志伟说了一句"我想哭"，我的泪就刷地一下流了下来。

十年的同学会我没能参加，这是我心中一直的遗憾，或者说是疼痛。我也知道老师和同学对我这几年的生活很是牵挂，因此，我详详细细地向老师和同学说了我的工作、我的现状，以及我的很多憋在心里却无法诉说的话。只有老师同学让我放松，让我无所顾忌。

叙旧，成了晚餐后的重头戏。谁都不知道时间过去了多久，谁都不去关注现在的时间是几点。人人都成了夜猫子，人人都不想太阳很快从东方升起。

五

因为老师不同意我周一请假，因此，我提前离开同学。早上六点不到，我起床了，卫平也起床陪着我一起到楼下走了一圈。

北安专门给我叫了辆车把我送到衢州火车站。我本来想让车把我送到开化车站就好，到了衢州我自己去火车站，但锡良怕我人生地不熟耽误火车，坚持让车把我送到衢州。

临走的时候，大多数同学还没起床，但北安和锡良早就候在酒店大堂等着送我。我背起行囊，坚强地做到不回头，我怕一回头，顺着脸颊流下的泪水，会触动同样处于分离的同学。

等车慢慢开动的时候，我还是转过头，向同学挥出了告别之手。

别了老师，别了同学，别了开化！

相聚总是短暂，相见总需有缘。

亲爱的老师，亲爱的同学，再过五年，我们重聚。

无须汇报

昨日，收到一封信，是一名小学二年级学生给我写的。

信写得很工整，可见孩子很用心。但从孩子的信中，我可以看出明显的统一格式和规定程式：先是汇报成绩，再是感谢资助者，最后是表决心。

年初的时候，和同学聊天，他问我，一家电台在搞一个结对资助活动，有没有兴趣参与。我说，要求？条件？他说，没要求，就是资助建德一所小学的贫困学生的营养午餐，钱不多，一年六百。我说，行。

这事说了后，一直没有了信息，直到四月初，接到电台的电话，说给我结对的人是小学二年级的学生，费用是从二年级到六年级一次性付，一共三千。然后他给了我一个账号，让我把钱打入账户就行。

过了几天，电台发来一个短信，说四月底电台要搞一个捐赠仪式，凡是资助的人都需要出席。我问，能不出席吗？电台回话，大家都参加，不出席不好。

后来，同学打电话问我，参加活动吗？我说不想参加。他问为何？我说，资助是一种形式，活动也是一种形式，参与就好。

同学说，我也不想参加这个仪式，可是也想看看他们那里到底怎么样？我们的资助是不是真的？

我听了感觉很有道理，也就答应了。

四月底，捐助仪式如期举行。看着站在印有一家企业和电台广告的幕布前的十多个孩子，我忽然有种想掉头而走的冲动，我不忍这些孩子因为受助像道具一样被摆布。

不管我愿意不愿意，仪式依旧进行，掌声依旧响起。我和其他人一样，被迫捧着捐助证和手捧受助证的孩子见面、拍照。

学校领导在讲话中说，每个资助者的电话和地址都已经给了学生，以后学生要经常给资助者写信，及时汇报学习情况。

我单独和学校的一位老师说，汇报没必要，如果真的有事需要帮忙，直接让孩子打电话给我。

那位老师说，这是我们学校统一的安排。不过，你要求不写，也可以不写。

可是，过了二十多天，我还是收到了学生的信。

收信后，我五味杂陈，不由得想起二十多年前的一次捐款，那时候我在读大学，校园里贴满了有着大眼睛姑娘的希望工程海报，没有老师要求学生捐款，希望工程只是一种宣传形式。

我很想出点力，刚好，从收音机上听到一家电台在开展资助活动。我赶到电台，电台接待的工作人员告诉我，捐助二十块，留下姓名和地址，到时候受助的人会给我写信。捐助十块，只能留下捐助者的名字，不会有人给我写信。

说实话，我很想有被捐助者给我写信的冲动，可是，当时不到三十块钱一月的生活费，根本无法拿出二十块钱来，无奈，我只能捐十块。捐十块钱，当然是收不到受助者的信的。

后来回到学校，和同学偶尔说起捐助的事，他们的意识竟然一致的相同：既然捐助，无须汇报。

当时我并不是很理解，后来工作了，见识的人、事多了，才慢慢理解，助人，无须联系，既是对受助者自尊的维护，也是资助者付出不求回报的体现。

雪后初霁

下了大半天的雪在昨天夜里停了。看来现在的天气预报不再照顾"局部地区"，开始照顾全部了。

早上起床，满眼的白色，俯身到窗口一看，车已经被冰雪厚厚覆盖，想着女儿还需要我送她上学，赶紧下楼查看。厚厚的积雪加上冰得严严实实的地面，要想把车开出去，基本和梦想差不多，走在路上咯吱咯吱的声音，听得胆战心惊。

女儿见开车送她无望，倒也轻松，背着书包和我一起一步三滑到了公交车站。等了一会儿，好不容易一辆公交车过来，车上黑压压的全是人，超载极其严重的公交车再也不敢在车站停留，扭扭捏捏地走了。没法，只能继续等。等的时间是漫长的，又是十多分钟过去，不要说公交车，连出租车都没有一辆。眼看着女儿上学即将迟到，我对女儿说，"老爸陪你走路到学校。"女儿同意了，可是刚走出一站路，女儿说，"老爸，我走不动了。"我想想也是，在这样冰滑的路上行走，学校没走到，早过了放学的时间了。于是，父女俩就想了个笨办法，死等吧。

公交车站人头攒动，很久没有看到这样的场景了。车站前，几个骑电瓶车的，一个不小心，车子倒地滑出去很远，只留下主人坐在或躺在满是冰凌子的马路上，哎哟、哎哟地叫疼。

终于，又一辆公交车羞答答地出现在了路的拐角，女儿被一大堆人挤上了公交车。

留下，留不下

雪后低温带来的往往是晴天，看着女儿上了公交车，我才发觉太阳已经从东方升起，阳光很亮，也很暖和。看看天，看看地，我忽然想沿着路边的行道树走一圈，去体验一下无人行走的树下风景。果然，从行道树下走又是另一番的风景。

　　太阳从穿过行道树的空隙洒落在积满白雪的路上，犹如洒落了大片的金粉，风过树梢，被冰封了的雪沫从树梢洒下，面粉一般，落在脸上，凉凉的感觉远远胜过大片雪花落在脸上的冰冷。伸出脚，小心地踢一下树，雪沫洒得更欢，细细的雪沫无孔不入，很快钻进衣领，钻进脖子，犹如一个个看不见的小精灵调皮地在我的脖子上穿行，直达脊背。这样的游戏，小时候也经常玩，走在路上，看到后面有人跟着或者前面有人过来，就躲在一棵树或者几株淡竹后面，等前面的人或者后面的人走到跟前了，一抬脚或一伸手，使劲地踢树或摇竹枝，把树上或竹枝上的积雪洒落在别人身上。当然，这个过程中，自己也会被波及，然后在对方还没回神过来的时候逃之夭夭。当然，这样的游戏也是有着极大的风险的，一不留神被抓住，大大的一个雪团肯定会被塞进衣领，塞进前胸或后背。

　　我走的那条路上人并不多，因此我也不用担心我用脚踢树会被人骂。当然更有味道的是在这雪白的大地上，我是第一个留下脚印的人。

　　白皑皑的雪把地上的一切都遮住了，让人无法看到这白雪下面有些什么，存在些什么。

　　雪能遮丑，这或许就是一些人喜欢雪的另一个原因吧。等我走到家，再从窗口瞭望四周的时候，初始的白色世界已经变得斑驳游离，黑的依然露出了黑的模样，红的依然遮不住那一抹火热。

　　其实，做人也是这样的，很多时候，我们都希望有一个像这大雪一样，无所不能的东西能把自己遮掩，然后努力把自己隐藏起来，不想让别人看到这掩藏下面的真实。但我们只看到了雪未融化时候的景象，却忘记了雪融之后的实在。所以有时候我经常想，既然遮不住丑，那就把自己完整地展现在世人面前，展现在大众面前，这样既可以让别人能真实地看到我，也能让我不用刻意地遮掩，可以快乐、自在生活。

二〇一〇年的第一场雪

天气预报早说今天有雪，可是，早上起床，天气阴阴地继续下着小雨，没有半点下雪的迹象。

期期艾艾等到上午，杭州的朋友发短信给我，杭州下雪了，而且很大。我回复过去，绍兴没有下雪，天空反而有晴朗的迹象了。谁知，等我短信发出，抬头一望窗外，窗外的天空竟然开始飘起了雪花，我赶紧发短信过去，下雪了。回过来一张笑脸。

雪花由疏到密，最后竟然伴随着凄厉的北风，斜刺刺地漫天飞舞，窗外蓝色的雨棚上面很快布满了雪花，雨棚的颜色也渐渐由深蓝转向浅蓝，最后变成银白，偶尔从某个角落露出的一丝丝深蓝，才能看到这雨棚的本色。

同学叶芽打来电话，说天下雪了，领导怕到时候雪下大回不去，打算上午开完会，下午去兰亭、鲁迅故里走一圈就回去了。叶芽是昨天到绍兴来参加一个培训的，来时没有给我电话，只在电脑上给我留了言，等我看到已是晚上，打电话过去，才知她真的已经在绍兴了，当即约好今天和同学狐狸、春妮一起去看她，还让春妮定好了共进晚餐的酒店和包厢。同学毕业近二十年，除了去年在松阳匆匆一见外，还没有见过，这次到了绍兴，怎么能不见呢？当即约好春妮，准备接她一起到叶芽下榻的酒店。

同学难得来一次绍兴，总想带点绍兴的特产给同学，想了半天，最能代表绍兴的或许只有酒了，于是在赶往酒店的路上，买了箱酒，作为一点心意。

　　雪越下越大，车行在路上，很是难走。等我和春妮赶到酒店，叶芽已经到了。同学相见，亲热异常。房间内温暖如春，捧一杯茶坐在窗口，看着窗外漫天飞舞的雪花，聊着学生时代的生活，分手以后的工作，感慨异常。

　　酒店在小亭山脚下，从窗口望远处的小亭山和永和塔，只见雪花如席，山上银装素裹，琼楼玉树，起伏的山峦犹如银蛇，若不是因为下雪天显得灰蒙蒙，此时的景色和仙境无疑。无怪一代伟人能写出"山舞银蛇，原驰蜡象"的豪迈词句来。

　　雪落无声，一层一层地堆积在地上、草上、树上、房檐上、屋顶上，越堆越高，原以为这样的天下不了厚雪，看来这个想法是错误的。

　　因为叶芽下午还要去活动，我和春妮也就告辞了，相约晚上等狐狸从诸暨赶来后共聚。

　　从酒店出来，把春妮送到单位后，本来不想再去单位，但转而一想，在家也是坐着，到单位还能做点事情，想想还是去单位了。此时，雪开始小了起来，雪花也变小了，如席雪花变得比指甲面积还要小，看来雪能停了。收音机里传来播报天气预报的声音，明天天晴，但有冰冻，气温在零下二到零下四度，听着信息，我不由得开大了一点车内的空调，仿佛冰天雪地就在眼前一样。

　　车过梅山大桥，突然听到砰的一声，接着看到在我前面的一辆面包车硬生生地停住了，我驱车上前，原来是面包车撞上了前面的一辆小轿车，还没等我看清前面小轿车的牌照，车上下来的三个人却让我吃了一惊，这三人竟然是老婆、她朋友和她姐姐，真是巧合的不能再巧了，没法，我只能下车陪着她们，打电话报警。可惜的是接警的民警回电话过来，让我们自行找保险公司报案解决，反正后车撞前车的追尾事故，责任明确。

　　老婆以为我对事故处理流程很懂，其实我是一窍不通，接到电话赶过来的姐夫也和我一样，什么都不知道。没法，就等保险公司的工作人员来了。

雪仿佛有灵似地，看我坐在车里等保险公司的工作人员，竟然又大了起来。车窗玻璃很快被雾成了一片，看不清外面。一直等了一个多小时，保险公司的工作人员终于来了，等他拍好照片，填好单子，我依然稀里糊涂，不过有姐夫在，倒也不用我多费心。

天继续下雪，回家的路也变得异常的漫长，走走停停，一步三等，等挨到家，天已黑透，好在还有一个空隙正好让我停车，让我少了没地方停车的恐惧。

雪依然在下，气温在不停地下降，刚刚还暖和的手，现在变得冰凉。冬天了，冬天真的来了，今天下雪，是二〇一〇年第一场雪。入冬了，也学着冷血动物的样，冬眠猫冬吧。

奢华也有定性

周日，陪同学跟团去看房，看房结束，房产公司把一帮有可能成为未来业主的看客拉到了一个高尔夫球场，让看房者无论老幼，均挥上球杆，过一把打高尔夫的瘾。

高尔夫，一直是有钱人的代名词之一，并非是我等无钱者能享受的。所以，当房产公司的大巴车开进高尔夫球场时，我的心里竟然产生了一种莫名的自卑，心无缘无故地悬了起来，如此奢华的场所，是我能来的吗？

好在房产公司没有明显表现出嫌贫爱富的姿态，来者都是客，反正是玩玩，开开眼界，真正的球场就不去了，到练习场体会一下，开开眼界就成。正是房产公司的这种心态，让我把悬着的心放了下来。

我一边挥杆胡乱打球，一边张大眼睛滴溜溜地四处观看，越看，心越不平，原本碧波万顷的良田，现在成了无垠的草坪，要是依然种着粮食，那一年该有多少的收成？如此奢华的地方，挥一下杆，打一个球，按照门口广告牌上的标价分开算，其费用足够我吃上一顿快餐。

挥了几下球杆，久不锻炼的胳膊竟然酸了，于是就在边上坐下，随手打开一听放在茶几上供人随便喝的雪碧，突然想到一句话：奢华没有定性。

确实，奢华没有定性。对我们这些囊中羞涩的人来说，在这一望无际绿油油的草坪上，随便挥一下球杆，打出一个球，就是一顿快餐，这就是奢侈。可是对长期这样挥杆打球的人来说，其实这是很平常、很简单的休闲健身方式。

有时候回顾一下自己走过的路，做过的事，就会发觉个人对"奢侈"的定义不是永恒不变的，而是随着时间、经历、生活、环境的变迁而变迁的。儿时衣不遮体的时候，看到一个冬天穿了棉鞋又穿袜子的人我会觉得他太奢侈，既然已经有棉鞋穿了，干嘛还要穿上袜子，这样的无用和浪费；一年中难得能吃上一个橘子的时候，我会觉得住在城里的表兄吃橘子像现在吃橙子一样剥着橘囊上的膜吃太奢侈；当家中的破竹椅换成新竹椅的时候，我会觉得父亲专门买来一罐桐油刷在椅子上是一种奢侈。

三十余年过去，我已经不再把穿着袜子穿棉鞋当作是奢侈，已经认同吃橘子剥掉那层薄膜确实比不剥掉薄膜的要好吃，已经知道新椅子刷层桐油比较不容易腐烂，一切都是心随境转。

我们时常说"由俭入奢易，由奢入俭难"，事实上确实如此，当一个从一掷千金、毫不眨眼的富翁，变成恨不得一个硬币掰成两半花的穷人，估计在短时间内绝对比杀了他还要难受。好在人是适应性极强的物种，他很快就能适应这样捉襟见肘的生活。

"盛年思荒年"，作为有思想、有智慧的生物，人会想出"奢侈"这样的词语，会富而不奢，贫而不贱。为富不仁者人人唾弃，因为为富不仁者已经忘记了奢华其实也要建立在顺民心、会民意的基础上的，离开了这个基础，奢华势必只是昙花一现，无法永久。

奢华其实也有定性，也有度在里面，无度的奢华，只会自取灭亡。所以，作为有思想、有理性的人，在如何掌握生活的度也就是奢华的度的时候，必须要有一个明确的标准，一切以合情合理为原则的标准，如果缺乏这个标准，就会说出"何不食肉糜"这样流传千古的昏话来。

因为欲无止境，因为期盼自己能过上自以为奢华的生活，所以，人就会为了这个欲望不断地努力着，奋斗着。但要牢记，奢华也有定性，欲望也有止境。

路，不止一条

周日，随谢老师、彭老总和可扬及淡笋去爬宛委山。

上山时没有走我预想中的后山那条旧路，而是从大禹陵进。进大禹陵需要买票，景点门票无法分割，五十元一张的门票能进三个景点，一是大禹陵，一是百鸟乐园，还有就是宛委山。

大禹陵景区我还是读初一的时候到过，扳着指头算来已经整整二十六个年头了。二十六年，什么都在变化，生活在变化，社会在变化，这景区当然也在变化。宽阔的石板路代替了以前的乡间小道，钟亭、鼓楼和宏伟的广场取代了以前的稻田，景区观光电瓶车让游人省去了从门口到景点的奔波劳累。只有大禹陵门口小河上的乌篷船，依然在不停地招呼着游客。

上宛委山需要从大禹陵入口的百鸟乐园旁边进，路，从山脚铺到山顶，都是用石板铺就。一步一台阶，颇有一步一叩首的韵味在里头。上山和下山的人时常能在半途碰上，不管路宽路窄，相识与否，在交会之时，都会相视一笑，自觉避让。谦让之境，让人恍如梦中。

路中山脚修到山顶都是顺着山势而走，所以路的两边都有明显或不明显的供雨水下流的小沟，因为天没有下雨，这小沟之中罕见水影，偶尔有几处水迹，都是从路边山体的石缝里渗出的山泉。山泉细小，沿着小沟涓涓而下，不出百步，早已隐入山中不见踪影。看着这山泉、小沟，不禁心生遐想，要是在一个下雨的时节，打着伞，顶着不大不小的雨滴，听着沙沙的雨声和小沟中涓涓的溪水声，再顺着这整洁的台阶，一步一步前行，这意境绝对胜过蓬莱仙境。

路上不时有供游人休息的亭子出现，这些亭子建筑都有些类似，青瓦红柱，遗憾的是亭子的柱子上早被人刻满了类似"某某到此一游"、"某某爱某某"之类的留言，让这些本应该还是崭新的亭子显得斑驳不已和破败不堪。不过亭子周边那青翠的树木，能让人不再理会亭子的斑驳和破败。

行到半途，半空中传来犹如蝉鸣的"吱吱"之声，正在惊异于夏蝉早现之时，两个高大的高压线铁塔出现在了视线中，细听之下，这"吱吱"之声，竟然从这高压线的铁塔之上传来，盯着这铁塔上的高压线看了一会儿，竟产生了一种高压线会不堪"吱吱"之声重负而熔断的恐惧。

春天的宛委山上山花烂漫，除却路边东一株、西一簇人工种植的樱花、桃花等，自然生长的映山红、迎春花以及一些叫不出名字的或红、或黄、或蓝的花遍布山上的每一个角落，随着不时传来的爬山游客的阵阵笑声，不时扑入眼帘，让人应接不暇。"远上寒山石径斜，白云深处有人家"和"半壁见海日，空中闻天鸡"或许也和此时的意境类同。

一步一步踏着台阶，一步一步走向山顶，越走我发觉山上的风景越是熟悉。当走过一处大墓时，我突然发觉原来爬了半天，依然回到了旧时常来的薛壁居。

过了农历的新年，我还没有到过薛壁居。薛壁居风景依旧，完全没有因为我两个多月未来而改变，坐在薛壁居前聊天喝茶的依然是以前那些常见的熟悉的陌生人。可扬已经走进薛壁居里面，双手合十虔心跪拜里面供奉着的神像了，我也从门口的纸箱中拿了一对蜡烛和九柱清香点燃，跪拜。不想身边杂事，不想心中烦事，真正做到心无杂念，虔心跪拜。不为信仰，只为寻求心中的一丝慰藉。

坐着聊天之时才知道，上这宛委山也就是薛壁居的路不止一条，至少有5条。这5条路通向宛委山不同的角落，但不管怎么走，到最后，总能沿着一条路走到这薛壁居，这能让人喝茶、聊天、静心的地方。

留下，留不下

人生路也是如此，人生的终点只有一个，但到达终点的路却有很多很多，这些路有的崎岖，有的坎坷，有的笔直，有的通畅，有的九曲十八弯。很多人在走这人生路的时候，往往只注重了目标，结果不但走得又累又苦，还放弃了沿途的风景；有的人能苦中寻乐，一步一风景，虽然走得艰辛，但完全不觉得累，因为他的心被沿途的风景给吸引了。

　　苦、累是人生路上不可避免的，为什么一定要放弃观赏风景的悠闲而去体会苦累的痛苦呢？

　　路，不止一条！在选择一条能达到目的的路的同时，别忘记观赏沿途的风景。

心生感恩

　　昨日傍晚，离学校放学时间过了整整一个多小时，女儿才背着厚重的书包回家。

　　担心不已的我问女儿："怎么回家这样迟？你不知道爸爸妈妈在担心吗？"

　　女儿说："明天是教师节，我给叶老师买贺卡了。"

　　叶老师是女儿小学的老师，从一年级到六年级，一直都是女儿班的班主任。在女儿就读的小学，一位老师从一年级一直带到六年级是极其少见的，可想而知，学生和老师的感情至深是显而易见的。

　　我一直以为女儿和老师是比较合拍的，虽然女儿读书成绩不是很出挑，但是她对老师心存的敬畏之心很重，从不说老师的不好，对老师布置的作业以外的任务也是认真完成，从无折扣，我也一直很庆幸女儿有尊师之德。

　　就在我以为女儿和老师能一直这样融洽下去的时候，女儿和叶老师之间却产生了矛盾，处于逆叛期的女儿竟然回家就说老师不好，有时候还会爆上几句粗口，每当我就此批评女儿的时候，她也不肯接受我的观点，更不肯认错。

　　女儿的变化让我惊恐不已，想去问老师，但又觉得不妥，只能慢慢摸索着寻找症结所在。终于，通过我的细心开导和"努力"，女儿把积在心中的"怨恨"和我说了出来。事情的起因还在去年十一月初，当时老师给学生布置的家庭作业是写一篇作文，女儿回家后，就

写了 篇《雨》。谁知道，这篇作文不知是写得好还是怎么的，老师在课堂上读了这篇作文又表扬说有散文风格后，有些不相信这作文是女儿写的，于是就在课堂上问女儿："这篇作文是不是你自己写的?"女儿回答："是的。"老师又说："我要去查的。"女儿开始感觉有些伤心了，回家后就把这事告诉了我，还要我给她写张字条，说明这篇作文是她自己写的。我就给女儿说了一通自以为正确的"才华无须证明"之类的话，开导女儿。然后背着女儿给老师发了条短信，说明了情况。老师当即回短信过来，说第二天会在班上给女儿正名的。当晚，我自己也写了篇《才华无须证明》发在博客上，以作纪念。我以为一向不会记事的女儿早就放下此事了，谁知，她却始终放不下。写作文开始敷衍了事，对老师说的话开始不再听，在同学之中越来越孤立，老师对她的意见也越来越大。对老师的成见，曾使她在一段时间内产生了"厌学"情绪，每天早上第一句话，就是"我不想去上学"。

这样的过程一直到女儿小学毕业，我才放下了心中的石头。

教师节来临之前，女儿和我说要去看叶老师，她说："我越来越感觉到叶老师对我真的是很好的，我要在教师节的时候去看她。做人应该有感恩的心，老师教育了我，我就要感恩。"

女儿的话让我吃了一惊，一夜之间，女儿仿佛长大不少。对女儿的想法，我不但支持，而且深感欣慰。她要去看曾经教育她六年的老师，这足以说明她已经理解了感恩的含义，所以有了感恩之心，是一个记得感恩的人。

女儿买来贺卡后，对我说："爸爸，你给我想几句话吧。"我说："这话应该是你自己想，让我想，那就成了我的思想。"女儿想了一会儿说："对，应该是我自己写，我得感谢老师，再对老师道歉。"我听着女儿的话，没说什么，心里有的只是甜蜜，女儿大了，懂事了，最为可贵的是懂得分辨是非，懂得感恩了。

今天早上，我拿出十块钱给女儿，因为她就读的中学和原来的小学相距甚远，坐公交车需要转两次，我就想着让她打的。女儿说："不用，我自己会想办法的。"

傍晚下雨，我一直担心女儿会不会不去小学看老师，但直到六点多，女儿都没回家。因为下雨，我也担心女儿，就给叶老师打了个电话，听叶老师说女儿在她那里，我才放下了心。

女儿回家，第一句话就说："老师没想到我会去看她。"我说："老师都是一样地希望自己的学生能成材，对学生老师是不会记恨的，只有学生才会记恨老师。老师对学生的好要等到学生自己懂得了才能体会到。"

人活在世上，必须有感恩的心，不但要感恩父母，感恩亲人，而且还要感恩老师，感恩朋友，感恩自然，只有对身边的一切都心存感恩，才能发觉生活的美好，人生的价值，才能有所为有所不为。

人生一世，感恩一生。

感动，是无意中简单的问候

中午，几位同学碰面，其中一位同学举起茶杯，对我说："我以茶代酒，敬你，谢谢你对我老爹老娘的关心，为什么，我不说你也知道。"

我愕然，在记忆中没有做过让同学能向我感谢对他老爹老娘关心的事，就说："我好像没有关心过你老爹老娘啊。"

同学说："你还记不记得台风那天晚上和我聊天时你说的话？你让我把老爹老娘安顿到我弟弟家，尽管你和我聊天的时候他们已经在弟弟家了，可是我依然很感动，从没有人这样关心过我的爹娘，而且你直接叫我的爹娘为老爹老娘，所以我要敬你。"

同学说了我才记起，八月九日晚上，风雨都很大，我从电视中看到"莫拉克台风"已经在下午的四点多在福建霞浦登陆。福建霞浦离绍兴虽然有千里之遥，可是这影响依然是非常强大，窗外狂风呼啸，大雨倾盆。躲在书房中的我打开电脑在看新闻和论坛。开着的QQ提醒我，同学龙上网了，我就点开对话框，和龙随意地聊着。聊了几句，我突然想到，同学的老爹老娘住在一间平房中，在这样的风雨天里，他们能平安吗？想到这里，我就在对话框里随意打下："老爹老娘住在平房里不安全，你让他们去弟弟家吧，反正弟弟家里没人"。龙回道："老爹老娘已经在弟弟家了，谢谢你。"我答："不谢。"随后东拉西扯地聊了一会儿就下了。只是让我没有想到，当时无意中的一声问候，竟然让同学这样牢记着。

同学端着茶杯站了起来，我从他的眼睛里明显看到了一丝晶亮，我也站起身，拿起尚有一定温度的茶杯，和着忍不住出来的泪水，一气喝下。

下午，接到另一位好久没有联系的女同学的电话，一开口，她就兴奋地告诉我，她终于又知道了一些初恋情人的消息。对于这位同学，我一直把她当妹妹，毕竟我的年龄比她大一点儿。她也一直把我当她的密友、哥哥，很多时候会和我说她心里的秘密，所以在很大程度上，我可能是知道她个人秘密最多的人之一。

她在兴奋地向我说了一大通初恋情人的最新信息后，她突然说了一句："你前段时间有一句话让我非常感动，也会让我今生难忘。""什么话？"我很奇怪，因为我好像没说过能让她感动的话。

"那天我在车站等车给你打电话的时候，你说了一句'你回来吧'，你知道就是你这四个字，让我感觉到了温暖，感受到了亲情。"

尽管她这样说，但我还是想了好久都没有想起来，最后还是在她的提示下，我才想起，那天天很热，她打电话告诉我，她在车站，知道了初恋情人的消息，想去看他，可是又怕去了见不到或者发生其他的事情，让她失望。我听她絮絮叨叨地说了很多，然后说了一句："你别想那么多，别想着去看他了，你回来吧。"过了很久，她才给我发了个短信，说："我回家了。"

当时说"你回来吧"这四个字，我也是在接电话的时候无意中说出，只是想让她别去找那个初恋情人了，除此之外，再没有其他的意思。然而，对我这个同学而言，就是这四个字，让她避免了差点发生的尴尬。

人很多时候在和朋友交往中，说话做事其实都是无意识的居多。事实表明，只有在无意识中才会显示出朋友之间的真诚和真情，当说话做事都变得刻意了，那么那些所谓的真诚和真情就变得虚假了。人与人之间，真诚是主要的，当真诚被人当成利用的工具的时候，人与人之间就再无感情这样的说法了。我们生活在世界上，我们每天都需要接触很多喜欢和不喜欢的人，碰到高兴和不高兴的事，关键在于如何正确对待这些人、这些事。早几年社会舆论拼命地在引导"我为人人，人人为我"的理念，这样的理念也被很多人在有意无意中接受。当我们能在无意中把关心人的那份爱心在看似无意实是有意中送出，送给那些需要关心、需要帮助的人手中，我们自己也会被感动。就像我一样，也会在特定的时候，把茶和着眼泪喝下，这眼泪是付出后被人认可的欣喜的眼泪。

感动，在无意之中，感动，就是无意中那最最简单的问候和关心。

钓　鱼

　　昨日，闲着无事看了一篇文章，写的是北京某银行分理处的副主任，在接受了一位"兄弟"的大量馈赠之后，明知自己"帮助"这位兄弟的后果是自己也将被套牢，但由于吞下这位"兄弟"的饵料实在是太多了，想反水已经无能为力，只能顺其自然，时时烧香拜佛，但求不要东窗事发。但到最后，薄薄的纸张岂能包住那熊熊烈火？在和"兄弟"潇洒挥霍了一亿多元的储户存款后，一颗子弹把他送下了地狱（虽然我无法知道他死后到底是去了天堂还是地狱，但我宁愿相信他去了地狱也不相信他能去天堂）。

　　看了这位银行分理处副主任的最后结果后，我不由想起了清代文人纪晓岚在《阅微草堂笔记》中写的一篇文章，尽管过程不同，但开头和结局都是一样的，都是被下了诱饵，一时贪心，难以挣脱，到最后都落得无力自拔、无法善终。

　　纪晓岚在《阅微草堂笔记—少华山》一文中写道，有一个猎人行猎到秦陇地区少华山的时候，看到有两个人有气无力地躺在一棵树下，就问他们："你们怎么躺在这里了？"其中一人满脸惭愧地说道："我们是受了狐狸精的迷惑啊。我们在走夜路的时候迷了路，在走投无路的时候，看到山里有一户人家，就上前投宿，主人很客气地收留了我。我见到这家有个漂亮的女儿，心里就动了念想，正好这个漂亮的女孩对我也很有意思，我情不自禁地搂着这漂亮女孩。正在亲热的时候，谁知道被她的父母看到了，当即将我骂了一顿，让我羞愧不已。后来还是她女儿帮我求情，说和我是两相情愿，并愿意嫁给我做妻子。我想想也是，这么漂亮的女孩给我做妻子我也很幸福了，就赶紧求婚。在我们两个的再三恳求下，她父母终于答应了我们，但告诉我一件事情，就是这美丽女子每过五天就要上山给山上的主人干活五天，要五天才能下山。我听后满口答应，并答应她的父母我一定好好地对她。谁知道成亲以后，我的身体健康每况愈下，不到半年，就四肢无力，好像生了痨病。一天我趁着太阳想出去散步，谁知在屋旁的树下见旁边的这个人正抱着我妻子嬉闹，我心中生气了，当即支撑着上前想打这个奸夫，但有气无力，这奸夫见我冲了他们的好事，也想上前打我，但比我好不了多少，马上就倒下了。这时，在旁边看我们两人在夺妻之恨怒火下争斗的我的妻子说道，"你们两人不要争了，实话告诉你们吧，我是修炼千年的狐狸精，你们只不过是我玩弄的玩具而已，我养着你们主要是我修炼需要你们给我补阳罢了，为了吸取你们更多的精髓，所以我每隔五天就换一人，今天你们都知道真相了，你们对我也没有用了，你们就慢慢等死吧，我走了。"这时我才知道当初不是我动了邪念而是她勾引我的缘故。"躺在旁边的另外一人的说法也和这位的说法一样，也是迷路之后受了那狐狸精的迷惑，心甘情愿地留下来和女孩做夫妻的，到最后也变成了有气无力等死的样子。

世上没有天上掉馅饼的好事，就像是渔人钓鱼，必定要在钓钩上放上鱼饵，这样才能引来鱼儿上钩，等鱼儿吃了鱼饵，明白自己上当的时候，已经迟了，因为鱼钩上的倒齿已经抓住了鱼的嘴巴，鱼根本就无力也无法挣脱这鱼钩，除非以忍受巨大痛苦，撕破嘴巴，挣脱鱼钩为代价，这样才有可能死里逃生，不成为渔人的盘中之餐。但挣脱鱼钩这样的剧痛，不是每条鱼都能承受的，也不是每条鱼都懂得只要承受一时剧痛，就能挣脱鱼钩，回归自然，获得自由这个道理的。所以，很多上了钩的鱼儿最后的归宿就是人类的餐桌。要想活命，要想不受人牵制，唯一的路就是自力更生，不去贪嘴，不去吃拿本不属于自己的东西。好好想想，我们有的时候是不是也会吃下这样的鱼饵？

才华无须证明

刚走进家门，已经放学回家的女儿就对我说，"爸爸，今天老师读我的作文了，说我的作文有散文的风格，但是她有点不相信是我自己写的，同学们也不相信，你给我证明一下，证明这篇作文确实是我自己写的。"女儿又说，"我写在流动日记上的两篇作文，今天老师都在课堂上读了，但都怀疑不是我自己写的。"

我知道老师和同学们的怀疑有点伤女儿的心了，想安慰，却又不知道如何安慰。想了好久才说，才华无须证明，你没有必要让我给你证明，你能写出让老师同学都赞同的文章，这是好事，只要你自己知道确实是自己写的不是抄来的就行了。

对女儿的本质教育，我一直很重视，从小我就教育她要实话实说，没必要藏着掖着，想方设法说假话，所以女儿在学习上面基本不说假话，考试好坏从不隐瞒。所以对女儿说的话我是相信的，知女莫若父，这是一个父亲对女儿的信任和了解。女儿在小学二年级的时候，学校就开始布置写作文了，记得女儿第一次写作文的时候问我：作文怎么写？这个看似简单的问题却把我给难住了，刚好那段时间"麦莎"台风登陆浙江，我就找出一张报纸，指着报纸上一条百余字的短讯对女儿说，"你就把这条短讯抄上，然后写几句现在台风的情况和你的想法。"女儿听了我的话，果然把整篇短讯一字不漏地抄了一遍，然后加了几个连接词，把绍兴的情况也巧妙结合进去了。女儿平日喜欢看书，只要有书看，其他什么事情都与她无关，所以，只要女儿有心写作文，一篇短短几百字的作文中肯定有几句比较出彩的话，要是她不愿意写，那篇作文一定是惨不忍睹。

记得有位文友说过"怀才犹如怀孕"的话，确实，怀才就是怀孕，初期的时候，肚子里有没有货只有自己知道，等以后胎儿慢慢长大，肚子开始显山露水，不用多说，不用证明，人们一看就知道是怀孕了。所以，我劝女儿别太在乎别人怎么说，自己扪心无愧就是。

附女儿的作文：

雨

这两天，天公好像特别伤心似地，不停地哭哭哭，王母娘娘好不容易劝住了，可天还是阴沉沉的。

听着音乐来到操场，清爽而凉快的空气在我们身边舞蹈，一阵阵清凉的空气飞入我们的身心中，我们深深感受到雨后空气的甘甜。不远处的那座假山，显得生气勃勃，亭子被晶莹饱满的雨水冲洗后焕然一新，火红的亭顶，红得有一些刺眼。周边的树叶衬托着美丽的假山，树叶下滴落的水珠滴落在另一片树叶上，水珠像爬滑梯似地，"咚咚咚"又好似树叶们敲起了小鼓。

又听着音乐回到教室，而美丽的鼓声一直绕在我的耳边，永远不回去。下课了，一阵优美的铃声把我从鼓声中带回。出门，在阳台前望着天空发呆，渐渐地天空中又飘飘扬扬地来了一群特殊的客人——小雨珠。它们从空中飘落下来，落在我伸出的手上，落在美丽的花瓣上。永生不息，优美的歌声、动听的音韵，回荡在我心田。

雨好似我，被人赏识也只有一时，被人关注也只有一时。我把目光再次投向操场，假山远处的塔不见了。假山也只有细看才能看到轮廓。

啊！一切又没在浅浅的云雾之中了。

寒风中的领悟

在刺骨的寒风中和簌簌的落叶中郊游,是何种意境?没有经历就没有发言权,而我,就有了发言权。

我们一帮好友自从从天衣寺郊游之后,一直没有机会聚在一起。周五谢老师打电话说,淡笋为了周六的郊游,已经和同事把值班时间调了一下,明天我们一起去城东的龙舌嘴公园郊游吧。

城东的龙舌嘴公园其实就在杨绍线旁边,平时我时常路过,只是从没去过。

行车转过几个弯后,就进了龙舌嘴公园。公园建在若耶溪边,小桥流水,亭台楼阁,舞榭歌台依水而建,石制宝鼎、石质牌坊屹立,石质牌坊和石鼎、影壁在同一中轴线上,从石鼎到影壁,地上铺着雕刻精美、活灵活现的各式龙的图案。公园绿草茵茵,灌木葱葱,银杏树的叶子大多已经飘落,剩下的那些已经枯黄的叶子,孤零零地在寒风中簌簌作响,给本已寒冷的季节带来了更多的寒意,倒是几株种植在草坪中间已经在孕育花蕾的茶花,给人在寒风中带来了几许意外的惊喜和温暖。

谢老师、淡笋、阿卡和我一行四人拿出谢老师早已准备好的热水瓶、小板凳在公园里转了几圈,最后终于找到了一处按照抽象意义中的大宅院建设的大门,躲在门后,正好挡住了呼呼吹来的寒风。

拿出茶杯茶叶,摆好小板凳,四个人围成一圈,泡上一杯浓浓的绿茶,开始天南地北胡侃。谢老师要开车不能喝酒,淡笋对酒过敏也不能喝酒，留下我和阿卡两人可以喝酒，本想打开我带去的那瓶一斤装的 52 度的白酒，但阿卡说两个人喝不了多少酒，还是不开算了。幸好谢老师带有一小瓶芝华士，就让我和阿卡有了喝酒的理由。芝华士的酒瓶不大，大约一百毫升不到，对这点酒，放在阿卡这里那是小菜一碟。淡笋掏出一个纸杯，我给阿卡倒上酒，当然，倒酒的时候我要了个心眼，把这一瓶酒的一半和酒瓶留给了自己。阿卡带来的牛肉干，我买的怪味豆，成了我俩的下酒菜。

本来以为喝茶、喝酒足能抵挡呼啸的寒风，然而，人定胜天只是虚幻的表象，天还是胜过了人，我们四人从开始围坐着聊天转为站着聊天，当然，这一站起，就再也坐不下去了，坐下去就是冷。

放眼四周，凄厉寒风，萧索枝叶，除了远处的亭台楼阁就是眼前的碧草枯叶，此时映入我们眼帘的是寒冷和温暖同在，生机和衰败共存。手捧茶杯，就着茶水的温度取暖，我们四人的话题从共同爱好的文字渐渐转向了世事。功利、俗事此时在我们眼里已经成了云烟，我们不再有烦恼之事，不再有功利之心。交谈的话题天马行空，说话的语气无拘无束，表达的方式多种多样，手舞足蹈无所畏惧，言辞严厉一笑而过。

"偷得浮生半日闲，"人生若能抛弃世事，寄情于山水，那该有多美！但理想毕竟是虚幻，生活就是现实，走出公园，我们依旧是俗人，养家糊口、功名利禄永远难以远离。既然俗事难了，我们就珍惜生活；既然生活实在，我们就好好生活；既然没有"采菊东篱下，悠然见南山"的环境，我们就适应生活。既然人活着就是生活，人活着就是拼搏，人活着就是为了留下存在的痕迹，那么我们就快乐地生活吧！

纵情山水游桂林

小学时候的语文课本，没有像现在这样满书都是彩色插图，只有一到两篇课文才会配上彩图，更多的是寥寥数笔绘就的素描图。《桂林山水》一文，就配上了稀罕的彩色插图。课文内容基本都还给老师了，但"桂林山水甲天下"一句，却让我牢记至今。

为了"桂林山水甲天下"这话，我踏上了去桂林的旅途。

一

飞机航班是中午的，因此，没吃中饭的我对飞机上的中餐有了期待。飞机是一家很少听到过的航空公司的，很小，不过一百五十来个座位。飞机小了，服务质量倒没有下降，但机上的快餐和点心却和飞机一样，严重缩水。

两个小时后，飞机到了桂林的两江国际机场。旅行社接送的大巴，一路拉着我及一帮旅行者，迅速进入了状态，直接驶向了此次旅程安排的第一个景点——古东景区。放眼看窗外的景色，竟然发觉没有丝毫的欣喜，天灰灰的看不到一丝蓝色，路两边也是灰蒙蒙的，没有预想中的清爽和养眼。可能和下飞机后看到的灰蒙蒙的天有关，心情也被搞得灰灰的，这样就觉着周边的一切都灰蒙蒙的。

大巴车在沉闷、期待中驶入了景区。下了车，步行几步，一泓清澈见底的溪水就映入了眼帘。沿着小溪一路前行，溪中的小鱼不时伴随左右，溪水、小鱼、两岸山上苍翠欲滴的树木将刚才路上所有灰蒙蒙的心情全部冲刷得一干二净。

从下车到步入景区，一路都是有关提倡环保的标语，这些标语没有程式，没有口号，几根枯枝、几块枯烂的木片、几句解释词，构成了一幅生动的、丝丝入扣的环保宣传画，想让人不做到都不行。

到古东景区，为的就是和山和水亲密接触，为的就是见识那古木参天、瀑布成群的山水奇观。换上景区提供的草鞋，戴上类似专业自行车手骑车时戴的那种头盔，在导游的带领下开始涉水。逆水而上，即为一处悬崖，瀑布犹如一块巨大的白布悬在悬崖绝壁之上，如若不是声若巨雷的轰鸣和那四溅的水花提醒，真的会分辨不了这是白练还是瀑布。瀑布下面有一小潭，水不深，但很清，鱼翔潭底，与人为伍，丝毫不惊。潭水很凉，凉得透骨，把刚才身上还有的一些暑气给驱赶得不见踪影。"人间四月芳菲尽，山寺桃花始盛开"，说得也应该是这样的意境吧。

景区在瀑布飞流而下的绝壁两旁，由下到上开凿了几排刚够人一只脚进去的小坎，两边各固定着几条铁链。卷起裤腿，涉过半个水潭，走到瀑布底下，俯身抓起拴在崖壁上的铁链，伸出左脚，踏上第一个小坎，就跨出了入瀑攀崖第一步。人在瀑布中，瀑布随人转，四溅的水花很快打湿了衣服和裤子。人湿了衣衫却没有半丝的不快，反而为能与水近距离亲密接触而显得更加地兴奋，欢笑声和着瀑布的轰鸣声四处飞荡。

一路涉水而上，从下到上的大小瀑布一共有九个，所有的游人都涉水而上，爬过一个又一个瀑布的绝壁，欢笑声，沿着溪水飞扬。临到终点之时，一位女子在和同行的人嬉闹之时，不小心滑入了水潭，潭水不深，人在水潭里打了个滚，四下挣扎后狼狈出水，出水之后全身湿透的她竟然没有丝毫的懊恼，有的只是天大的欢声和笑语。

瀑布的终点只是一处小小的水潭，水不深，清澈见底，潭内有很多不知名的小鱼在四处游弋，其自在、清闲和恬静，根本不在乎潭中的游人。

离开小溪上岸走上几步台阶，就是悬桥。桥用钢索固定在山谷的两头，长近百米，宽不足两米，用木板做底，两边用丝网和钢索做栏，人行其上，桥身四荡，须得用手死死抓住固定的钢索，才能颤抖着行走。越是走到中间，桥身越是晃得厉害，让人无法站立。桥身晃荡，底下是万丈悬崖，让人不胆战心惊都难。无奈，只得闭上眼睛，扶着钢索摸索着走到尽头。

过桥后，有两种方法可以下山，一是走路，二是坐滑车。想了许久，还是走路下山。山路曲折回旋而下，路边风吹林动，蝉声四起，偶尔几声鸟鸣，让人心旷神怡。下山，留意一下脚下的石头台阶，竟然发觉台阶上面刻着字，细问导游，才知台阶上面刻着的是桂林的方言和普通话的翻译，越看越是有味。风景和文化的有机结合，造就了古东景区的又一道风景。

二

"桂林山水甲天下，阳朔山水甲桂林。"不知道此语出处在哪里，但是导游却说得铁板钉钉。

从桂林到阳朔，走的是水路，因此，还在睡梦中的时候，酒店设定的叫醒服务把我从梦中硬生生地拉到了现实中。

船是专门的游船，高三层。一、二两层是客舱，第三层其实就是一个顶，因为被经营者安了一个遮阳的棚子，放了一桌两椅，就成了第三层。

船沿着漓江顺流而下，漓江两岸的山峰之美，让久居山中的我也被这山峰的秀美折服。看过一份资料，说广西的地貌是喀斯特地貌，所以桂林的山大多小巧低矮秀美，很少连绵。有时候傻想，要是桂林这山能搬，我只要搬一座到家乡，围个围墙，就能天天挣钱。

漓江水清澈见底，江底的卵石水草清晰可见，几页竹排和游船擦肩而过，船行江中，印着岸边的秀丽青山。脑袋里冒出了"小小竹排江中游，巍巍青山两岸走"的歌词。这才是我意想中的漓江。

为了能更清晰地欣赏漓江的风景，我走到了第三层上。遮阳的棚子前面挂了一块牌子，虽然上面写着"游客谢绝入内"，但是，依然有很多游客站在里面对着漓江美丽风景不停地拍照。听捧着杯子坐在桌子边的两位游客说，他们花了200块钱，包下了第三层，结果自己还被挤到了边上。想想也是，游客坐船出来本来就是来观景的，有这样好的地方供他们观景，他们才不管你是否已经花钱买下这遮阳棚下的使用权。当然，这两位游客也是大度，只求一桌两椅供他们喝茶赏景，其他一概不问。我也厚着脸皮在这遮阳棚下占了一个位置，拿着相机不停拍摄。

漓江两岸的山峰都不高，很小巧，且山峰清秀姿态万千，沿江而下，两岸的山峰都被喜欢遐想的人们赋予了很多或神奇、或凄美、或壮丽的传说，那形态各异的山峰、岩石和色彩，成了文人笔下极富灵气的化身，如九马图，就是最好的写照。一座山，一片悬崖，几块不同颜色的图案，被人拼凑成了九匹神态各异的马，把能看出马的数量和人的智商挂在了一起。

桂林到阳朔坐船四个多小时，中餐在船上，吃的是游船提供的快餐，不过质量并不高。船行漓江，"船在江中走，人在画中游，"面对如此美景，我早就把中餐的可口与否抛到了脑后。

三

同去的同事，以前曾经到过漓江。听他说，以前游漓江是从桂林乘船而下，到阳朔，然后上岸坐车回桂林。然而，拿出导游安排的日程表，我们发现有一个晚上是需要住在阳朔的。

刚到桂林之时，导游在大巴车上向我们介绍桂林主要景点的时候，特别提到了阳朔的《印象·刘三姐》，他说，《印象·刘三姐》是张艺谋导演的，演出人员达六百多人，而且这六百多人中，大多数是当地的渔民。其舞台就是漓江，背景就是江边的山峰。规模之大，世界罕见，他极力推荐我们去观看。

91
纵情山水游桂林

导游介绍得神乎乎的，引起了我们一帮同事的好奇之心。于是，每人掏出两张百元大钞交给导游去买门票。因为有了晚上要观看演出的压力，所以这次的晚餐也吃得并不尽兴，很快，大家都集聚在了旅游大巴上。

坐车到演出的剧场，这其实是一个露天的剧场。按照票上写着的座位坐下，放眼望去，发觉《印象·刘三姐》的舞台就是方圆两公里左右的漓江水域，在十多座背景山峰和广袤无际的天穹映衬下，这个舞台就成了迄今世界上最大的山水剧场。建设者在漓江水域和十多座的背景山峰上，建造了大规模的环境艺术灯光工程及独特的烟雾效果工程，使得漓江、山峰在灯光、烟雾的作用下，如诗如梦。山峰的隐现、水镜的倒影、烟雨的点缀、竹林的轻吟、月光的披洒随时都会进入演出，成为美妙的插曲。水上舞台全部采用竹排搭建，不演出时可以全部拆散、隐蔽，对漓江水体及河床不造成影响。观众席依地势而建，梯田造型，与环境协调，同时也考虑到了行洪的安全。另外，一百多亩建设用地上，鼓楼、风雨桥以及贵宾观众席等建筑散发着浓郁的民族特色。

演出则以自然造化为实景舞台，放眼望去，漓江的水，桂林的山，清风倒影化为中心的舞台，给人宽广的视野和超然的感受。趁着天色尚明，赶紧看一些宣传资料，恶补《印象·刘三姐》知识。从资料中知道，今天看到的是晴天的漓江，如果在雨天，烟雨中的漓江，给人们的是另外一种美的享受；细雨如纱，飘飘沥沥；云雾缭绕，似在仙宫，如入梦境……演出正是利用晴、烟、雨、雾、春、夏、秋、冬不同的自然气候，创造出无穷的神奇魅力，使那里的演出每场都是新的。

和家乡过年时候演出的社戏一样，正式演出前要先敲"头场"、"二场"，不同的是演社戏时候敲的是鼓，《印象·刘三姐》的演出提醒是悠扬的钟声。等待，再等待，还是等待，几次钟声之后，灯光终于投到了几个报幕者的身上，传统的服饰，让人一看就仿佛走进他们的中间。

整场演出下来，演员演出的服装多姿多彩，根据不同的场景选用了壮族、瑶族、苗族等不同的少数民族服装；演出的道具也是多种多样，连耕田的水牛也走上竹排，成了道具。演出的色彩，沿袭了张大导演的风格，喜庆的大红。演出的阵容更是张导演的特色，人海战术。看完整场演出，只能用两个字来表达："震撼"。其实，对《印象·刘三姐》演出中所表达的内涵，我没有真正地领略到，能体会到也只是粗浅的理解，只是从演出中看出哪个是农耕，哪个是恋爱，哪个是捕捞。

《印象·刘三姐》的演出阵容之强大，灯光和烟雾效果之精妙，大大地超过了我的想象，所有的观众都和我一样，两眼瞪着，唯恐错过一个精美的画面。

四

遇龙河，在阳朔，听导游介绍，到遇龙河，以漂流为主。

到了遇龙河的漂流码头，才知道这里的漂流和以前曾经在海南的万泉河中漂流完全不是一回事。万泉河上的漂流是人骑坐在橡皮筏上，顺着湍急的万泉河，激流直下，一路须过好多的激流险滩。一路下去，惊心动魄。遇龙河的漂流则是人坐在固定在毛竹扎成的竹排上面的椅子上，象征性地穿上红色的救生衣，顺着平缓的遇龙河水一路向下，就算完成了漂流。因此，如果把我在万泉河经历过的漂流称作莽汉的话，遇龙河的漂流就是淑女。

漂流码头上满是卖塑料水枪、塑料雨衣和塑料水瓢的妇女，讨价还价之声让人觉得恍若步入了小型的农贸市场。其他同事都按照各自的爱好进行了组合，两人一个竹排，从来不喜欢热闹的我，只是用塑料袋小心包好手机、相机就坐上了带队领导坐着的竹排。据我的臆想，其他同事应该不会和领导一起玩打水战的游戏，所以我特意挑选了和领导在一起。

然后，竹排行出不到十米，同事们就把进攻的目标锁定到了领导，一时之间，十余只水枪的水铺天盖地般地倾泻到了我们的竹排上，我和领导一样，被淋得全身无一干处，此时我才庆幸，刚才即将下车的时候及时换下了皮鞋。

竹排顺流而下，同事之间的水战是越战越烈，每个人的身上都是湿的，每个人的脸上都是笑的，就连毫不熟悉的同在河上漂流的陌生人，你不认识我，我不认识你，也因这水战拉近了距离，你泼我，我泼你，脸上只有欢笑，没有仇视。

为了增加遇龙河上漂流的刺激，河上设立了几个水坝，竹筏冲过水坝的坝顶，让人一阵激动。可惜，这样的水坝落差不大，根本起不到刺激的作用。我趁领导从撑竹排的艄公那里借来一管"大型"水枪和周围同事一起起劲打水战的当口，开始欣赏遇龙河的风光。

遇龙河水很清，清能见底，深浅不一，浅处可见河底卵石，水草飘舞，深处水没过艄公的竹梢还没到底。一路下去，没见到意想中鱼翔水底的景象，看来"水至清则无鱼"这话确实是真理。河两岸翠竹青青，并不连片，而是类似于家族式的居住样，一簇一簇的。竹子的竹节很长，从竹节间生长的竹枝也很粗壮，完全像小竹子一样。竹子的间隙，能见到尚在生长的竹笋，这使我感到很是惊奇，看来地域有别，造就了南橘北枳。

漂流到半途，河中有几处用大竹排支撑起来的烧烤点和拍照点，撑竹排的艄公都会在这些竹排前作一短暂停留。竹排上的烤鱼很香，价格也奇高，一条不足半个巴掌大的小鱼，开价就是 25 元，稍大一点，那就是 30、35 元乱叫了。一瓶啤酒，也是 25 元。在好奇心的驱使下，我们买来一条烤鱼，竟然是闻着香，吃着无味。

漂流的终点不到处又有一个水坝，水坝较高，竹排冲下，大半没入水中，溅起的河水，把原本已经被风吹得差不多干了的衣裤再次弄个精湿。看来得到和付出是平衡的，我欣赏到了遇龙河的美景，付出了再次湿身的"痛苦"。

留下，留不下

五

骆驼峰在桂林市内。其实，桂林市内随便一处的山水，搞个围墙一圈，就是一个不用花大钱建设的完美公园。

骆驼峰，其实就是由三个底盘相连上面独立的小山峰组成的。找一个合适的位置，放眼望去，一匹活生生的骆驼就展现在了人们面前。骆驼峰下的一块巨石，因为一位风流的美国总统曾经在此演讲而成为又一个风景点，看来，人出名了，就是站下脚，也会成为名胜。

华夏之光的广场上，有一堵长达百米的石雕墙，把五千年的中华文明都给予了抽象的显示。石雕墙前是一个演出场，从场地的布置来看，这里已经很久没有演出了。从曾经看到过的一个介绍中知道，花桥历史悠久，建筑年代久远，然而，我踏上花桥，竟然没有半点的怀古之心。站在桥上，看桥下一个男子潜水抓鱼，却对他的潜水功夫心生敬佩。

象鼻山是桂林的象征，也是我这次到桂林的主要目标之一。这山对我的吸引力，远远超过在漓江上面看 20 元纸币背景图案上的"伏波山"。象鼻山，因其山形中有一洞，这山洞让延续而下的山势如象鼻而闻名。

进象鼻山景区才知道，这象鼻山远远没有意想中的雄伟，山在江中，但离岸较近，找一个合适的地方，拍几张照片，才发觉，照片骗人，站在边上看着并不魅力诱人的象鼻山，在相机中竟然变得曼妙动人。看来，"窥一斑而知全貌"在象鼻山中并不适用。

在七星公园内转了一圈，除了在一块介绍的牌子上看到了七星石的象形图，竟然没有找到七星石，不知道是我笨还是真的只能意会。不过七星石下的那个大铁锅，却让我惊诧异常，这个直径在一米一以上的大铁锅，本属寺院的物品，因为年代久远，却成了观赏文物，不知是幸还是不幸。

大铁锅下方有一石洞，称还珠洞。在桂林，每一个洞、每一处景都会有一个传说，这个"还珠洞"也不脱俗，将一个普通的岩洞附上了神奇的色彩。我对这些充满神奇色彩的传说没有兴趣，只对岩洞临江那段的摩崖石刻有兴趣。这里的石刻从宋代到民国一应俱全，题刻者虽然不是名人，但至少是雅士。岩洞临江那段除了摩崖石刻就是石雕，雕刻的都是栩栩如生的佛像。最让人惊奇的是临江岩洞顶部挂下的一个巨大石柱，初看以为和地面连在一起的，结果是和地面相断，两者相隔一寸之距。

六

"读万卷书，行万里路。""纸上得来终觉浅，绝知此事要躬行。"这是古训。

人生一世，需要不断地增加阅历，游历山水就是增加阅历的最佳方式。很多时候，我们去游历山水的时候，都是听着这山、这水的名声而去，所以，一直以来，名山大川被各代文人墨客所推崇。人生短暂，不可能把世上所有的名山大川全部游历到，这就需要游历的人换一种眼光，看同一种风景，从有别于别人的角度看出这山、这水的好来。如果人云亦云，何必再去游历山水，直接看前人的文章就是。

游历于桂林，纵情于桂林的山水之间，人生如此，夫复何憾？只是胸无点墨，写不出桂林山水的秀美和壮观来，只能用这样最为简单的词语，写出最为简单的文章，自以为记。

春日问禅

时令已至仲春，绵绵春雨中难得有一个好天气出现，由不得人不产生出去踏春的念头。

约上几个至交好友，去我从没去过但有个好友时常说起的寂静寺踏春。

寂静寺在绍兴鉴湖风景区的香林花雨景区内，坐落在两山之间，周围群山环抱，鸟雀啾鸣。去寂静寺有两条路可走，一条是新建的景区公路，直达寺前；一条是旧有的山间小路，需要从山脚下的村庄经过，穿村而行，而后走一条山间小路，即可到达。小路依山而建，级级台阶均用水泥浇筑或石头砌成。

踏春要的就是原生态，于是我等一行数人特地穿村而过走到山脚，沿着依山而建的石径小道拾阶而上，沿路芳草萋萋、竹林深深。路下一条小溪，清澈见底，流水潺潺，叮咚之声犹如琴瑟弹奏，阳光穿过茂密的竹梢，洒落点点碎金。阳光、翠竹、芳草、溪流、鸟鸣，让人不由得心旷神怡。

石径小道很干净，偶尔有几张枯黄的树叶孤零零地躺在路上，却并不显出突兀，反而更显和谐。

寂静寺的山门不大，进门就是前殿，几位住僧正在做佛事。山门后面是大雄宝殿，佛陀慈祥庄严，环顾滚滚红尘中的芸芸众生，大殿两边是威武的四大天王。友人提议，既来见佛，必有礼拜之理。礼佛需备香烛，可出行之时并无准备，正在为难之际，边上有人指点，寂静寺备有香烛，专门供到寂静寺礼佛之香客取用，所需多少即取用多少，至于香烛之费，全凭香客自给，直接放入佛前的功德箱就是。

遵照指点，取了香烛，点烛、焚香，叩拜完毕，自行掏钱塞入功德箱。一行人等竟无人探讨该放多少合适，一切全凭自愿。

礼佛完毕，住僧已经做完佛事，住持和尚和友人熟识，就邀我等进客堂小坐。客堂不大，设在佛殿边上，屋内设施简单两桌数凳而已。

住持年岁不大，不过而立，然而，一身玄色僧衣、一脸的笑意和一对寺前山溪般清澈的眼睛，让人一眼就看出了其中的智慧。住持好客，邀我们坐下后，专门从后堂拿来杯子和茶叶，为我们泡茶。

双手接过住持和尚为我们递上的香茶，我转身看到墙上贴着一幅字帖，纸不大，一眼看去，就知并非名家之作，属于自娱自乐。纸上写着："寒山问拾得：世人有人谤我、欺我、辱我、笑我、轻我、贱我，我当如何之？拾得曰：只要忍他、避他、由他、耐他、不要理他，再过几年，你且看他。"

我不禁震了震，默默地诵读几遍后，问住持，这段寒山和拾得的对话贴在这里所为何故？

住持谦和一笑，说，"这是我用来警示自己的。"这话的出处有一段公案（即故事）在里面，要是能把这两句话真正参透，那么你就会减少很多的烦恼。学佛就是学做人，佛法就是完成生命觉醒的方法，修行就是修正自己的行为、思想、见解。忍人所不能忍，行人所不能行，称"大雄"。所以供奉佛陀的殿叫"大雄宝殿"，即佛也。学佛之人，就得有气度。现在懂佛理的人很多，但行佛理的人很少，这也就是我们所说的慧根，一切都要有缘，懂得的人多，觉悟的人少。

住持接着和我们谈着佛陀的故事，然而，我的心始终被上面的两句话给牵着，一直想着其中的奥秘和内涵。人生在世，不如意的事情太多太多，心里的善念、恶念也很多。念头多了，心就乱了，心乱了，事情也多了，事情多了，念头也就多了，几次转下来，又从终点回到了起点。往返轮回，无始无终。"感激伤害你的人，因为他磨炼了你的心志。感激欺骗你的人，因为他增进了你的见识。感激鞭打你的人，因为他消除了你的业障。感激遗弃你的人，因为他教导了你应自立。感激绊倒你的人，因为他强化了你的能力。感激斥责你的人，因为他助长了你的定慧。感激所有使你坚定成就的人。"每人把此话作为绝佳的良言赠送给人，可是真正能做到的又有几人？

　　春日问禅，其实只是追求一时的心境平和，和真正的思禅、悟禅无关，也就是所谓的此一时，彼一时。心有所想，所以心有所悟，等心里的结解开了，心中的一切念头又转到了起点，毕竟我并没有"大彻大悟"的慧根，一切随缘，随时思悟也是不错。不过，人生一世，能做到问心无愧也就是一种高尚境界了。

薛壁居

一直以为薛壁居只是一个地名，然而等我真正见到薛壁居的时候，才知道这"薛壁居"是一处净域之地。

端午节的第二天中午，收到小丁老师的短信称，下午去爬山如何？我赶紧答应，才知小丁老师已开车至小区门口，上车后，谢老师、胡老师已经在车上，范老师尚在家中，等接上范老师，我才知道今天我们去爬的山就是谢老师常说的宛菱山。其实宛菱山离家并不远，只是平时不喜爬山，所以没有去过一次。

车到宛菱山脚下，进得大门，就是一片樱花林。这片樱花林在我们这个城市其实是有点名气的，每到春天樱花盛开之时，总要搞个樱花节，然而我竟然只听过樱花，却没有见过樱花，对于这樱花树，今天也是第一次才见，要不是看到林边竖着一块"樱友谊林"的牌子，估计我也得傻乎乎地问一下走我边上的谢老师了。

过樱花林，是一片已经被小切块围墙围成几块的土地，地上除了杂草，就是几株劫后余生的茶树，这几株茶树孤零零地躲在茂盛的杂草中间，犹如受气的丫头，可怜兮兮地站着，让人心生很多感慨。看来这片土地已经被初期开发，只是没有坚持下去，搞得不伦不类，犹如躲在青山中间的癞皮狗，让人感觉说不出的难受。

上宛菱山有两条路，一条是刚建的已经用青石板铺就台阶的新路，一条是旧时修就的用石块砌成台阶的老路。新路和老路相比，到山顶的距离却要相差一半以上。谢老师提议，以前他们上宛菱山走的就是这一条老路，今天依然走这老路。对出生于山窝窝的我而言，走山路并不是一件难事。

山路蜿蜒曲折，石砌台阶和沙石土路交替，沿路灌木丛生，路边树木已经成林，遮住小路，使小路成了一条绿色隧道。穿行其中，山风习习，清香阵阵，和树荫外面艳阳成了两个世界。路边不知名的野草顶着朵朵白花，一片一片的。绿荫、野花遮住了远处山林的斑驳，山风、清香构成了乡村生活的恬静。踏过几处从陡峭的石壁中开凿出来的台阶后，忽然见到远处绿荫丛中显现出了一幢青瓦红墙的建筑。转了几圈之后，到了这幢青瓦红墙的建筑前面。房子坐南向北，依山而建，五开间，房檐下挂有一块木匾，鎏金的"薛壁居"三字熠熠生辉。薛壁居前面用石板铺就，建有石质围栏，西边有一建造精致的台阶。沿着台阶而下，是一个圆形池子，池水清澈见底，放一专供舀水的水勺，取水一勺用手掬水洗脸，清凉透骨。

进薛壁居，里面是一排佛龛，没有注明佛龛中所供佛像的名称。若不是管理的大妈介绍，我是无论如何也不知道这佛龛里面供奉的佛像中有文昌菩萨和财神菩萨，我只能从佛像形态中依稀猜出其中还供奉着关帝和观音。见佛礼佛，这是一心信佛的小丁老师曾经的教导。于是，从佛龛前的供桌前取来一对蜡烛和九根清香，先点蜡烛后点清香，而后双手拈香，从左到右，认真跪拜。此心无他，唯求一心礼佛。礼毕，管理的大妈又给我拿来灯油，放下佛前的长明灯，让我把灯油加入灯盏，其意深刻。

谢老师他们来过好多次薛壁居，所以和管理的大妈很熟悉。热心的大妈为我们拿来开水，我们几个随意拉过几把椅子，胡老师掏出带来的茶叶和一次性的杯子，喝茶、聊天成了我们上山后的主业。薛壁居面前放着好多的竹椅和装满开水的热水瓶，任何一个来薛壁居或者路过薛壁居的人，都可以随意拉把椅子歇脚，倒杯开水解渴。至于茶钱，和拿里面佛龛前的香烛一样，属于随缘乐施，没有硬性的要求。

喝茶聊天，我们不聊政治，不聊风花雪月，不聊无厘头的茶余饭后，我们只聊文字。我们之间的话题，与世俗无关。是文字让我和这几位写作高手认识，是文字让我和这几位不慕虚荣的文人认识，因为是后学，所以我敬称他们为老师。他们对我这个后学，没有丝毫的傲慢之气，有的只是细细地点拨和毫无怨言的指点。

薛壁居名称的来历，据说和屋后的石壁有关。薛壁居依山而建，屋后石壁耸立，犹如铜墙铁壁，古人在此沿石壁而建房屋供佛像，并称此为"铁壁居"，然后由于没有挂匾明名，一切都靠口口相传，传至后来，"铁壁居"传成"薛壁居"，传到现在，一块横匾，让这五间青瓦红墙的精舍有了自己的名字，有了九位菩萨的落脚之地。世事万千，变幻莫测，在东奔西走心神烦躁之时，不变的是永恒。就像这薛壁居的名称和里面的菩萨一样，一朝定名，千载不变。人生何尝不是如此，越是想流芳百世，越是遗臭万年。越是无欲无求，越是流芳百世。

人生，就像这薛壁居，比铁壁居少了刚毅之气，可是却流传多年始终未变，少一些刻意，多一些随意，少一些尖刻，多一些宽容，那将是一种何等境界！

行走在即将消逝的老街

从杭甬高速绍兴出口下不到千米，就是古镇"斗门"。斗门，在绍兴城北，因旧时在钱塘江边建有能蓄洪和灌溉农田的斗门而获名。

斗门镇，是一个古镇，在交通不发达的旧时，斗门镇是绍兴北部居民贸易交易的重要场所，故而，以河为界，斗门有南街、西街两条老街，南街稍宽而西街逼仄。岁月流逝，时光变迁，至今斗门的南街只留痕迹而西街尚有规模。

国庆期间，趁走亲戚的空余之际，到斗门西街进行了一番探究。

斗门西街长不足一里，宽不足二米，人迹稀少。很难想象，就是这样一条狭小逼仄的小街，旧时竟是闹市。

从西街的西首入街，因街巷的狭窄，街内的光线瞬间暗了下来。现在的西街，已经经过了修缮，据说，修缮之后的西街曾经成为好几部电影的外景地。可惜我竟然一部都没看过。

西街的路面全部是青石板，西街的房子以条石为基，木板砖石为墙，沿街一面都是木质排门。房子大多是两层，以前的店铺或许就是这样，楼下做生意，楼上住人，既省了晚上管店的劳累，也延长了营业时间。街路东西走向，店铺就南北朝向。南面的店铺后面是一条宽三米左右的小河，每家店铺都有一个后门和一个船埠，这船埠既方便货物的运送，也方便主人的淘洗。对河也是房子，可惜不是店铺，只是普通的民房而已。连接两岸的是一座极具绍兴特色的石桥，石桥很小，宽不足一米，用条石做桥墩，青石板做桥面。桥墩上面长出几株小小的泡桐，给这古老的小桥增添了不少生命的亮色。连接桥面和街道的桥坡也是用青石板铺就，这做桥坡的青石板中间已经被过往行人踩出了一个弯弯的浅沟，中间那块石板上石匠錾出的防滑小沟槽，也已经被岁月磨砺得见到了底。桥头两侧和中间各有两个石柱，中有孔洞，有毛竹穿孔而过，用作桥栏，虽然简单，但却实用、古朴，让人眼睛一亮，欣喜不已。沿着青石板的街路前行，恍如隔世，那青石板早已经被来往的行人磨砺得失去了棱角而光滑无比，有几间用原木做柱子和横梁的穿架店面，仿佛承受不了岁月的洗礼，已经整体倾斜，歪歪地倒在了一边，让人看着心惊。这些歪斜的店面中间不时夹杂着几间用水泥钢筋修缮过的房子，看着这些用砖石代替木板、水泥抹面被修缮了的店面夹杂在这古朴的老街中，仿佛大街上那令人深恶痛绝的"牛皮癣小广告"，有一种说不出的难受。

太阳慢慢西沉，夕阳晒不进这小小的西街，但整个西街始终处在一种朦胧的亮色中。静静的小街中开始飘出了阵阵菜香，生煤炉而引起的烟雾，仿佛成了旧时炊烟，一家充满旧时风情的茶馆已经竖起了排门，只留下一扇进出的门，让我看到了已显昏暗的茶馆里面那黑黑的桌子和供茶客就坐的竹椅。如此情景，只有这西街才有。一家经营竹木制品的店铺还打开着店门，竹篮、饭架、笊篱依次摆放，等着今天最后的买主登门。

西街东首尽头是一佛门净地，山门不大，门楣上书有"宝积禅寺"四字。宝积禅寺依山而建，沿着台阶上去，别有天地。现在的宝积禅寺是近几年新建的，旧时也有宝积禅寺，可惜毁于战火和特殊年代，现在重建，倒也为这古老的西街增添了不少怀旧的色彩。

一条西街，承载了一段历史，见证了岁月的变迁。听说曾有投资商想修旧如旧加以保护，可惜经历了一段简单的修缮经历后，再无下文，住在西街的居民也大多换成了来自全国各地的打工者，他们和生活在这古老的街道里的斗门民众一样，做着走出老街的梦想。

老街，或许成了水乡即将消逝的最后风景。

厦门，那些惊鸿一瞥的记忆

去厦门，有三种选择，一是汽车，二是火车，三是飞机。

三种选择，我最喜欢火车。六个多小时，可以美美地睡上一觉。

可是，现实却让我选择了飞机，早上不到五点起床，五点半赶到集合地，不到八点就到了机场，等时钟转过九点，我已经站在千里之外的厦门了。

我在二〇〇六年的时候到过厦门，那时候是同学一人开车，用了十多个小时。所以，这次踏上厦门的土地，也就没有一丝的激动和狂喜，心静如僧。

鼓浪屿是必须到的，到厦门，基本是奔着鼓浪屿来的，所以，这次到了厦门，依旧上岛。惊喜，往往在无意中出现。刚下船，就发觉导游带着走的路，不是上次我和同学自己胡乱窜的路。上次我们两个跟着人多的地方走，一路过去，都是商店，而这次，我们要求导游走别人基本不走的路，果然，看到了很多在商业街上看不到的风景。咖啡馆，都躲在小巷中间，稍不留意，就会错过。躲在枝头的木瓜，青青的，正在慢慢地成熟。各式各样、风格各异的建筑，是殖民时期留下的。殖民主义，留下了各式的西洋建筑，也留下了那段曾经惨痛的历史，也让人领会到了"非富即贵"的真实含义。天上的乌云，看着似乎严严实实，其实是稀稀拉拉的，根本遮不住秋日的骄阳，光光的日光岩上，挤满了看景的人。站在拖着长长根须的小叶榕树下，看着日光岩上的人群，背上也变得汗水淋漓，不知是羡慕他们看到的风景，还是感慨于他们的勇气。水天一色，只能在这里看到。站在高高的日光岩上，看着天上瞬间散去的乌云，蓝蓝的天空很快显现出来，却看不到天际，因为在远处的，水和天连在了一起，看不出哪儿是天，哪儿是海。海上的天气就是多变，刚刚还是乌云满天，转眼就被棉花样的白云替代，眼睛一眨，这些棉花样的白云，又很快被搅得稀里糊涂。

海峡的另一头，是一个充满未知的神秘地方，所以，想着去看一看，探一探，看一下曾经万炮齐发对射的对手是谁。于是，花上一百多块钱，坐上轮船，驶向海峡的另一头，天依然是一样的天，海依然是一样的海，如果没有"三民主义统一中国"的标语，谁也不知道已经看到了海峡的另一头。其实，不管是这头还是那头，都在同一国度，同一个版图，生活着的人都是华夏民族，龙的传人。想通了这点，我就坐在船舱，闭上眼睛。此时此刻，再也没有比闭眼睡觉的生理需要更重要了。

土楼，是福建崇尚聚族而居而出现的特有的民居。如果能站在高处往下望，那一座座的土楼，坐落在群山中间，就是一颗一颗的珍珠。土楼，已经被列入了世界文化遗产。没有看到之前，我一直搞不懂什么是土楼，走到跟前才知道，土楼，其实就是老家山窝窝里的旧房子，只是老家的规模小，这里的规模大。老家的旧房子，一幢最多两层，三开间，而这里的土楼，高有四层，开间数十，墙厚数尺。圆圆的，如同大圈里面套着小圈。那土墙被夯得结实如石头。没有几年工夫确实难以完成如此宏大的工程。一楼厨房客厅，二楼粮仓，三楼、四楼房间，这样的建筑结构，只有闽南人才能想到，也只有史称"南蛮"，崇文尚武的南越之地才有。因为土楼被列入了世界文化遗产，土楼就成了宝贝，也就成了不是想上就能上的地方。好奇心，总是人的本性，这样，也就让淳朴的土楼居民不得不被商业经济浸润，于是，挣钱的机会就无处不在，我们只有掏出十块钱，给生活在土楼中的其中一位居民，才能实实在在、真真切切地接触土楼，亲近土楼，才能真实感受到建筑者的聪明智慧。那一根根香烟，一粒粒茶叶，因为附上了"土楼"的元素，身价也跟着上升。四五块钱一包的香烟，买回去，不知道有没有人会抽。那上百块甚至几百块一斤的铁观音、大红袍，不知道和商场里卖的有多大区别。

去南靖土楼的路上，漫山遍野都是青青的香蕉。圆圆的桂圆，沉甸甸地压在树枝上，真的害怕会把那纤细的枝桠压折，摘一颗，剥开黄黄的果壳，洁白如玉的圆珠很快就能把人的口水引出，放入口中，甜甜的，鲜鲜的，让我有种不真实的恍惚感。知道新鲜桂圆，鲜荔枝的肉是洁白的，还是在十多年前。但不管如何，我都不会为此而脸红，毕竟，贫困跟了我好多年，我不能忘本，况且，不知道这些，根本不值得自卑。大快朵颐，是我此时最大的也是最迫切的愿望。

没有想到，到厦门竟然会去参加漂流。这有些舍近求远了。只是，到一个地方，体验一个地方的风土人情，是每一个出游人的心境。所以，我也跟着其他人一样，迫切地投入到了漂流之中。一个小橡皮艇，面对面坐两个人，那一根竹竿做桨，让人很不理解。划船只需用竹棒，心存疑虑，但接下去的经历，才知道竹竿，足以。哪怕没有竹竿，只用两只手，也足以完成整个漂流，因为这里的溪流水势实在太急，一不留神，就会嬉戏在水中。一条溪流，八公里，一路下来，惊险连连。

酒店边上有一家海鲜餐馆。对吃海鲜，我一直惧怕，不为别的，就为荷包不鼓的缘故。可是，到了厦门，不吃海鲜实在可惜。就像上次到厦门没吃海鲜，只吃了几次汉堡而后悔一样，这次狠狠心，下定决心，一定要尝一下海鲜，哪怕没有了回家的路费，也要品尝。闭着眼睛，狠着心点了几个海鲜，本来以为很贵，谁知，等账单上来一算，每人一百多，还好。

走出厦门大学，突然发觉什么都没有记住。因为我把厦大和母校相比了。看着那些高楼，花草树木，我想起了母校的华家池，想起了池边垂柳和长长的紫藤花廊，还有那池中的假山亭台，双桨小船，想起了一瓶啤酒，一包瓜子，泛舟池中的浪漫。子不嫌母丑，学生也不嫌母校丑，在我的记忆中，母校永远是最美的。

每到一个从未到过的地方，因为陌生而感到新鲜，因为新鲜，感到快乐或悲伤，因为快乐和悲伤，也就记住了许多。厦门，就是这样一个地方，我到过，我欢喜过，也就记住了许多。

西溪，且留下

一部电影，一句台词，就让人记住了一个地方，这就是西溪。

步入西溪湿地公园大门的时候，正是雨后初晴之时。

坐上湿地公园游览用的电瓶船，看着四通八达的水道，"阡陌交通"四字突现脑海。

水道不宽，十米左右，船行其中，两岸风景一览无遗。水道与水道之间，其实就是一个又一个或连在一起，或孤立存在的小岛，只是这岛不大。岛虽不大，但岛上的植物却是千姿百态，那植在水道边的是青青的杨柳，垂柳拂水，合着船行的水波，将映在水中的柳枝拉长、扭曲、眩晕。那粗粗的"元宝树"上挂着一串串碧绿的元宝，让人忍不住想着去摘下一串把玩于手中，但这只能想而不能做，因为做不到。挺拔的芦苇和初开枝桠的竹笋还是初长时期，所以显得纤细、瘦小。倒是那已经开满了黄白花朵的金银花，成了万绿丛中的一抹亮色。那长长的伸入水中的"革命草"，填补了树与树之间、芦苇与芦苇之间和竹与竹之间的空隙，让整个表面看不到一丝泥土。

船虽然是沿着景区规定的固定水道一路前行，但因为湿地公园的水道交叉不绝，所以游船是难得一见，偶尔碰上的几艘小船，是人工划行的，船上的游人也不多，三三两两，从他们互相间的亲昵来看，非亲即友。

水道上偶尔飞过一两只或黑或白的水禽，让船上几位没有见过水禽的人发出阵阵惊呼，有相机的拼命端着相机按着快门，也不知道能拍下多少。习惯了游人和游船的几只白鹭，索性停在水道边的柳树或元宝树上，两眼盯着水面，期盼能找到一条或两条能让它们填饱肚子的小鱼，自得其乐，对那些惊呼声根本就是不屑一顾。

小岛与小岛之间的联系也是千姿百态，有的用小堤连接，有的用竹木搭成，更有的直接用石砌拱桥连接。船行其中，水乡韵味突现。

雨后初晴的天没有太阳出来，但特有的天气条件却给雾气的诞生创造了条件，水面上升起了一阵薄薄的、淡淡的雾气，如稀释在水中的牛奶一样，慢慢地洇开，慢慢地渗入，最后恍如一块透明且若隐若现的白纱，把远处的水道、小岛、树木都包裹了起来。孤岛上的"秋雪庵""灵峰下院"和那抄着格言真经神态淡定的老僧、摆放着古书典籍的红木书架和桌椅，让人不敢喧哗。

仙境，也不过如此。

仙境离尘世很远，但也很近。还没从原始、如梦、恬静的境界中出来，下了游船上了岸，跨过桥，我们一脚就踏进了尘世。旧时的建筑，现实的村庄，仿古的市井，将人从梦想拉回了现实，酒香、肉香，扑鼻而来，连施耐庵先生笔下武大郎的烧饼也成了西溪湿地公园内的商品。几块写着"《非诚勿扰》拍摄地"的牌子，犹如光洁脸蛋上的几颗雀斑，有人说好，有人说不好。

2006年的初春，曾一人去德清游过下渚湖湿地公园，当时，整个湿地公园只有我一个游人，坐在大大的游览船上，一个开船的师傅，一个给我一对一讲解的导游，让我如冬的心情也和这下渚湖小岛上枯黄青草和芦苇根上蠢蠢欲动的嫩芽一样激动。下渚湖湿地公园也有金钱的气息，那竹排小屋里邀人品尝的"豆茶"，船码头上的超市、酒店，无不散发着铜臭气，却很让人受用，因为这铜臭气犹如一股无色无味的气息，无痕无迹。

几位写文章的名家据说都在西溪落了户，但愿他们落户的地方别成了游人观光的场所，让他们借着这西溪之水的灵气，写出流传于后世的精品。

西溪，且留下。

松阳随记

搭上同学狐狸的车，经过三个多小时的颠簸，就到松阳了。我是第一次到松阳，狐狸也是第一次，幸亏狐狸狡猾，出发之前早就借好导航仪，这就让我们免去了误入歧途的可能。

我们到松阳是参加同学会的，从一九九四年杭州的华家池边一别，岁月就过去了十五个年头。

下了高速，家在松阳的根亮大哥早在松阳宾馆安排好场地等着我们这些从全省各地赶来的同学了，因为我的拖沓，也因为"老狐狸"的狡猾让我自己赶到他的地盘和他结伴而行，所以，等我们赶到松阳宾馆的时候，早就有好多同学坐在宾馆餐厅的一个大包厢里等了。

问候简单而朴实，感情真诚而绵长，酒杯满溢而情深，一圈下来，一瓶红酒只剩几滴。

时间已经转入了下午，还有几位同学尚在赶来松阳的路上，一时半会儿根本到不了，作为东道主的根亮大哥就劝我们移师北上，到这次同学会的主会场——寨头摄影休闲园。从松阳县城到寨头摄影休闲园有点距离，公路依山而建，水泥路面，从山脚到山顶，一路蜿蜒曲折，可见筑造这条公路的工程量是何等之大。沿着山路爬到位于山顶的寨头摄影休闲园，再回眼看那公路，犹如一条飘舞的玉带，被随意又极其合适地放置在山间。连接公路到摄影园的是宽一条十余米的石头路，用卵石铺成，摄影休闲园的停车场和院内的道路也用卵石铺就。卵石路面、石制台门、木制房子、黛瓦青砖、镂空窗棂、雕花檐廊、枯黄草垛和合着铺地的青砖及悬挂在廊下的玉米棒子和串串红椒，恍若隔世。若不是看到迎宾台前的几台电脑，还真会让人一时转不过弯，以为回到了旧时纯正的原始生活。

我们入住的听松楼是一幢两层的小楼，也是以木头为主要的建筑材料，站在楼前，放眼四望，周围除了山还是山。因为寨头摄影休闲园建在八百余米高的山顶，因而看山下的风景，那是一览无遗。那一垄垄绿得发翠的是茶叶，那一弯弯月牙似的、闪着亮光的是已经种了水稻的梯田。太阳慢慢西斜，青山被西斜的太阳洒上了一层金光，山下民居升起了长久未见、差点从记忆中遗忘了的炊烟，飘渺在山谷中间。夕阳、炊烟，让整个山谷成了虚无缥缈的人间仙境。如此美景让久居城市的几位同学赶紧拿出相机拍景、拍人、留倩影。

沿着休闲园内的石径小道拾阶而上，就走到了休闲园的顶头，也就是山顶，山顶平坦，让人意想不到的是在依然用卵石铺就的山顶竟然有一方面积达数亩的池塘。池水清清，映着蓝天，犹如一颗镶嵌在山顶的蓝色宝石。池边竖有一方大石头，上书"天池"二字。池中，一对情侣正在缠绵。看着他们恩爱的缠绵样，我们不忍打搅，只好打消了沿池浏览的念头。

天色渐暗，最后四位同学也赶到了休闲园。晚餐我们没有再要包厢，就安排在餐厅的大厅里。餐厅的大厅很有特色，全部用木头建成，四面餐桌，中留天井。天井是一方小池，水清澈见底，养有十余条红色鲤鱼。小池中间是一个圆形石盘，石盘里面有大大的一堆硬币，这大概是一些为测试运气的游客所扔。晚餐后，按照安排，大家一起聚在多功能厅里畅谈。一番回忆过去畅想未来的疯狂后，时针早转过了午夜零点。走出多功能厅，耳边蛙声一片，抬头望天，天上偶见星星点点，再细细一品，竟有丝丝细雨滴在脸上。"七八个星天外，两三点雨山前，"宋朝辛弃疾记录的雨夜风情竟然出现在今天，当然，今天的蛙声已经不是宋朝的蛙声，今天的雨也早已不是宋朝的雨了。

回房间睡觉之前，根亮大哥说，在这休闲园看雾中日出，那真是犹如仙境，别有一番情趣。根亮大哥的话让人对第二天的曙光有了极大的期待。可惜，等手机闹铃把人叫醒，首先听到的是沙沙雨声，推门看天，四周云雾弥漫，朦胧一片，那期盼中的朝阳早不知道在什么地方了。一同参加我们同学会的摄影发烧友方老师，已经带着另外三位老师背着"长枪短炮"冒雨去拍摄在城市难得一见的雨中山景了。一帮同学则拿着几个傻瓜相机，开着门，等着雨停，学一下老师的样子，拍几张雨雾中的青山。

天被我们这帮远道而来的同学感动了，很快，雨停了。远处本来被云雾遮掩得严严实实的连绵青山，此时犹如刚刚出浴的含羞美女，玉立在我们面前，耳边顿时充满了傻瓜相机的"咔嚓"声。一阵山风吹过，刚刚拉开含羞面纱的黛色青山又蒙上了一层薄雾，使得远处的山峦又显得朦朦胧胧、欲遮还羞。

用了早餐，拍了集体照，也到了我们这帮同学的分手时刻了。然而，好客的根亮大哥带着嫂子一道，又强烈要求我们这帮人留下，体会一下松阳的山水风情后再离开。车再次沿着蜿蜒的山路返回县城，雨后的山谷满是城里人羡慕的负离子，打开车窗，让这负离子涌入车厢，沁入心脾。沿路而下，看到的是昨天上山时看不到的风景，一层薄薄的牛奶般的云雾随意飘过雨后的青山、田野、房舍，让周围的一切都显得若隐若现，车行其中，犹如穿梭在云雾。车在山间走，人在画中游。

中餐定在县城边上的秀峰山庄，秀峰山庄因坐落于一座形如石笋的秀峰下面而得名。秀峰山庄旁边，就是秀峰寺。遇净域而参禅，怀着虔诚之心，步入秀峰寺。主殿供奉着三座神像，从神像头顶的匾额"洞天福地"看，这三位应该归属于神仙，问管理员，果然属于道家范畴，主殿左边一小殿里则供奉着关公。出主殿往右，供奉着佛像，以我之浅见，一时不知属于佛教中的哪位菩萨，大概是"我不入地狱谁入地狱"的地藏王菩萨。再沿阶而上，又是一座大殿，细看里面的佛像，应该属于佛祖神像吧。再往右，则供奉着大慈大悲的观世音菩萨，主像两边，则是神态各异的观音化身像。神和佛同处一方寺院，同享一处香火，这或许就是"三教同源"的最佳体现。

留下，留不下

用完中餐，分手就在眼前。相聚的喜悦已经被分离的悲伤所占领，再也无心欣赏四周的风景，不想回头，不愿把分手的伤感留下，只想把相聚的喜悦带走。

　　别了，同学！别了，松阳！

深秋的十里荷塘

　　绍兴的镜湖湿地公园附近有一片面积极大的水域，经过整理和规划，这片被掩映在竹林和树木之间的水域，成了荷的世界，也就有了一个极其美妙的名字——十里荷塘。

　　荷叶碧野，荷花点缀的六月，绍兴的一些网站和报纸上，十里荷塘成了宣传的主角，那一望无际碧绿的荷叶，那娇艳无比、红粉不一的荷花吸引了很多绍兴本地人和外地人的眼球。十里荷塘，成了一个景点，一个休闲的极佳去处，可惜在如此美丽如画的季节里，我却没能前去欣赏，等我有机会走近十里荷塘，已是深秋时节。

　　秋风吹起，菊黄蟹肥，高大的落叶乔木或红、或黄的树叶，只待秋风吹落回归大地。十里荷塘那碧绿的荷叶，娇艳的荷花已成了宣传画上的照片，报纸上的"新闻"。

　　荷塘里的荷叶早就枯黄，只留下枯瘦的叶茎孤零零地斜斜地刺向天空，荷叶早已失去了往日的美丽，变成了黑黄，卷曲着，畏畏缩缩地顶在叶茎上面，一副破败不堪的样子。几个来不及收割的莲蓬，也成了黑色，不再仰天而歌，而是像被打折了腰的癫皮狗似地，可怜地低着头，把头紧贴在细瘦的叶茎上，傻傻地看着那还算清澈的水面，谁也不知道这黑色的莲蓬在想什么。假如莲蓬有思想的话，它一定在回味昔日的辉煌，痛苦现今的败落。

　　"荷尽已无擎雨盖，菊残犹有傲霜枝。"这是宋朝的一代文豪苏轼《赠刘景文》中最有名的两句诗，然而，我却一直以为苏轼此诗的精华并不是这两句，而是"一年好景君须记，最是橙黄橘绿时"。特别是"一年好景君须记"一句，对眼前破败不堪、枝叶凋零的荷塘是最好的写真。

当然，在这片萧条一片的荷塘中间，依然有几点绿色显现。这几点绿色是尚未枯黄和凋零的荷叶，它们在簌簌的秋风中，在一片萧条破败的荷塘中，死守着、死撑着一点已经不能算是碧绿的绿色，仿佛是那斗争年代的勇士，拼着全力死守着那一片属于自己的领地。也不管能不能守住，能守住多久。倒是远处几只翻飞的白鹭和游弋的麻鸭，为这萧索的荷塘增添了不少生气，使得荷塘不再显得那样的沧桑、悲凉。

这荷叶，从白白胖胖的莲藕中努力长出细细的枝叶，然后借着周围泥土的养分，坚强地生长，努力不沾一点污泥，然后把最美丽的一面以"濯清涟而不妖"的形式展现在世人面前，被人赞美、被人敬仰，然而，等季节过去，这被人赞美的枝叶变得枯黄而没有生气，也就没有人再赞美他，在意他，人生其实也是如此，当事业有成之时，耳边听到的都是赞赏和奉承，等岁月催老，辉煌不再，也就变得门可罗雀。此时，应该如那矗立在荷塘中枯黄的枝叶一样，不怨不艾，自由自在地应着季节的转换而消逝。

人，多学点荷的精神，娇艳时候不骄，败落时候不艾，由着自己的性子和爱好，自由自在、无拘无束、顺其自然地生活。

浅水化不开浓墨

如果说黄河边上"八百里秦川"是一抹浓墨，那么我就是一泓浅得不能再浅的浅水。我想用这一泓浅水，化开这一抹浓墨，哪怕只是一点点、一丝丝，或者留一点痕迹，但我没有想到，不但没有沾上一点墨迹，甚至在墨点上没有留下一丝印记。

一

咸阳，一直只是在历史书上见过，从没亲近过。

坐飞机到西安，下的是咸阳机场。所以，从经历上说，我在四年前就已经到过咸阳。但那时候的目的地在西安，咸阳只是歇脚的一个凉亭。现在，咸阳是我虔诚拜谒的圣地。

茂陵，是汉武帝刘彻的陵寝。这位伟大的皇帝花了53年的时间，造了一座山一样的坟墓给自己，看来，汉武帝确实厉害，他很小就明白了死亡才是人生真正的归属，坟墓才是自己永久拥有的财产。

当我走到茂陵博物馆门口，以为叩到了汉武帝大门的时候，才发觉，茂陵博物馆里面的大土堆，只是霍去病的墓，因为有功，才混了个陪皇帝睡觉的荣誉。其实，陪汉武帝睡在一起的不止是霍去病，还有卫青、李夫人等。

山一样的皇帝陵，巨大的陪葬群，陵墓里面的内容，都是后人渴望了解和占有的，当皇帝和那些获得陪葬荣耀的人，躺在山一样的坟墓里的时候，再也无法控制贪心之人的欲望，于是，这些陵墓和其他地方的陵墓一样，都曾遭到过"摸金校尉"的洗劫。

当一块石头，刻下历史印记的时候，它就成了历史的记录者和见证者。在茂陵博物馆里面，在霍去病墓的脚下，几块被刻成马、青蛙、人物的巨石，记录了两千多年前的历史，成了不可多得的国宝。

当老年的唐太宗宠幸武媚娘的时候，他一定不会想到，这个漂亮的女人日后会成为他儿子的宝贝，会成为大唐帝国数百年延续中间的一抹色彩。当唐高宗驾鹤西去，孤零零地躺在乾陵的时候，武媚娘开始展示她的政治才能，在诛杀异己的同时，也在壮大大周国力。真是有了武媚娘武则天，才有了后来的开元盛世。

武则天不是一般的人，她做出的事都是前无古人的，她死后，和唐高宗合葬在一起，并留下一块巨大的石碑，上面空无一字。就是这无字碑，在给后人留下了千古之谜的同时，也留下了无限的想象空间，当武则天留下一个强盛的帝国给玄宗的时候，玄宗开创了开元盛世。然而，历史也有巧合之处，唐明皇和他的祖宗一样，也喜欢美女，从而迷上了魅力无比、肥得恰到好处的杨玉环。

夜夜笙歌，让肥胖不已的安禄山找到了机会。安史之乱，让玄宗不得不挥泪割爱，杨玉环被吊在了逃亡路上的马嵬坡上。旧爱难忘，重情的玄宗最终还是希望能好好地安葬杨玉环，最终，一个香囊、一块手帕代替了杨玉环的真身。名人需要宣传，杨玉环的美貌，唐明皇的宠爱，成就了无数文人墨客的文章墨宝。

名人效应，让杨玉环衣冠冢上的泥土也成了妇女美容的稀世珍品，墓上的土越来越少，最终，一堆青砖盖住了那稀世珍品，留下了后人的仰慕感叹。

很多地方都希望能依靠旅游业来鼓钱袋子，但却不知道该如何搞。当我走进袁家村的时候，我忽然觉得，袁家村就是农民搞旅游的范本。那古朴的民居，刻满了岁月痕迹的店铺和农具，还有那挂满枝头的柿子和苹果，无处不现诱惑。

穿过着葫芦的棚架，就是一户农家，苹果树下放着几张桌子，我

117

浅水化不开浓墨

就在这挂着红红苹果的果树下，体会了一下陕北的风土。

千年帝都，华夏圣城，文明之源，天下之中；丝路起点，运河中枢，牡丹花都，山水之城；三代创世，魏晋风流，汉唐雄风，宋家文气。这是后人对洛阳的概括。

四年前到洛阳的时候，去过华清池，到过临潼，也去过龙门石窟。当再次踏上龙门石窟的时候，看着那万千洞窟中的雕刻，既亲切又伤感。特殊年代的激情，让很多的文化瑰宝成了烟云。

我宁愿相信有一种完美叫残缺，这样，我看着那沧桑的洞窟，不会流下一滴眼泪。

白园，上次到龙门的时候没有去，一直留有遗憾。这次，终于把遗憾填补了。墓园四周是诗碑，那些爱好诗歌的人，把自己最美的诗歌刻在石头上，立在墓园边，以争取和盛唐诗人白居易来个隔空交流。

洛阳的牡丹很有名，可惜，到了两次，都没见过，本来想找一株牡丹带回家种植，但怕我这俗人扰了牡丹的清幽，还是忍痛放弃。

二

二十世纪八十年代的电影《少林寺》，让嵩山脚下的少林寺名扬四海，也让儿童时期的我们蠢蠢欲动，恨不得一下飞到少林寺，拜师学艺，成为一个想打谁就打谁、想骂谁就骂谁的"英雄汉"。至于落发受戒，那是小事。

《少林寺》电影热映的时候，也是《射雕英雄传》《七剑下天山》盛行的时候。少林武功，更是我们童心中神乎其神的崇拜。

去少林寺的路上，少林武校比比皆是。怪不得这几年时常可见剃着光头，开着报废车，穿着僧衣自称是"少林寺僧人"的人，四处表演，原来都不是正宗的。

少林寺，说到底是一个寺院，是弘扬佛法的场所。但一部电影、几本武侠小说，让少林寺改变了样子，主业成了副业，副业反倒成了主业。剃着光头在表演的，不是僧人，是武校的学生。

塔林，就是少林寺高僧的坟墓，可让我想不明白的是，为什么有那么多人喜欢和那塔林中的一个个小塔合影留念。看来，只要坟墓造得精巧考究，心中的阴影完全可以烟消云散。

寺中的银杏结果了，成熟了，随着秋风的吹过，都和着扇子样金黄的树叶挣扎着，飘荡着离开粗壮的树枝，引来路过游人的抢拾。

黄河，是母亲河，是中原文化的发源地。

在郑州的炎黄广场，我这个炎黄子孙第一次站在高大的炎黄雕像下面，仰望。

华夏的祖先，我的先祖，唯有仰望，才能表达我的敬意。

黄河岸边有很多的景点，去兰州的时候曾经坐过羊皮筏子。到花园口的时候，曾经捡过黄河的沙子。今天，那曾经在电影《红番区》里见到过的气垫船，成了我深入黄河的工具。

气垫船的速度很快，也很灵活，只是让我没有想到的是，黄河中间的沙滩也能成景点。沙滩摩托车、毫无生气的马匹，成了这河中沙洲的主角。不过，吸引我的还是那卷成一卷一卷的鞭炮，放上几个，告诉一下黄河，我来了。

三

起初知道包青天，是在父亲的口中，知道开封府，知道展昭，知道五鼠闹东京是在《三侠五义》中，知道杨六郎、佘太君、穆桂英、潘仁美，是在《杨家将》。

车在开封府大门口停下的时候，我的眼前忽然出现了那一幕幕的情景，有书中意想的，有电影电视中看到过的，有连环画中的，反正什么都有。

开封府是新建的、现代的建筑，那肯定比旧时的要气派，要豪华，要宏伟。就连那在开封府大堂上坐着审案的包青天，只需要动嘴对一下口型，他那洪亮的声音就立刻从四面八方传来。

浅水化不开浓墨

包拯，是一个清官，是一个受冤老百姓期盼着能在关键时候遇到的青天，所以，很多有的和没有的，发生的和没有发生的，都被安到了包拯身上。

包拯，不再是一个简单的人，普通的人，而是集中了民众意愿的神。

游开封府的像我这等小民很多，但贪官污吏也不少，不知道这些人见到开封府大堂上放着的那龙、虎、狗三把大铡刀会有什么想法。

在开封，我最喜欢的还是那铁塔。铁塔，因其通体用褐色琉璃砖砌成，远看似铁。

这建于北宋皇佑元年的塔，历经千年风雨，依然巍然屹立，不知道那制造豆腐渣工程的无良者，见到此塔会有何感想。会不会心有所想，良心发现。

四

小学时候看《封神榜》，开始知道了商朝，知道了朝歌，但一直不知道这朝歌在哪里。等上了中学，学习了《中国历史》，知道了中国文字的起源为甲骨文，知道了司母戊大方鼎，知道了安阳。

到安阳，有两个地方必去，一是文字博物馆，一是殷墟遗址。

由于时间来不及没去文字博物馆，就去了殷墟遗址。

殷墟博物馆里存的除了青铜器、陶器、玉器之外，就是甲骨文的乌龟甲和骨头了。一直以为刻在骨头上和乌龟甲上的文字必定是很大的，但等看到了实物才知道，这字很小很小，如果不是有心细看，有很多一定会略过。

历史用文字记载，要感谢发明文字的人和记载的人。但当甲骨片被发现的时候，更要感谢发现的人，正是由于他的发现，这被用来入药的"龙骨"才会华丽转身，成为记载历史的"信使"。

留下，留不下

江南游走第一镇

一

　　第一次听到"江南游走第一镇"是在一次和朋友喝茶中。喝茶的时候，他问我，"你到过江南游走第一镇没？"我说"没有，因为我还没有听过这个地方，但我相信这一定是个好地方。"朋友笑了，他说，"看来你是伪驴友，连江南游走第一镇是哪里都不知道。"

　　我脸红了，惭愧不已，确实，我自从所谓的"驴行"后，每星期都会和几个文友游历绍兴的山山水水，但游历的时候基本都是定好地点，而不去关心其他。朋友看我脸红，解围似地说，你也不用脸红，其实这个名称也是一个新兴事物，刚出现不久，我今天和你说，就是想考你一下，看看你知不知道家乡的一切。

　　此时，我才恍然大悟，原来这"江南游走第一镇"就是我的家乡王坛。王坛虽然是我祖居所在地，但我更愿意把她叫做是我的家乡。在我的经历中，除了铜盘山这片土地外，从没有走过王坛的其他地方。"吃六谷糊，走饼子路"让我从小对大山产生了恐惧。自从父亲移居平水，我完成祖上所谓的"出山"目标后，就已经很少回王坛，特别是前几年王坛实施高山移民，堂兄移居东村，王坛成了我梦中的记忆，但铜盘山的一切依然会不时出现在梦里。家乡，是深深印刻在脑海中永难磨灭的印记。

朋友在王坛镇政府工作，当我对王坛打出"中国江南游走第一镇"的名片深感好奇的时候，他从集镇的镇域经济转型升级说起，向我娓娓道来王坛从山区农业镇向生态旅游镇发展的必要性和必然性。我说，你也不用对我说这样多，说一千道一万，还不如去走一圈、看一看，真实体验一下这"江南游走第一镇"的风采。

二

王坛打出"游走"的名片并不是一时兴起或者跟风搞"噱头"，而是有着她的底气的。

常记得儿时夏日的晚上，缠着小脚的祖母，会在我坐在门口那棵枝桠开得很低但粗壮得需要两人合抱的柿子树上，看那婀娜月亮、眨眼星星的时候，和我说山那头的故事，这些故事可以说是我儿时对王坛山水印象的启蒙。

一次，祖母恬着小脚，指着脚下那林立的山峰的某一点告诉我，那是舜到过的地方，那里有很多让人惊奇的宝物。我不知道舜是何人？也不知道那惊奇的宝物是什么，但我知道舜一定是一个了不起的人，他一定看到了山那边我没有到过的地方的山山水水，而我看到的只是那高低不一的山头，我总有一天也要到舜到过的地方去游历一番。这样的情节一直纠结着我，直到我到了为纪念舜而建的"舜王庙"，这个结才解开。

舜生活在四千多年前，相传他到王坛是为避朱丹之乱。舜避乱的方式就是巡猎。伟人巡猎当然是值得纪念的，所以"舜王庙"就建造在了舜曾到过并驻足而息的一座小山丘上。舜王庙的建造，在给绍兴留下了"江南第一戏台"的同时，也给绍兴的建筑史上带来了"三绝"之宝，留下了"三怪"之谜。舜王庙的砖雕、木雕、石雕，称为"三绝"。"三怪"则是指舜王庙内及周围的"怪地"、"怪树"、"怪鱼"。"怪地"——庙的大殿左侧，有一块不到五平方米的泥地，周围其他地方铺着石板，但这块地无论铺石板或浇筑混凝土，没过多久，都要被拱开，至今仍是泥地一块，故称之为"怪地"。"怪树"——舜王庙前山坡上有一棵巨樟，树冠盈亩，绿意盎然。但多年前此树主干杈口曾有一大孔，小孩可在洞口进出戏耍。后来竟慢慢长合，不留一点缝隙。1976年，此树还曾枯败而死，然而时隔三年，1979年枯枝竟然复活，绽出了新芽，故人称"怪树"。"怪鱼"——舜王庙前有舜王潭，早年每到九月廿七舜王生日这一天，人们从四面八方赶来参加庙会，而舜王潭里的鱼也会成群结队，头朝舜王庙方向悬浮在水面，似在朝拜舜王，年年如此，人称"怪鱼"。

我时常听父亲说起陶宴岭，在交通并不发达的二十世纪五十年代前，王坛到绍兴公路尚未开通，陶宴岭是父亲回铜盘山家中问候父母和嵊州王坛民众赴绍兴的必经之路。

陶宴岭呈南北走向，北起平水镇的金渔岙，南止王坛镇的新联村。陶宴岭又名陶元岭，始建于南朝，完工于明清，南朝齐梁年间道教思想家、医学家陶弘景隐居于此，岭由此得名。陆游祖父左丞相陆佃亦在此结庐读书，墓地就在陶元岭支峰下，可惜岁月流逝，墓地所在之处已成千年谜题。陶宴岭全部用小块的石头砌成，经过风雨侵蚀、岁月洗礼，原先棱角十足的石头早都被磨砺成浑圆光滑，一路上去，凡是砌成台阶和铺成岭路的石头见不到一块棱角分明的。古道两边古木穿天，路边溪水清冽，潺潺水声合着山谷中的各类鸟鸣和风过树梢的声音，恍若天籁。岭路的建筑有着很明显的官方组织痕迹，两米多宽的道路，高度相似、宽度相仿的台阶，整齐划一的路基，非民间自发组织所能完成的。确实，早在唐代，绍兴（越州）就属海内名郡，而平水则是越州所属会稽县的五大名镇之一，并开始有了竹木山货的交易，出现了"平水草市"的名称。当时，嵊州的北乡、谷来和绍兴的稽东、青坛、王坛的山货都要经陶宴岭到平水，然后转到平水埠头，装船运载到绍兴，同样，当地民众所需的生活日用品亦需经此道挑运进山。所以，陶宴岭当属官道无疑。陶宴岭顶上有着十余户人家，山雾弥漫之时，"半壁见海日，空中闻天鸡"。找一个云雾起始的点，悄然坐下，双脚悬空，从下往上看，人在半空中晃荡，如果此时能用一支竹笛，吹响牧童的歌谣，这不是仙境是什么？

　　坐在铜盘山顶上的堂屋前，穿过屋前的淡竹林，很容易看到远处那高低不一、错落有致的山头，每当我对山那头产生兴趣的时候，祖母都会告诉我，那是五百岗，是乾隆皇帝曾经到过的地方。我不知乾隆皇帝为什么喜欢到这样的山窝窝里来，但祖母的话又让我深信不疑。凡是皇帝到过的地方我总是有着很多的好奇和欲望，也想着去走一走，看一看山那边的风景。这一想就想了好多年，直到上个月的一个雨天，我才如愿。

　　山路弯弯，雨仿佛为了跟上我们上山的速度，急匆匆地越下越大，雾，慢慢地弥漫起来，如薄纱，将我轻轻笼罩。原本还能看清的对面山峰、谷中风景、山下民居，渐渐被洇入了雾中，开始若隐若现，恍如海市蜃楼。上五百岗是不用坐车的，有一条古道连接着山脚与山顶，只是走古道上山需要近两个小时，车行到半山腰处上山，大约只需走五百来米的山路就能到达峰顶。崎岖的山路虽然铺着大小不一的石头，但原生态的泥路也不少，幸亏秋天的落叶尚未化泥，松软地铺在路上，也就免去了烂泥粘鞋的尴尬。到了山顶才知道，五百岗只是一个统称，踩在脚下被称作五百岗的山峰其实就是周边众多山峰中最高的一座山峰而已，因其高大，也就成了所有山峰的代名词。此峰山势平缓，山顶浑圆有一块半亩见方的平地而被当地人形象地称为"雄鹅峰"。有雄必有雌，这样才符合传统的阴阳互补理论，所以，雄鹅峰对面的一座山峰当仁不让的成了"雌鹅峰"。雌雄双峰对立，人站其一，"安能辨我是雌雄"？五百岗没有预想中的险峻、俊秀，不过曲折山径、秀美风景以及站在峰顶，远眺四周，云雾缠绕恍如仙境的感受却是在跋涉其他山峰所体会不到的。

留
下
，
留
不
下

三

　　十多年前，堂兄告诉我，他在山上种了青梅。我不知道青梅是什么，也不知道青梅能用来做什么。直到几年后，东村的梅林成景，踏春赏梅，才知道青梅就是东村香雪梅海的主角。东村的梅林有好几千亩，连片种植，长达十里。因为种的梅树不是观赏梅而是用来增加经济收入的青梅，所以，满山遍野的梅花都是一色的洁白，放眼望去，犹如下了一场大雪。但这白和"忽如一夜春风来，千树万树梨花开"的白有着截然的区别，诗人看到的"梨花"，一色僵硬而无生气，东村的梅花则在洁白中带有些许娇媚和灵气。梅林中偶尔冒出几株特意插栽娇艳的红梅，犹如在洁白的衣衫上面点缀了几片红色的花瓣，不但不显落寂，反而更显妖媚。一条用条石铺成的石砌小径蜿蜒曲折，沿坡而建，如一条玉带深入梅林。拾级而上，随时能和梅枝来个亲密接触。掏出相机，随手一按，不用取景，即是美景。到顶就是山岗，石径继续沿山岗铺筑，成了南北两边山岗的分水岭，南面梅树成林香雪梅海，北面黄土护苗葱郁有待。石径小路贯穿连片梅林，东边上，西边下，没有回头路，也没有冤枉路。梅林催生了东村的农庄经济，农家乐、小饭馆林立，随便找个房子进去，基本都能吃到原汁原味的农家菜。鸡鸭是自家养的，凑巧的话，吃的肉也是用野菜粗糠喂大的家养猪的肉。时令近夏，也到了青梅成熟的季节。曾经如雪花色让漫山恍如铺着厚厚一层白雪的梅林，和周边的青山早已融为一体。如不细看、不细寻，放眼望去根本分不出哪是梅林，哪是青山。香雪梅海寂静如水，只有阵阵山风，吹得梅树的枝叶沙沙作响。梅林就是这样，花开的时候，人山人海，花落的时候，独自沉醉。青梅长在枝头，三三两两地挤在一起，触手可及。青梅不大，色泽青绿，有几颗青梅的顶部在青绿中带有一丝暗红，恍如碧玉中带着一丝红丝，惹人爱怜。"郎骑竹马来，绕床弄青梅，"一男一女两个可爱的孩子拿着小竹棍围着青梅树戏耍的镜头映现在了眼前。只有在这样的环境里，才会有"两小无猜"这样的感情出现。所以，等他们长大了，懂得谈情说爱、男欢女爱的时候，他们一定忘不了这青翠的梅林，青青的梅子。如果把这青梅和酒一起煮了，这青梅还没熟，酒味早没了。当年曹操和刘备煮的一定不是酒，也一定不是青梅，他们煮的是心情，是志向。

王坛有两条宽阔的溪流，北面的叫北溪江，流经南部的称南溪

125

江南游走第一镇

江，两条溪水汇合在舜皇庙脚下，成为小舜江水库的源头。南溪江，如同一个不施粉黛的山里少女，不但清纯脱俗且带有一股山里人特有的豪爽气。站在王坛镇政府前面的一座桥头，可以观看到南溪江两岸全景。南溪江的东岸紧挨着山，一年四季，山花吐蕾，修竹摇曳，如若下雨，烟雨朦胧中的南溪江，就更加显示出了其浪漫飘逸的一面，魅力四射，遐想无限。阳光照下的南溪江波光粼粼，鸭群嬉戏，偶尔掠过的几只白鹭，"一行白鹭上青天"的诗句很快突显脑海。南溪江四季皆景。春天，山花烂漫，争奇斗艳，异香扑鼻。夏天，江水清凉，儿童戏水，鱼翔水底。秋天，果实成熟，柿子泛红，枫叶如火。冬天，江水温暖，水雾缭绕，恍若琼瑶。

王坛把区域内的景点经过精挑细选，规划出了十个景点，这十个景点是王坛镇所有精华景点中的经典。以香雪梅海打头，以舜皇庙为先导，把五百岗、舜湖探源、青陶峡谷、陶宴岭古道、深山竹海、生态山村、茶园风情、南溪江景十个景点如珍珠一样穿成了一串，这十个景点，无论从哪个景点出发，都能把所有景点走完。

为了适合不同人群的不同需求，王坛镇把这十个景点分成了两大板块，一个板块是生态板块，另一个板块是文化板块。生态板块以生态风景为主，以连贯王坛南面的高山、峡谷、园林、流水为特色，全长约38.3千米。文化板块以虞舜文化、乡村文化、道教及佛教文化为主线，连贯王坛北面，全长约42.7千米。两大板块，把王坛的风景全部归纳，只要游走在任何一个景点，都会让人产生一股急着游走到下一个景点的渴望。

两千多亩的深山竹海，人人其中，竹涛阵阵，身居竹林，犹如站在波涛汹涌的大海之滨，竹涛和海浪一样的令人振奋和惊叹。深山竹海，十里游道蜿蜒其中，冬笋、毛笋、鞭笋，一年四季不绝，背包荷锄，赏竹挖笋，夫复何求？一千二百余亩的高山茶园，还没近前，一股浓浓的茶叶清香早就把人陶醉，碧绿的嫩芽、嫩黄的蕊丝掩映在白白的茶花中间，蜜蜂飞舞，辛勤采蜜，如此和谐风景，何处能寻？

峡谷风情，一直躲在深山默默无闻，不是风景不好，而是久居其中不识峡谷就是风景的真面目，站在高岗之上，眼望那处在会稽山脉腹地的峡谷，才会发觉长约三千米的青陶峡谷属于谷中之谷，谷深景幽，一条小溪沿谷而下，恍如飘带，飘逸诱人。这样的风景，只在画中有。新越联峡谷处在群山连绵之中，转过这山，峰回路转，曲曲折折，蜿蜒蜒蜒，十里峡谷就这样深藏闺中，等待游人的探究。

四

游走，指短暂的在一个地区旅游或者旅行的过程。

我不知道这个解释是否正确或合理，但是，当我行走在"江南游走第一镇"，深感名副其实。游走在王坛的青山绿水之间，"中国江南游走第一镇"正在慢慢地撩开她神秘的面纱，万亩青梅基地、万亩丹家鸡基地、万亩玫瑰园基地、万亩有机茶基地、万亩高山蔬菜基地、万亩四季笋基地六个"万字号"基地建设，无一不是精品。陶宴岭、五百岗等十个风景点无一不是让人流连忘返的人间胜景。

对一个除了山之外还是山的王坛镇而言，工业企业无疑是镇里的经济支柱，可是，当这些工业企业开始显现出和山区生态环境格格不入的污染苗头时，王坛镇的领导坐不住了，经济不能建立在破坏环境的基础上，不能为了一时的利益而断了子孙的生路。在经济和生态前面，在民生和利益面前，王坛镇的领导拿出了壮士断腕的勇气，把经济效益明显但污染严重的企业关闭掉，把周转时间长，很长一段时间只有投入没有产出的生态经济引进来。生态农业、生态旅游业就这样慢慢在王坛这个除了山还是山的山区集镇中生根、发芽、茁壮成长。

行走在"江南游走第一镇"的王坛，游走在家乡的青山绿水之间，相信王坛镇在打响"江南游走第一镇"的品牌的同时，立足生态、绿色、环保等自然优势，全面营造"生态经济、生态旅游、生态山村、生态美景"，一定能让养在深闺的山山水水走向社会，走向民众，造福民众。

中国江南游走第一镇——王坛欢迎你！

风雨千年 "宋六陵"

出绍兴城向东南行十余公里，就能到达攒宫。

攒宫隶属绍兴县富盛镇。因此地宝山南麓葬有南宋六位皇帝，而被命名为"攒宫"。

攒宫，原意为暂时安放，然而，没有想到的是，这一放就是千年。

周日，一帮朋友去富盛诸葛山踏青，路过攒宫，稍作停留，也算是对历史的一种怀念和思索。

北宋末年，安坐中原古都开封的徽宗皇帝眼见北方金朝入侵中原，慌乱间将皇位传给儿子钦宗，在求自保的同时期盼新皇帝有新气象，能一扫金朝入侵的阴霾而重整旗鼓。可是"靖康之耻"，让徽宗和钦宗连带着数千后宫佳丽，成了北方金朝的战利品。赵构南逃，过黄河、长江后在钱塘江边的杭州安家落户，开辟了南宋小朝廷。

历史也由此把堂堂大宋划分成了南北两朝。

"山外青山楼外楼，西湖歌舞几时休？暖风熏得游人醉，直把杭州作汴州。"气候宜人的江南，让赵构的子孙安心在杭州住了下来。

生是偶然，死是必然。赵构偏安一方虽然幸福，但也焦虑。从传统理念上讲，人死之后都想着和祖宗同处一地，但此时葬有赵氏家族的开封已属异国他乡。一时无法如愿的赵构命人四处寻访之后，终于找到了一处临时的安置点，这就是位于绍兴富盛的宝山。

赵构死了，他就被临时安置在了宝山。宝山一地，也被改名为攒宫。高宗过后，孝宗、光宗、宁宗、理宗、度宗也一个接着一个到了宝山，他们的后宫嫔妃也嫁鸡随鸡，嫁狗随狗，紧跟着到了宝山。攒宫的陵寝越来越多，因为梦想中还想着有一天能"尸骨还乡"，所以这些皇帝和后宫嫔妃只是浅葬，而没有深埋。

一抔黄土，掩埋了六位皇帝的肉体，却埋不了那一段令人沉闷、心疼的历史。

如果说金朝的完颜家属是强盗的话，那么蒙古铁木真后人就是强盗中的精品。当铁木真后人灭了金朝踏入中原后，一路向南，长驱直入。南宋赵氏后人连想在杭州再待一会儿都待不了，只能抛下"还乡中原"的梦想，再度南逃，把六位祖先的坟墓留给了元人。1279年，元人灭了南宋，元朝政府任命外来和尚、西域僧人杨琏真珈为江南释教总摄。杨珈真来到江南后，把南宋六位皇帝的坟墓扒了个底朝天，所有南宋帝王陵被盗毁一空。

宋六陵毁了。只有陵区的几株古松，昭示着赵氏皇属曾经的记忆和梦想。

风雨千年，陵区早成了一片茶叶地，当年的绍兴师专、劳改农场和绍兴茶场就建在陵区，现在，绍兴师专搬迁之绍兴市区，成了绍兴文理学院，劳改农场也空留高墙、电网。倒是绍兴茶场，依然存在，只是在引进外资的年代，让这茶场成了日本人的天下。

千年之后，躺在宋六陵陵区地下的六位皇帝依然没能安然，日本人在陵区茶园四处改造，先进的遥感技术将宋六陵的地下搞得一清二楚。那矗立陵区的千年古松，一棵一棵的死去，让专家也无能为力。

站在已经拓宽改造了的公路上，宋六陵陵区被分成南北两块。北面依山，南面开阔。风儿吹过，已闻不到记载中的阵阵松涛。不过这样也好，听不到松涛，就听不到地下那六位皇帝的哭泣、哀鸣，也就想不到历史的真实、残酷、沉闷。

风雨一过，无影无踪，岁月流逝，痕迹永存。宋六陵被开发成一个旅游风景区，让后人凭吊历史，倒也不失是一个保存历史、记忆历史的最佳方式。

黄土之下，有多少没有载入历史的历史，永远无人知道。

不逊始皇眺东海

秦始皇一统六国之后，曾多次南巡，绍兴的一座高山天柱峰，也因始皇帝的巡幸眺海，而成越中一景，并改名为秦望山。

去秦望山的路有好几条，但通常认为，出绍兴城南行二十千米左右，到鉴湖镇的马园，从此地上山是最为方便和简捷。

车能行到马园，从马园开始就只能步行了，那不知修筑于何年的碎石小道，完整地显示出了秦望山曾经的风光。

越城区的五个亿工程，造就了秦望山脚下那湛蓝似宝石的水库，青山倒映，山水一色，从边上溢洪道溢出的清水，形成了一泓涧水，造就了一段飞溅的激流，弹奏了一曲真正的"高山流水"。坐在水库大坝之上，闭上眼睛，用心细听涧水飞溅的声音，俞伯牙和钟子期的千古传奇再一次让人热血沸腾和扼腕叹息。

春天来了，地上枯黄的草丛中不时有绿色的青草探出，树枝的枝桠上，嫩喙一样的叶芽随处可见，久违的啾啾鸟鸣，不时回荡在山谷之中。红的桃花，白的辛夷，黄的迎春，随时映入眼帘。

上山之路，没有预想中的艰难。年逾古稀的老人背着一支捆着竹枝的毛竹，让我在敬仰的同时又惭愧不已。正如村中人所说的一样，这样的山路，我们已经走得厌倦得不能再厌倦了，而你们却当做消遣和休闲来爬了。确实如此，这或许就是人生的另一个围城，城里的人想进来，山里的人想出去。

走到半山，黄土裸露，一棵需用两人合抱的大树，孤零零地屹立着，显得那样的无助、无奈和孤单。不知道要搞什么建筑，好好的一个山脊，竟然变成了一个泥石裸露的工地，让人看了扎眼、痛心。

其实，爬山的风景都差不多，每一座山路上的风景都有些类似，路边除了毛竹就是树林，路下除了小溪还是小溪，这已经是一个定局，不同的是心境和同行的友人。

遥想两千多年前的一天，千古一帝秦始皇上天柱峰眺望东海的时候，他走的路是不是和我现在走的类似或一样？或许他走的时候还要荒芜，毕竟天柱峰因为他的登山一眺而出名，成为旧时绍兴的一景。当然，更有可能的是，当年越地的民众得知皇帝要登山眺海，早就把山路打理得平坦无碍，让秦始皇登山犹如散步，只有稍微一点的坡度而已。当然，我不是考古者，我也不想去考证秦始皇到底有没有登过天柱峰，到底是怎样上山的，他上山之后看到了东海没有。

其实，依我个人看来，秦始皇登天柱峰与其说是眺海，不如说是检查越地民情更为贴切。据传，越王先建都城于绍兴的平阳，后移都绍兴，把平阳作为操练兵马的场地之一，以府山（龙山）为中心建都，逐渐形成现在的绍兴城。后来到勾践之时，因雄心称霸攻吴，不料却大败而亡国。勾践知错思改，卧薪尝胆，灭吴复越。当千古一帝秦始皇称霸中原，统一六国，越地曾经的卧薪尝胆精神，肯定会让期望江山万古千年的秦始皇坐卧不安。在信息并不灵通的古时，要掌握越地的情况，不让越地有复越反扑之心，作为皇帝，秦始皇就只能以一代霸主之威仪，南巡各地。于是，秦始皇在上会稽，祭大禹之后，爬上了天柱峰，以登山眺海为名，把越中各地有没有留着练兵的场地，有没有躲着残余的兵将，看得清清楚楚、明明白白。看了还不算，还要让人知道皇帝的威严，就如后人喜欢在中堂挂一幅猛虎下山图一样，立碑树传，震慑好斗的古越先民。于是，李斯撰就千古铭文《会稽铭文》，刻于石碑，立于山顶，这就是著名的《会稽石刻》。现在会稽石刻早已不知去向，上面的铭文虽有留存，但也是后世描绘，不知真假。

经过一段需要手脚并用的陡坡，秦望山就很简单地被征服。"会当凌绝顶，一览众山小"和"人在山顶我为峰"之类的话，不用想都会跳到大脑里。

当我踏着千古一帝的足迹，站在始皇帝曾经站过的地方，眺望被万座青山阻隔、只能凭意想感受的东海，再想明王阳明的《登秦望山》，"秦望独出万山雄，紫纤鸟道盘苍空。飞泉百道泻碧玉，翠壁千仞削古铜。"不禁振臂一呼：

不逊始皇眺东海！

走过千年

一千年是一个什么概念？

一千年的岁月又会留下什么痕迹？

我们一帮喜欢文字的人，在入秋的一天，步入幽居深山中的香榧林，寻找着答案，寻找着千年岁月留下的痕迹。

绍兴稽东山中的香榧林，已经不是以前无人涉足的荒蛮之地了，而是一个已经开发了的旅游之地。

驾车驶过一个又一个隐居在山脚的村庄，再沿着一条卵石毕现看似干涸其实卵石下面溪水不绝的小溪一路前行，分别穿过一个石质和一个木质的龙门架，就到了千年香榧林的脚下。这片隐在大山中的香榧林，一直是当地农民的主要经济来源。这里山高田少，开门除了山还是山，山上除了木头还是木头。在靠山吃山的理念中，这里的先人在群山之中烧荒开垦，种下了一株又一株的香榧苗，现在谁也说不清这起始时候的香榧苗是本地土生土长还是从外地引入。但有一点是肯定的，先人们在种下树苗的同时，也种下了他们泽被后世的希望和梦想。从此，香榧成了当地居民生存的希望和生活的来源。香榧，由于一年生三年熟，在当地的居民心中一直属于比较高档的休闲类食品，很多时候，摘下的香榧都卖到山外换取来年的生活费用，留给自己的就是个子很大、香味不足的"木榧"，供春节时候招待客人。

山区除了山还是山，没有更多的经济支撑。政府也是动足了脑筋，给隐居深山的香榧林修通了水泥路，再顺着山势和千年来到当地居民沿着先人脚步踏出的小路，铺上一块又一块的青石板，再在适当的地方建上几个石亭子，既可供游人歇脚，又为原本平淡无奇的山林增添了些许休闲气息。青石板、石亭把一块原本并不引人注目的山地变成了接触自然、踏访山林的"旅游线"。

踏访之时，顺着这青石板一路向上，不时可以看到当地居民在采摘香榧。香榧因需要三年才能成熟，同一枝头上挂着不同年份的香榧果，所以，香榧的采摘只能用手一颗一颗地去摘，而不能像采摘其他的果实一样，用棒子打。香榧树材质很脆，没有韧性，使得采摘香榧成了一项极其危险的事，每年都有人因为采摘香榧而遭遇意外。

青石板路两旁的香榧树用一人之臂膀已经无法拥抱，至少需要两个人以上才能拥抱这枝干。这些香榧树的树龄都在百年以上，每株书上都挂着一块蓝色牌子，既显示着这棵香榧树的年龄，也显示着这棵上了年岁的香榧树的珍贵，因为它已经被园林管理部门编号列入保护名录了。香榧树有雌雄之分，这雌树和雄树职责分明，雌树长果，雄树授粉。雌树和雄树的生长完全符合动物界雌雄长相的合理性，雄树，高大挺拔，枝条稀少，赳赳如勇夫；雌树，枝桠众多，个子不高，树冠巨大，婉约如女子。一片香榧林，雄树的数量很少，犹如万绿丛中一点红一样，属于点缀却又少不了的。

青石板筑成的小道顺着山势而建，因此，好多地方都是偎着悬崖峭壁而走。经历千年的风雨，这些悬崖峭壁上早都蒙上了厚厚的青苔，青苔很小颜色很深，远看过去，本该绿色的青苔成了黑色，让这悬崖的颜色和旁边的香榧树混成了一体。当然，也有例外的，有几处的悬崖颜色依然是白色，几株坚强而挣扎生长的小草和小树在这白色的悬崖之上却显得那样的渺小和无助，如不细看，根本就看不出这悬崖峭壁上还有绿色的生命。石径小道即将到顶的地方，是一个能容数人躲雨的小岩洞，岩洞边上是一株比成年人胳膊还粗的野葡萄，向上延伸的枝叶遮住了半个白色的悬崖。

香榧林的脚下是一条看似干涸的小溪，小溪上面怪石嶙峋，乱石横躺，这些乱石大的重达数吨，小的则如豌豆。在乱石的下面，依然能看到一个个比脸盆大不了多少的小水窝，水窝里的水很清澈，看得出这水其实是流动的。让人称奇的是在这水窝里竟然有鱼有虾，看来生命真是顽强。这鱼、这虾能在这水窝里自在遨游，没有人能怀疑它们的生活。看来把随遇而安、适者生存、知足常乐放在这鱼虾身上那是最合适不过的了。

　　千年的香榧林，其实只是一个概念，一个让人思绪万千的概念，没有真实的意义，要说有意义，只能是说先人在种下这香榧树的时候，他们想的是为后人留点生存的机遇，留点感念的记忆。前人栽树后人乘凉，但又有多少人在这阴凉的树荫下想到过栽树的前人？饮水思源，当这些居民捧着用香榧换来的那一张张钞票的时候，他们心里会想着先人的辛劳和为子孙后代生存而创造的好吗？谁也不知道！

竹林·净地·茅屋·山脊

新年第二天，原本约了谢老师、淡笋、伯恩和范老师一起爬山，没想到等到出发前夕，小书也从新昌过来，加入了我们的爬山队伍。

上紫岩山的路全部用截断的五孔水泥楼板建成，整齐划一的水泥楼板，让原本竹林深深的上山之路平添了不少的乐趣。

竹林非常干净，除了黄黄的落叶，没有一丝杂草。看得出这里的村民非常重视竹林，毕竟这竹林春有毛笋，夏秋之际有鞭笋，冬天又有冬笋，一年四季没有间断的笋，给当地的村民带来了一笔不大不小的收入。竹林的干净，为竹林平增了不少的姿色，风过竹梢，沙沙之声后就是一片片黄黄的竹叶荡荡悠悠、飘飘摇摇、婀娜多姿地落向地面，叶落归根，这就是枝叶对根的情谊。

竹梢遮掩石径，人行其中仿佛行走在一条绿色的隧道之中，深远、幽意无断绝。

水泥楼板砌成的台阶不高，走上几十级台阶，停一下，再走上几十级，再停一下，如此反复，上山并不感觉很累，反而有种"悠闲"的感觉。

走完竹林，离山顶已经不远，天空也豁然开朗，没想到山顶竟然非常平整，长着细圆枝叶的杨梅树种满了整个山顶，我突然想到了曹操的"望梅止渴"，要是在杨梅的成熟季节，这一大片的杨梅，稍稍一"望"，满舌生津的口水一定会把这土地淋湿。杨梅林中有一幢小平房，我以为这就是伯恩所说的"紫岩山寺"，但细看却不像，原来是杨梅林的管理用房。

过杨梅林，是一条下山的路，路依然用五孔水泥板筑成。下山不足二百米，见前面有两间玄色房屋，门楣上各挂着两块匾额，一块书有"伽蓝殿"，一块书有"紫岩山寺"。难道这就是伯恩口中所说的"紫岩山寺"？我不禁有些失望，在我的臆想中，紫岩山寺应该是规模宏大、有着气势恢宏的建筑的净域之地，而不是这只有小小一间只供奉一个佛陀的"蜗居"。

礼佛之后，站在门口细细打量这两开间的佛门净地的时候，谢老师、伯恩他们下来了。伯恩说，这只是山门，大殿还在后面呢。边说，他边带着我们穿过这小小的"紫岩山寺"，步入后院。回头望这小小的山门，门楣上面挂着一块"莫向外求"的匾额，禅意无限。

后院依旧是一条水泥浇筑的小道，路两边青松、茶树交叉，错落有致，没有丝毫的杂乱感。小道的尽头是文昌殿和一个钟楼模样的建筑，从钟楼和文昌殿中间穿过，眼前顿时豁然开朗。翠竹丛中，坐落着一大片的玄色建筑，"紫岩山寺"展现了它的本来面目。

从高处往下看，大殿、僧房错落有致，前面是一个大大的池塘，旁边是一个建筑工地，看来这紫岩山寺还在继续修建。从禅寺原有的边门入寺，就见一个院子，院子里面植有一株茶花，几株叫不出名的植物，茶花和那几株植物用水泥板围成的花坛上种有萝卜和青菜。看来佛门圣地确实不同俗世，这个花坛要是建在普通的住宅面前，里面种植的绝对不会是青菜萝卜，而是各色花卉。几间掩映在竹林之中的僧房，门口也挂着"竹林精舍"的匾额。

时已过午，好客的住持邀请我们共进中餐，让我有幸吃上了"斋饭"。那简单的几碗素菜，那带着焦黄锅巴满屋生香的米饭，让我第一次品尝到了净地的"美味"。

饭后，沿着寺中的走廊虔诚地把寺内的建筑都参观了一番，厚厚的石墙，笨拙的柱子，简陋的连廊，却也弄出个"钩心斗角"。摆放在不同院子中的几个大缸里积满了厚厚的冰，敲击下去，只显出一丝白印。大殿前面的池塘，用铁栏和竹篱笆围着，水面上积满冰块。淡笋找来一个竹棒，在冰面上敲打出了"虾米"二字，还在字旁努力敲出一个小孔，说是给"虾米透气"。我小声说，多谢大师。

寺内一位伯恩认识的朋友力邀我们去他的"茅屋"一坐。茅屋？我觉得新奇，伯恩解释，茅屋是出家僧人修炼的地方，并不一定是真正的茅屋，只是一种叫法。

茅屋离紫岩山寺大约有四五百米路，是一条泥石路，不大，两边长满细细的竹枝，穿行其中，确属野行。

茅屋是两排建在山脚下面的平房，高高的石坎，显现出了"茅屋"的尊严。旁边一个小山洞，伯恩说这小山洞就是那些僧人曾经修炼打坐的地方，让我惊叹不已。

茅屋虽然已经通电，但设施简陋，除了桌椅和床，别无他物。那朋友邀请我们在一间小屋坐下，低低的小板凳，低低的桌子，我们一行六人围桌而坐，喝茶聊天，此时此景如果是在一个晚上，有一个火炉的话，那就是真正的围炉夜谈了。

窗外忽然传来一阵细微的沙沙声，抬头向外，忽见天空中飘落着片片雪花。下雪了！

一句下雪，让本来已经冷了的天气更加地冷了下来，我们再也坐不下去了，纷纷起身，准备下山。下山其实依然是上山，因为我们不想再从原路返回，我们要从另外的路中找到一条下山的路。从茅屋出去，很快就从杂草丛中找到一条宽约尺余的小路，看来这就是一条可以下山的路了。

沿这条小路一直向上，横穿过一条正在建造的大路后，我们继续上山。可是谁也没有想到，我这个领路开道的竟然犯了大错，这条看似通达的小道很快就断了，留给我们的依然是密集的树木和柴草。

谢老师在关键时候发挥了一言九鼎的重要作用，他用手指了一下远处正在建造的大路说，沿大路走，从寂静寺下山。

这条正在建造的大路是沿着山脊的走向修建的，一路下去，裸露的山脊，路边因为造路而被毁坏的树木、山林，让我和伯恩这两个从大山里出来的人心疼不已。

沿着大路走，沿着山脊走，天上的雪花越飘越大，衣服上开始能停留雪花了，我伸出双臂，让雪花停留在我的双臂上，仰头望天，让

留下，留不下

雪化飘落在我的脸上，给我丝丝的凉爽。

　　走路、运动，让我已经感觉不出冷。走在大路上，让我有更多的心思看四周的风景。看着这建造中的大路，看着远处山头上建造中的宏伟建筑，我竟然没有丝毫的欣喜，反而有种莫名的忧郁和愤怒，人造景点的盛行，到底是进步还是退步？如果能听懂山的声音，此时的风声和雪落枝叶的声音，一定也是悲伤的、愤怒的和无助的。

竹林·净地·茅屋·山脊

诸葛山

三月中旬随几位文友去富盛的时候，就有人提出去爬诸葛山，但没能成行。周日，跟随几位好友踏上爬山之路。

穿过一条穿村而过的小路，即可到达诸葛山的山脚。山脚有很大的一块平地，可供十余辆车停放，这也是当地政府为开发诸葛山的旅游潜力而建。

上山之路分成两截，一半是水泥浇筑，一半是山石堆砌。

沿上山之路上行不足千米，过了几块梯田后，就是一个水库。水库不大，但水质清澈见底，远望，恍如一颗镶嵌在两山之间的蓝色宝石，蓝莹莹的让人迷恋，令人眩晕。"水光潋滟晴方好，"看着这清澈见底的水库，我脑中突然冒出这句诗，当然也不知是否妥帖了。

过了水库，就正式上山了。

水泥浇筑的台阶穿行在一片竹林当中，细碎的竹叶挡住了春日的娇艳，给铺满枯黄落叶的竹林洒上了点点碎金。竹林摇曳，碎金晃动。风吹竹林，满耳都是沙沙之音。如果风吹松林传来的声音能称作"涛声"的话，那么这竹林在风吹动下的声音就是细浪涌沙。一路前行，一路"沙沙"。路边宽约尺余的小沟里从高往下落的叮咚泉水，恍若天上传来的天籁之音。

爬山的人很多，三五成群，不管认识还是不认识的，加油之声不时响起。

竹林青翠，毛竹挺拔，不时看到几株倒伏的毛竹，依然坚强地活

留下，留不下

着、挣扎着。一些拦腰而折且已经枯黄了的毛竹，让人看了心疼。好在只要留意，不时能看到黄黄的泥土中、枯黄的竹叶下有嫩嫩的竹笋钻出。鹅黄色的笋须，让我想不产生一种"盗挖"的念头都难。没有顺手的工具，也就没有完成这盗挖的坏心思。

山路越来越陡，好在竹农在砍伐毛竹的时候有细细的竹梢留在竹林中，随手捡来，扯掉枝桠，就是一根极好的拄杖。拄着这拄杖上山，省力不少。

山越来越高，路越来越陡，太阳越来越猛，嘴巴也越来越渴。幸好竹林里有两个比脸盆大不了多少的水塘，泉水从上面的水塘底里涌出，溢满后再沿着一条布满碎石的小沟流入下面的水塘中。爬山的人都很自觉，上面的水塘喝水，下面的水塘洗手。用手掬起一捧泉水送到嘴里，清凉甘甜，书中描写的琼浆玉露可能也是这个味道。

爬到山肩，竹林掩映处有一个"祥云亭"，过亭沿山肩走百余米，有三间青瓦白墙的小平房，屋檐口上挂有两块匾额，分别书有"诸葛半山银飞庙"和"诸葛半山娘娘殿"。屋内烛火闪烁，屋外香烟绕绕，墙上刻有捐助者的姓名和捐助的金额。

沿着山肩向上，依然竹林掩映，坡度较缓。在山肩上行千米左右，又见一亭子和房屋。亭子上挂着"春光亭"的匾额，亭子和三间平房连在一起，这平房是青瓦黄墙，玄色给人以佛门的感觉。果然，这三间平房的门楣上分别挂着"车神财神殿""状元财神殿""千手观音殿"三块匾额，匾额很小，字也很小，但匾额和字的小却拦不住善男信女的一片虔诚之心，香火旺盛就是明证。这三间小平房边上又是一间小小的房子，门楣上写的是"关帝庙"，忠勇神武的关羽屈居一隅，独享香火。

过了"关帝庙"，也就走出了竹林，路也开始由水泥浇筑转变成山石堆砌。但从石头的颜色来看，这路应该是旧有而不是新建。果然，一路上去，在半路上看到一条小小的山路，从另外一个山腰上来。

离开了竹林的遮掩，太阳变得更加的猛烈。春冷，在这四处透风的山肩上已经失去了威力，身上的衣服一件一件减少，路边停留休息的人越来越多，互相鼓劲的声音越来越响。山路更加的蜿蜒陡峭，幸亏有拄杖借力，才让我坚持到山顶。

到了山顶，竟然看到了茶树。这让我不得不奇怪，关帝庙开始的上山之路上只见杂草柴火不见有价值的经济作物，到了山顶竟然种有茶树？奇异之下忽然想起家父很多年前和我说过的话："茶树不种家门前，只有寺院才会把茶树种在家门前"，想起此语，心中释然。

和其他一些稍有名气的山峰一样，诸葛山的顶上也是一座寺院。寺院不大，前后两进，四合院式样，进门前殿依然是四大天王，后殿是大雄宝殿。大雄宝殿内佛祖和玉皇大帝、观音菩萨同处一室，只是香火各自分开。

礼佛的香火寺内的工作人员已经给准备好了，从 48 元到 68 元不等，掏钱后拿上一堆香烛，从大殿点到前殿，刚好。

寺前有两间小屋，既供游客休息，也供游客吃饭。寺内能为游客提供素食，烧制虽不精美，但对爬上山顶已经饥肠辘辘的游人而言，无疑也是美食。

如果说爬薛壁居属于休闲的话，那么爬豆雾尖就是锻炼，爬诸葛山则是对意志的考验了。人在山顶我为峰，只有站在山顶，才能真切感受到"会当凌绝顶，一览众山小"的意境所在。没有付出苦累，就得不到成功时候的快乐、骄傲和自豪。

找回 "原生态"

夏天的雨，谁也不知道什么时候会来。

出门时还艳阳高照，不到一个小时，大雨已经随着闪电、雷鸣瓢泼而下。

大雨，让车似蜗牛，不敢也不能快行。

把着方向盘不敢有丝毫的怠慢，小心地把车开到郊外时，大雨终于转成了小雨，等把车拐上一条只能容一辆车通过的田间机耕小道上，小雨又转成了细雨。

在记忆中，这机耕小道两旁应该是连片的稻田，在现在这个季节，春末夏初栽种的早稻已经是灌浆成熟，种植早一点的几丘稻田里的稻谷也已经开始变黄、低垂。然而，现在一眼望去，难得有几块显着青绿颜色的稻田，细看之下，意想中那开始发黄的沉甸甸的稻穗竟然没有出现，看到的只是刚刚扬花灌浆的青穗。确实，现在种植早稻已经成了过去，一年两季早变成了一年一季，插秧成了过去，原始的散播成了主导。

稻田中间夹杂着些许大棚，大棚里种植着西瓜，偷眼望去，青青的枝叶间不时躺着一个个圆溜溜的西瓜。看着瓜棚、西瓜，突然想起鲁迅《故乡》一文中的闰土、月光下的瓜田和那狡猾的獾猪，还竟然萌发出当回獾猪去瓜田偷瓜的坏想，当我把这个想法告诉旁边的几位同学，他们都笑了，不知是笑我的想法是可爱还是可笑。

过了稻田和瓜棚，机耕小道旁边开始出现了一个接着一个大小不一的鱼塘，细雨打在水面上，激起一个又一个涟漪，让坐着车里的我不禁浮想联翩。

下车，雨已经彻底停了。雨后的天已经褪去了雨前的闷热。原本朦朦胧胧的天变得异常地清晰，视野一下开阔许多。视野的开阔让人的心胸也豁然开朗，看着已在远处的青青稻田，想着那大棚里面圆圆的西瓜，我有种呼喊的冲动，不过还是强忍着克制住了，毕竟过了不惑之年的人了，不能像二十来岁的毛头小伙一样可以随性而为了。岁月，磨砺了人的随性和棱角。

从机耕小道到小屋需要步行，去小屋的田垄没有意想中的泥泞，两边长着矮壮而不知名的青草，中间光滑硬实，踩在上面，有种软软的踏实感。前行数步横在一条小河上的竹桥让我们几个惊叹不已。桥全部用竹构建，宽只有尺余，中间也用毛竹打撑，人行桥上，摇荡如秋千。小心蹑足慢行，两眼却不敢看桥下，但又忍不住看桥下，桥下河水悠悠，蓝天白云飘荡在水中，让人心不慌都不行。幸亏旁边拦着一根毛竹，小心抓着毛竹，才定住心稳住神，此时才明白什么是"救命稻草"，关键时刻哪怕是一根毫无作用的稻草，也会让惊魂未定的心慢慢安定下来。

心，决定一切！

同学的朋友经营着几十亩的鱼塘，为管理鱼塘而搭建的小屋就在鱼塘中间。小屋不大也不小，三个开间，外加一个小厨房。住在这小屋，恍如隐居。站在小屋门口，久违了的农田特有的气息夹杂着鱼腥气息扑面而来，亲切而温暖。

主人端出早就烧好的玉米棒，我们几个捧着这烫烫的玉米棒，虽然烫得左手换右手、右手换左手、但嘴巴却急呼呼地寻找着玉米棒子上那香甜的玉米粒子。

餐桌上，所有的蔬菜都是刚刚从鱼塘边上的地头摘来的，鱼、虾是刚从塘里抓上来的，原生态，让我们这帮出生于农村但又住在城市的"伪"城市人激动不已，恍惚回到了儿时，回到了从前。

在这几间小屋间，我们忘记了尘世，忘记了做作，忘记了虚伪。真实，让我们和这鱼塘周围的稻田、大棚、蔬菜一样，回到了"原生态"。

生活，既简单又复杂。

行走在喧嚣的尘世之间，找一个时间，找一个机会，找一个值得放松且能够彻底放松的地方，约上三五好友，促膝长谈，不谈世事，不谈风月，用一种"原生态"的方式，以心换心，这样的过程绝对让人刻骨铭心且时常期盼。

再爬鹅鼻山

上周日已经去爬过鹅鼻山，可惜由于走错了上山之路，只能铩羽而归。调整了一个星期之后，我们重新进山，发誓一定要爬上鹅鼻山。

天气预报说今天有小雨，幸好，等我们赶到鹅鼻山脚下的峨眉山村，天竟然露出了太阳。

有了上次的教训，这次我们就谨慎多了，到了村里，我们仔细地问了一位大妈，弄清了上山之路。沿着这位大妈指点的道路前进，发觉此路就是上次我们的下山之路，走到半山，又见到了上次的上山之路，我不禁有些担心，问伯恩兄，路会不会错？伯恩兄说，应该不会错，我们再往前走了不到十米，果见一条宽约一米的山道。看到此路，我们不禁惊呼，上星期上山但走错的路离正确的上山路竟然不足十米。世界就是这样的奇妙，近在咫尺却失之交臂，用"塞翁失马焉知非福"来解释也不为过，没有上次的走错，也没有今天的重游，更没有经历另一番爬山的过程和看到另一种风景的美妙。

上山之路用崎岖坎坷已经不足表达，时而石砌的岭路，时而光滑的土路，让我们上山之路凶险异常，幸好伯恩兄上次准备的竹杖放在公交车站边上没有丢失，不然这次又得重新砍伐制作。我们一行四人边爬边说着笑话，一步三滑的辛苦被化解不少。

上山的路有一段穿行在竹林之中，山风吹来，竹林在发出一阵阵潮水似的涛声的同时，一片片枯黄的竹叶四处飘舞，如此意境，非亲历而无法感受。初冬的季节让山林的颜色变化极快，上星期还能看到的枯黄树叶，现在早成了树根的伴侣，"落叶不是无情物，化作春泥更护花，"山土贫瘠，营养失衡，没有落叶，也就没有了树木成长的养分。落叶之后的树木光秃秃的，没有一丝的生机，虽然萧条，却在为来年的枝繁叶茂积蓄能量、储存生机。路边的一株梨树，树枝虬曲，无叶的枝干顶上，竟然还挂着三四个已经干瘪了的梨，让人惊叹不已，可惜忘记用相机记录，不然也是一种风景和励志的标本。

上山的路越来越难走，好几处路单凭竹杖支撑也没有效果，需要放下身段，俯身拉扯旁边的树枝以及突兀的岩石才能上去。脚步一步一步上去，山顶一点一点接近，走在前面开路的伯恩兄已经按照爬山的需要，找了两根比较长的细树枝放在路边，给谢老师和淡笋兄使用。

等我赶上伯恩兄，他已经坐在一块平坦突兀的巨石上了，他看我上来，起身让我也上巨石去感受一下"一览众山小"的滋味。我移步上前，站在巨石上面，眼望四下，确实"一览众山小"，但脚下的万丈悬崖，却让我两脚发软，心若悬空，不敢久留。谢老师和淡笋兄也上到此处，四人开始喝茶休整。谢老师和淡笋兄也上这块巨石去体验了一番，淡笋兄恐高没有多说，倒是谢老师说了一句"一览众小山"让我为之叫绝，到底是文人，这意境和思想和"一览众山小"完全是两个不同的概念。

休整之后继续前行，山野之中不时传来伯恩兄引颈长啸之声和谢老师的附和之音，我也忍不住鬼哭狼嚎一番，难以入耳的呼号之声，让我们的爬山旅程不失一点寂静。

山顶越来越近，树林依然浓密，但山路更加难走，幸亏有山下村民的义务打扫，让我们的上山之路清晰可辨，但腐叶生成的泥土没有一丝的可以着力之处，稍不留神就有滑倒的可能。我们四人只能亦步亦趋，缓行若蚁。

转过一个小弯，忽然看到一块巨石，巨石下面有一块写着"奇石"两个小字的小指示牌，"奇石"上面有一面迎风作响的红旗，红旗挂在一根手臂粗的树枝上，固定在几块石头中间，细看一下，红旗虽然被风吹出了几缕丝条，但从印在上面的"横溪乡峨眉山村民兵连"几个黄色大字看，这旗子最少应该已经有二十多年了，有红旗在此，难道已经到顶？我不禁有些疑惑，既然到顶，那传说中的"李斯刻石"该在何方？

正在思想之时，伯恩兄在前面传来喊声，快过来，这边风景独好。我们赶紧过去，之间两块巨石相对而立，两块小小的指示牌显示着这两块巨石的名称，"酱缸盖"和"千层饼"。我看了不禁发笑，但细看，臆想，果然，这巨石和酱缸上面的盖子和宁波奉化的千层饼很像，能想出此名的确属"有才"。用谢老师时常开玩笑的话说，那就是"造得好是创造，造得不好是造谣"，这"酱缸盖"和"千层饼"之名确属"创造"之列。

爬上巨石，席地而坐，本想喝茶聊天，但巨石上面没有一丝遮拦，北风肆虐，根本就无法久坐，换到另一块巨石上面，依然如此。好在细心的伯恩兄已经在寻找暂时的栖身之处，一块摩崖石刻的下面有两块平整的条石，四人坐在上面虽然局促，但没有了北风的侵扰，倒也显得温馨。这块"摩崖石刻"属于近年的产物，是绍兴县在第三次全国文物普查的时候在此为寻证"秦会稽刻石（李斯刻石）"之时所立。

小坐片刻，怀着"既然到了山顶就四处看看"的心态，我们继续沿着山顶的一条小道前行，走不多远，竟然看到了另外一番风景，一块三角形巨石倒置在山顶，巨大的石头仅凭底下很小的一个支点屹立着，细看之下，不禁有种怕给风一吹就倒的担心，我们好奇地上前推攘，竟然屹立不动。大自然就是这样的神奇，如此斑驳巨石，不知道经历了多少年的风风雨雨，依然屹立不倒。最让人称奇的是，这巨石之上，竟然有一蓬长着短短的细刺、不高、但很壮实的树枝，因为已经落叶，所以看不出它本来的面貌，但能看出这蓬树枝应该已经有好些年头了，这巨石之上本无泥土，这山顶之间一无遮拦，没有顽强的生命力，就没有这生命的绽放。那落叶的枝条上，孕育着一个又一个小小的芽孢，这芽孢顶着风雨，在努力积蕴力量，期待来年春风吹来的时候，张开它美丽的身躯，我相信一定也会有美丽的花朵开放在这山巅的巨石之上。让我更加奇怪的是，巨石四周竟然长着一大片的野花椒，野花椒枝干笔直，树叶早已凋零，每个细树枝上都挂着一小串的野花椒，屏气细闻，一股淡淡的花椒香味沁人心扉。

站在鹅鼻山顶，一览连绵群山，才知古人为何有"读万卷书，行万里路"之感慨。游历山川，不仅能增加见识，也能开阔胸襟。

鹅鼻山，期待以后再一次亲密接触。

有一种完美叫残缺

　　上周四，天气预报说周五有雪，到周五的白天，除了淅淅沥沥的冬雨之外，绍兴市区和柯桥没有看到一丝雪花，但依照以往的经验，绍兴没有雪并不意味着平水就没有雪。果然，周六上午去柯桥的路上，看到好几辆车的车顶上都顶着雪。

　　周五确实下雪了。

　　周六晴天，一天下来，山上的雪应该已经融化了吧。凭着这样的意想，谢老师、国庆、小良、伯恩和我在周日的早上赶到了平水，打算从金渔岙村上山，爬一回陶宴岭。

　　车从平水大道上去，一路没有看到丝毫的雪影，只是远处的秦望山上，仿佛隐隐有点白色。雪化了，爬山不会受影响了。到了金渔岙村，才知道我们的想法太简单，金渔岙村背阴的山上依然是白白的一片，雪，没有融化，牢牢地占据在背阴的山上，陶宴岭正好处在这背阴的山上，那路上应该也有雪吧。

　　心里想着，等走到陶宴岭岭脚才发觉，岭路上面的积雪早就化了，路两侧的山上却依然是白白的积雪，这天仿佛知道我们要来爬山似地眷顾着我们。

　　慢慢上山，太阳照在身上，暖暖的，如果找个地方坐下，晒着这暖暖的太阳，让人想不慵懒都不行。

　　阳光煦暖，积雪消融，涧水潺潺，落叶沙沙。一路上，沙沙之声不绝，似沙撒树叶，似蚕食桑叶，似细雨打叶，间或着忽近忽远的鸟鸣，声如天籁。如若席地而坐，就着太阳，闭上双眼，听这沙沙之声，绝对会有不知身在何处的恍惚之感。

山渐渐升高，路上开始出现了积雪。俯身拂雪，雪似细面从指缝溜走。狠劲抓上几把，才能捏成一个晶莹剔透的小雪球，打在那路边存着积雪的树枝上，一阵细粉应声而起，随风洋洋洒洒地飘向各个角落。里边的梯田上全是雪，白白的看不出地上的一丝痕迹，细看过去，层层梯田在积雪的掩盖下，如一块块夹着奶油的华夫饼干，诱人得很。

山越来越高，沙沙之声却越来越小，从上往下看，雪色已经被绿色的枝叶和黛色的青山替代，偶尔间或的白色，不但没有给那黛色青山抹上一丝不快，白茫茫的混色反而让这青山绿树更显出了一丝风采。

背阴处积雪依旧，向阳处积雪消融，站在岭顶往下看，白的洁白，绿的青绿，色彩分明之处又有艳丽之感。

逐渐消融的积雪，没有了笼盖大地时候的皎洁，失去了地毯似的柔绵，也就把白雪掩盖时候皎洁无暇的世界还原成了黑即是黑，红还是红，干净的依然干净，肮脏的依然肮脏，没有作假，没有虚伪，没有掩盖。

逐渐消融的积雪是残缺的，很少有人会去赞美这逐渐消融的残雪，但在我眼里，这残雪依然是完美的，它在消融的时候，从没有想过什么，只是由着自然，坦然地让自己的生命随着阳光的照耀而消融，无声无息，无欲无求，从哪里来还归哪里去。

做人其实也是如此，绚丽的时候不要张狂，失意的时候不要萎靡，世事轮回，又有谁知道绚丽的时候一定是美丽的，失意的时候一定是破败的？美丽和破败只是人的心境，被虚荣掩盖了的心境，抛却虚荣，就会发觉，人生没有完美和残缺之分，付出的同时必定有得到，得到的同时一定有付出，残缺未必就是不好，完美未必就是好。

看那逐渐消融的残雪，就会发觉这样的残雪也是一种美，所以，有一种完美叫残缺。

一个人的村子

从平水金渔村从发，沿千年古道陶宴岭而行，至岭顶，有一自然村子。村子不大，十余户人家而已，穿村而过，沿千年前的石阶而下，穿过一片竹林，下面又是一个村子。

村子和岭顶的村子一样，不大，处处可见土坯房子，杂乱无章的电线，歪歪斜斜的断壁残垣，布满青苔的高高的石坎，偶尔用一根根毛竹夹击而成的墙体，无处不现古朴，无处不显宁静。

村子夹在两山之间，处在山谷之中，民房依山而建，白墙黑瓦的是砖木结构，黄墙黑瓦的是泥木结构。砖木结构的房子石灰斑驳，但可见年代并不久远。泥木结构的房子土坯斑驳，无处不见沧桑。

陶宴岭古道到村口，已经低过旁边的山地而高过小溪，于是，在古道的西边是高高的石坎，坎石青绿，青苔盖身，足见年代久远。古道东边自成路基，路基下面就是那流水潺潺的溪流。小溪的源头就是陶宴岭的岭顶，但在岭顶，没有看到明显的小溪，只能从路边小小的水沟中看到时断时续的水流，但慢慢地下到岭脚，水沟慢慢地变成了小溪，水流也从时隐时现连成了潺潺流水，到村口，小溪已经从岭顶不足一尺宽的小水沟变成了三尺有余的小溪，溪水清澈见底，不时可以看到小小的石板鱼穿流在小溪之中。为了洗涤方便，村民专门在村口挖了两个小水塘，并用水泥、石板做成微型"埠头"，上面的用来洗菜淘米，下面的用来洗衣涤污，上下水流，互不污染。

鱼翔水底，自由自在。伸手入水，溪水清凉透骨，鱼儿四处躲藏。只有几只黑黑的蝌蚪，不知道会变成青蛙还是癞蛤蟆抑或是山中珍品"石鸡"，依然傻乎乎地在水底慢慢地游弋，看来它也知道好奇的人们对披着黑色外衣的它没有丝毫兴趣，所以也就不紧不慢地自由自在地在这清澈的水底游弋着。

连接古道和村子的是一座单孔小桥，桥很小，桥洞拱形，从已经被风雨磨去了棱角的小桥基石可以看出，这小小的拱形小桥也属古老的范畴。站在桥上，可以看到下面的溪水被两边的石砌石坎紧紧地保护着，保证了在多雨的季节，或者是洪水泛滥的季节，哪怕这小小的溪水成了可怕的洪水，都不可能侵扰溪边居民的安宁。村民懂得充分利用地势，把毛竹、树枝盖在这小小的溪沟上面，形成了一个天然牢固的棚架，让种植在溪边的丝瓜、南瓜、冬瓜那青青的、碧绿的枝蔓自由自在地在这溪沟上面生长。同样，凌空的棚架通风而透光，有利于瓜果的生长，可以肯定，这溪沟上面生长出来的瓜果质量绝对要优于其他地方的瓜果。这布满瓜果枝蔓、覆盖在溪沟上面的棚架，还是鸡、鹅、鸭子的天然屏障，一到夏天，这下面一定是鸡、鸭、鹅的避暑乐园。可惜这次路过已是深秋，布在溪沟棚架上面碧绿的枝蔓早已不见了踪影，空留下光秃秃的树枝和竹梢。

过小桥进村，村子里静悄悄的，不见一个人影。那些白墙黑瓦或黄墙黑瓦的民居都大门紧闭，铁将军把门。心里正在唏嘘之余，忽然听到一阵犬吠，一只缺了左腿、只有三条腿毛色金黄的狗凶狠冲出，很明显，三条腿明显影响了它的快速反应能力和凶狠度，让对狗天生惧怕的我也没有产生惧怕。不知这三条腿的狗那条左腿是怎么丢的？丢在哪里？

很快，我明白，狗打的是前锋，因为在狗的后面跟着一位老人，老人上身穿着一件蓝色中山装，下身穿着一条浅色裤子，脚上穿着一双拖鞋。慈善的笑容，朴素的衣服，一股亲切感扑面而来。

来者都是客，这是山里人的待客之道，在热情地给我们指点了一下溪边可供饮水的水井后，老人很快和我们聊了起来，可惜，老人或许表达方面有些缺陷，很多话我们都是凭借手势、凭借猜测才知道一二。村子，已经寂静，只有他一个人苦守着，其他人都出门打工去

一个人的村子

了，除了逢年过节或者农忙时节外，村子里基本上只有他一个人苦苦守候着，守候着这一个人的村子。

我们感叹着千年古道脚下村子自然风景的同时，也在思索一个亘古不变的问题，为什么人类始终生活在围城里面，城里的人想出来，出来享受自然界的天籁之音。城外的人拼着命、挤破头想进城，还时常以"出山"来衡量后人的成功与否。

千年古道陶宴岭脚下，有一个有时候只有一个人的村子，这个人苦苦地在这个村子里守候着岁月，书写着历史，体味着时光。

寻访云门寺

身居千年古刹云门寺附近，竟然不知道云门寺的过去和现在，这不能不说是一个悲哀。若不是家属的外公时常和我说起云门寺，我依然会对身边的云门寺不问不闻。

心生寻访之意起源于家属的外公，这位年过八旬的军人时刻记着领兵打仗抗日时候路过的云门寺，每次见我，他都会和我说起数十年前带兵路过云门寺的情形，让我惭愧不已。今日回家，终于下定决心，一定要去寻访一下云门寺。

开车出去才知道，位于秦望山东南脚下一条狭长的山谷中间的云门寺，离我家不足五千米。云门寺三面环山，坐落在青翠树木和错落有致的民房之中，稍不留神就会错过。当然，我也是问了当地的村民才找到了云门寺。

云门寺被民房包围，三开间的前进，左右两间已和民房融为一体，只留中间一间作为云门寺的大门。若非门楣上悬挂有"云门古刹"的匾额，又有谁知道小小的门楣里面竟然藏着有着千余年历史、走出许许多多名人的云门寺？

简陋的大门口放着一块残碑，残碑高约五十厘米，从碑的形状看，这应该是碑体的上半部分，细心察看碑上的文字，可是它们早被岁月侵蚀得斑驳流离，无法看清。

踏进简单的寺门，迎面就是弥勒佛，两旁分立四大天王，弥勒佛后面就是观音菩萨。双手合十，虔心礼拜，也符合朋友让我见佛礼佛的教育。看了介绍，才知道这简单的前进，竟然是清代的建筑。

出门进入后进，是一庭院，园内放置着香炉和烛台，院子两旁只有灌木，靠前进门口两旁分别放有四只大缸，里面植有荷花。荷叶青绿，可惜早过了花期，看不到荷花了。大缸脚下放置着一些旧时建筑的石质残料，这些石料让人感受到了沧桑，感受到了岁月。

云门寺的大殿就在眼前，这大殿也是三开间，但旁边各建了一间附属房，使得大殿看起来成了五开间。然后，这后建的两间附属用房，始终和中间三间作为大殿的清代建筑风格格格不入。本想进殿礼拜，然殿内正好有僧众在做功课，不好进内打扰，就站在门口，双手合十，向佛陀三叩首。从门口偷眼望去，大殿内果然一尘不染，洁净异常。

大殿的右侧厢房已成民居，左侧厢房依然归云门寺所有。厢房前的照壁上贴着两张纸，一张是旧时云门寺的全貌图，看图而知云门寺过去规模的宏大。另一张是本地文联一位文人所写的《云门寺与兰亭集序》，看过此文，才知道云门寺竟然是王羲之故宅，怪不得厢房前头的水池前挂有一匾，上书"东晋书法家王献之洗砚池"，这大小不足十平方的小水池竟然有这样显赫的过去。细看水质清澈的池水中，竟然发现了一只巴掌大小的乌龟和拳头大小的石蟹，这让我惊诧不已，池前廊下一用玻璃罩着的石碑，碑体黑色，碑身上的字很小，细看之下，起首一行是"募修云门寺疏"，据记载，此碑在明崇祯三年（1630）由文学家王思任撰文、范允临行书、著名书法家董其昌、陈继儒和董象蒙跋语，碑文记述云门寺地理位置以及募修云门寺经过。可惜因为隔着玻璃无法看清，遗憾不已。回顾寺门前的石碑，此碑属县级重点文物保护单位。

云门寺，始建于晋代，为王献之旧宅，后成佛门之地，一直和兰亭一起成为书法圣地。王羲之后人曾携王羲之的《兰亭集序》真迹久居于此，相传至唐代，《兰亭集序》真迹被唐太宗派人从王羲之后人的传人辨才和尚处骗走。宋代陆游也曾在此的云门草堂读书，可惜现在这云门草堂旧址在何处早已无人知晓。自唐以来，云门寺和很多历史名人都有了千丝万缕的联系，名人效应，让云门寺更成天下名寺。

云门寺自唐朝开始，就成佛门圣地，香火旺盛，一直到明末才慢慢走向萧条，但直到清代，云门寺虽然开始萧条，但依然受到朝廷的重视，清朝的好多皇帝都赐财物给云门寺，使得云门寺始终能坚守绍兴佛教龙头地位。可惜，日寇侵入，云门寺被蹂躏而毁，从此成了历史的记忆。

我现在看到的云门寺，只是近年来一些信众捐款而从云门寺的遗址中建起，云门寺的各处院址，早因为历史的原因而成了民众的居所。世事更迭，沧海桑田，我能做的就是按照外公的意愿踏访云门寺，在云门寺的印迹中找回他的记忆，找回那个硝烟纷飞的烽火岁月。

寻访云门寺，寻访到了历史，寻访到了记忆，寻访到了源远流长的文化。

雪后的雪窦岭

爬过两次雪窦岭，都没有看到雪，直到今天，才真切感受到雪窦岭的名副其实。

周五和谢老师、伯恩商议周日去哪里爬山的时候，我说另找地方，伯恩说要不去雪窦岭或者香榧林，谢老师和我非常赞同，确实，薛壁居人多嘈杂，已经不适合悠闲地喝茶聊天了。

原本说好有好几个人参与的爬山行动，到了今天，又只有谢老师、淡笋、伯恩和我四人了，不过人少也有人少的好处，只开一辆车就行。

一路上，积雪全无，就是周边的山上，也只在背阴处才能见到一点点积雪，这让我们在高兴之中有些扫兴，毕竟，今天爬山在很大程度上是为了踏雪赏景。不过当车过竹田头拐入去越峰的公路时，路上突然出现了积雪，而且还没有积冰化开。伯恩问我，去雪窦岭还是香榧林？我说还是雪窦岭近一点，估计到香榧林去，路上的积雪还要厚。谢老师和淡笋也积极支持去雪窦岭，毕竟安全是第一的。

车到止步坑村委门口，就不能再向上走了，上两次到雪窦岭，我们都把车停在雪窦岭脚下的居民家门口。谢老师说，这样也不错，我们能多走路多看景了。

从村委门口到岭脚，是一条水泥路。路的一边是小溪，一边是民居，民居依山而建，高高的地基支撑着一间又一间的旧式民房，让人不能不感叹先人的勤劳能干和大胆，把那一块一块的巨石变成房屋底下的基石，这在现在也不是一件容易的事，更不要说以前了。一条石径把水泥路和半山腰的一处旧民居连在了一起，"远上寒山石径斜，白云深处有人家，"用在这堆满积雪的石径上，倒也显得妥帖。

一步一步上山，一步一步走岭，积雪越来越明显，因为雪窦岭是龙峰一些村子连接竹田头的必经之路，所以，岭路中间的雪已经被踏平。积雪踏平，既有好处也有坏处，好处是上山容易多了，坏处是有几处踏平的积雪被冻住之后，岭路成了滑梯，行走成了难事。心细的伯恩找了块石头小心地把几处难走的冰块敲掉，让我们几个方便了不少。

满是积雪的雪窦岭，看到的景色完全不同于前两次。那被雪掩盖的树丛中，竟然出现了一丛只有在春夏季节才能见到的"种田红"，红红的"种田红"在雪的掩映下，仿佛是一个又一个身着火红花衣的精灵在雪地里跳跃。摘几颗入口，甜甜酸酸，异常可口。路边崖壁上挂着一根根的冰柱子，细的似手指，粗的似手臂。使劲扭下，拿在手里，圆圆的，滑滑的，冰冰的，这样的感受真的无法用文字表达，也无法用语言表达，只能用心体会。

路上全是雪，路走得十分艰难，四个人弓着身丝毫不敢掉以轻心，一边是崖石，一边是山涧，涧水潺潺，恍若鸟鸣。山涧之中已经没有了前两次见到的垃圾，看来这也是当地村民已经注重环保意识了。没有了垃圾的山涧，更显其独特的韵味，路过一座古老的石桥，右边崖壁上一条小小的瀑布从几丈高的崖壁上飞流直下，水花四溅，虽无隆隆之声，却显现出了山里人特有的内秀、含蓄、谦顺。因此，在我的眼中，这条小小的瀑布一点不逊色于那些被世人追捧、夸赞的瀑布。

太阳越升越高，气温也渐渐地高了起来，路上的积雪开始慢慢融化，远处山上的雪线如游蛇一样慢慢退缩。越到岭顶，路却越是好走，到了顶上的水库坝顶，坝上没有一丝雪的印迹，坝下的小水库里的水碧绿如玉，清可见底，天空湛蓝如洗，很久没有看到这样的天空了，我心中不由感叹。

站在坝上，看着四下风景，不由感叹，假如在半途之上我们知难而退，肯定看不到坝顶的风景，也看不到路上的雪景，毕竟我们不可能经常在冬天的雪后到雪窦岭来看雪景。懂得及时行走，牢记活在当下，就能好好珍惜生命，珍惜生活，快乐度日。

西子三千

去千岛湖，朋友早已说起，但对于行程，属于说走就走。

我在一九九九年的时候去过千岛湖。那时是单位五四节的时候，组织青年出行，眼睛一眨，青年成了中年，黑发中杂生了白发，想不说老，却无法掩饰。

全程高速，三个小时后，就到达了预定的千岛湖饭店。一九九九年，单位组织去千岛湖的时候，还要经杭州、富阳、建德，才能到淳安。现在高速最大的好处是节省时间，最大的欠缺，就是少了许多路边的风景。

三四十年前，一毛七一包的新安江香烟，是我认识新安江水库的启蒙。印烟盒子上的大坝，巍峨雄壮，水从大坝的孔中，飞流直下，水花溅起，让我年幼稚嫩的心灵，产生过巨大的震撼。新安江水库，牢牢地刻在心头，无法磨灭，以致到杭州读书的时候，淳安的同学说千岛湖就是新安江水库，我以为他在骗人。

千岛湖镇上的酒店房间，犹如当下夏日的气温，早、中、晚不同，屋内、树下、直晒有别，所以我很庆幸没有挤在周末，为高房价多掏银子。

因为错过了大船出发的时间，只有小船。门票 150 元，船票 150 元，吓退了口袋不丰的我，另找捷径，厚着脸皮，蹭在一个旅行团队中。

蹭在旅行团队中，最大的好处是不用费心找船，不用翻资料看介绍，听着导游说说就行。但也有坏处，那就是走的地方少。好在我们两人也不是挑剔的主，反正就是出来玩玩，到哪里都一样。

懒得走路爬山，就坐缆车。四十块钱的费用，排了一个小时的队，上了山顶，站在观景台，拿出手机拍了两张照片，不到一分钟，又排在了下山的队伍中。

下山后坐在游船上，想想刚才上岛的举动，不禁哑然。

我原以为蛇岛上面，应该有很多的蛇，就算没有多少蛇，应该也是很大的蛇。期望越大，失望也越大。上岛一看，蛇少且小，好不容易有一条大蟒蛇，却被拿来拍照挣钱做道具了。

和前面两个岛相比，龙山让我很是期待。不是因为景色而期待，而是因为山上有海瑞祠而期待。

不知为什么，青天被人期望，清官被人褒扬。清官道上，游人稀少。导游说，因为不是周末，要是周末，清官道上将是人头攒动。

我相信，走在清官道上的游人中，一定会有很多人有着不大不小的官衔，不知道他们看着海瑞祠中的海瑞塑像和壁画，会有何感想，会不会心有触动。

海瑞为官多年，清正无比。他独立独行的清正，被万民称赞，万世褒扬。但就是因为他的独立独行，让他只能游离在正常的官场外面，始终进不了官场的核心，因为他不懂游戏的规则。或许他懂，但不屑。

我宁愿相信他懂，但不屑。

二十世纪五十年代末，为新建新安江水库，举淳安、建德、遂昌三县之力建造千岛湖。

数万民众，移居他乡，万千古迹，沉寂水底。

昨晚，看央视教育科技频道，在播一位专业水底摄影师为拍摄千岛湖水底古城，数次下水，留下许多珍贵图片。

那古城墙、古城门，牌坊、街道、店铺，在冰冷沉寂的水底，无声地继续着自己的生命。那些在建造水库之时被强行拆除的古民居、石牌坊，让人看着心痛。

或许那时候有的是干劲，缺的是意识，以致一些古城的位置，现在需要科技来测试，古城的建筑，要靠有心人来探访、走访、绘制。

导游说，千岛湖的大小是98个西湖，千岛湖的水容量是3000个西湖。我很是奇怪，为什么导游在介绍千岛湖的时候喜欢用西湖来做参照物？我忽然想起以前绍兴喜欢用"东方威尼斯"来介绍自己，仿佛很自豪似的，如果到了威尼斯，听他们自豪地说自己的城市能称得上是"东方绍兴"，那才是骄傲和自豪。

用"西子三千"来提升千岛湖的骄傲和自豪，这其实就是邯郸学步。

探访天衣寺

周六，一帮好友在谢老师的撮合下，相约探访天衣寺。

早就听好友伯恩说过天衣寺，但一直没有概念，只知道在秦望山山脚，却不知在秦望山山脚的东西南北哪一面，伯恩解释了好几次，才知道秦望山的东南麓有云门寺，天衣寺则在秦望山的西北麓。

出绍兴城向南，一路前行，过城南、穿南池，沿施家桥村一路向前，再沿村口的一条小路拐入，直冲就到了秦望山北麓山脚。沿路进去，泥石路面，车辆行过，漫天飞尘。道路狭小，只容一车通过。临近天衣寺水库，路面已经硬化，浇筑了水泥路面。

汽车可以一直开到一个小水库的坝顶，水库三面环山，水质清澈，环境优雅，可惜，从水库水面上留有的青草痕迹看，这个水库已经成了人工养殖鱼类的天堂，失去了没有人工养殖鱼类的山塘水库湛蓝如宝石沁人心腑的诱惑。停车后，伯恩说，天衣寺到了。我感觉奇怪，放眼望去，这里除了这个面积一平方千米左右的水库外，就是坝顶和水库边上的几间平房，从房屋的建筑来看，和佛门净地完全是风马牛不相及。再看水库的坝顶，见有一块石碑，用心细看，发觉上书"天依寺水库"，背面则是水库的建筑、库容、修缮等资料的记录，与臆想中的天衣寺碑记相去万里。

见我心露疑惑，伯恩说，你站在水库的坝顶向前看，对面山脚下的空地就是天衣寺的遗址。沿水库边一条已经修缮一新、足够行车的石子路向前而行，只见路边有一拱形小桥掩映在藤蔓和灌木之中，如不细看，还真看不出这是一座小桥。从路边的一条小径而下，就能窥见小桥的全貌。此桥横亘在一条宽不足三米的小溪之上，桥身的容貌和路边所看到的竟然是两个极端。路边看到的桥身是用条石拱起，形成一个拱形桥洞，而从路下看桥身，竟然是摇摇欲坠，破败不堪。两个水泥管从路基下面将溪水引出，溪水潺潺，清澈见底，一个小小的用溪石筑就的微型水坝，把溪水拦腰截断，形成上下两个小池，池中小鱼遨游，快活自在。

过小溪再向上行几十米，立有两块石碑，一大一小。小的那块石碑其实是一块说明碑，上面写着"绍兴县重点文物保护点—法华寺碑"，旁边那块大碑就是"法华寺碑"。从石碑的颜色和碑身的厚度来看，这其实是一块仿制碑。从碑身的铭文看，此碑上的文字为"括州刺史李邕撰文并书"于"唐开元十三年二月二十八日"。伯恩说，此碑的原碑就在这石碑旁，可惜已毁。果然，在这石碑旁边有几块断石，其中一块为青石，厚近一尺，光滑如水。很明显，那位括州刺史李邕的文章原本刻在这如水般光滑的青石之上，可惜，岁月的流逝，让这块原本属于县级文物保护点的法华寺碑只能用赝品来替代。

过石碑再向上，是五间一字排开的平房，伯恩说，这就是天衣寺也就是法华寺的寺舍，这五间简易寺舍建于二零零五年，为一个和尚筹资而建。我目露疑惑，这小小的五间平房怎么会是我想象中的重华古刹？可事实上这五间平房就是那始建于东晋，繁盛于唐宋，没落于清代，彻底毁于二十世纪五十年代始名"法华寺"后名"天衣寺"的精魂之所在。

寺舍中有一个和尚，见我们在门外徘徊寻查，热心迎入舍内，搬来椅子，邀我们坐下。和尚好客，对我们也是倾心而谈，并无掩盖，其率直之气令我敬佩。他坦言自己皈依佛门，也是偶然之事，当初他抛下家业心生出家之心时，最大的心愿是能做道士，然而自己寻访，竟然找不到一个可以让他皈依道门的地方，正好碰上了他现在的师父，当他把心头皈依之念和师父说出，师父说了一句"跟我走吧"，他从此就遁入了佛门，成了佛门弟子，尽管现在还没有受戒，还只能

留下，留不下

称"沙弥",但他决意一人守着这五间天衣寺的简易寺舍,用心修行,争取早入佛门。

听这位一人独守天衣寺简易寺舍的沙弥说,天衣寺总有一天会发扬光大,重现佛法威严。听着这位尚未受戒还不能真正称作"和尚"沙弥的理想,我不由地从心里叫他一声"师父"。我们也期盼着这天衣寺能早日建成,让这千年古刹从只有记载没了痕迹的天衣寺遗址上重现光辉。

牵着红线的 "月老"

在柯岩风景区里面的香林花雨景区里面，有一个月老祠。

月老祠在香林花雨景区里面的一个半山腰上，沿着景区修成的木质小道一路向前，再穿过一片桂花林，就到了一个山势较缓的山腰，月老祠就建在这山腰之上。

祠前桂林成片，祠后竹林深深，古桂、竹林和后来补种的冬青，将月老祠掩映在绿色之中。

祠因依山而建，因而供善男信女供奉香烛的烛台和香炉在祠前，和祠的正殿落差有两米多高，从下面向上看，整个祠仿佛成了有着两层楼房的房舍。

从边上的石阶抬步上前，就是月老祠正殿的大门。月老祠不大，只有三个开间，除中间一间供奉月老外，左右两间空无一物。进门，就见慈眉善目的月老拿着一本姻缘本笑逐颜开地在指点人间姻缘，努力想让每一对被他点中的男女都能有美满的姻缘。看着这慈眉善目的月老，我想起了上次去海南旅游时见到的月老祠中的月老，和这位坐着的月老相比，海南那位月老要忙碌多了，海南那位月老在一手拿着姻缘本的同时还要腾出另一只手来理顺那牵在手里千丝万缕的姻缘红线，真怕他忙中出错，把不该有的姻缘或者不般配的姻缘给配上了。

每个人都希望自己有一个美满的婚姻，因此，很多人就把找到美满婚姻的宝押在了月老身上，期盼通过跪求、叩拜，能让月老给自己指点迷津，以求美满姻缘。于是，我就见到了一位母亲小心地点烛焚香，虔诚叩拜。站在边上，这位母亲口里念念有词，从中能听出一些端倪，她为她那女儿在祈求姻缘，在求月老早日用手中的红线把原本并不相干的两个人牵上，好让这对尚处在混沌之中的男女早日在月老的红线中拉上关系，完成心愿。

两面墙上绘着大大的壁画，细看，才知是表述古代六对或真实或传说的有情男女的爱情故事。这表示爱情的壁画左右各三对，左边的以有情而无缘为主：梁山伯和祝英台、陆游和唐婉、祁彪佳和商景兰。每对痴男怨女，都有令人潸然泪下的动情故事。右边三对男女，那就幸福得多了，至少都有了令人羡慕的结局：大禹和女娇、项羽和虞姬、梁鸿和孟光。

六对男女，两个结局，或许正是建祠的目的所在。爱情没有完全的幸福美满，幸福美满只是理想中的理想，两个并不相干的人，因为爱，就结合在一起，然后相互搀扶着前行。前行的道路有顺畅平坦也有坎坷崎岖，很多人能一直搀扶着前行，也有一部分人知难而退，半路分手。无论相持到老或者半途而散，都没有衡量对错的标准。爱了就爱了，不爱就不爱，不拖泥带水，不凑合死撑，没人会说他们不对。死撑着家庭，哀怨度日，同一屋檐却犹如仇敌，也没人会羡慕。

祠外芳草萋萋，彩蝶飞舞，桂子飘香。祠内月老含笑，信众膜拜，缘分天成。所以，爱情就像这月老祠前的那对蹁跹的彩蝶，虽然四处飞舞，依然不离不弃。婚姻就如这月老手中的红线，一经搭上，便难分难解，月老偶尔一个错手，分开了搭在一起的红线，那也是藕断丝连，因为搭在一起的时候已经在你中有我、我中有你中落下了几缕红尘。

拜月老只是人类希望中的完美，为了追求爱情这应该也是人们设立月老的目的吧。

167

行走山水间

名山大川之所以出名，和民众的信仰及文人的"读万卷书，走万里路"有着极大的关系。信息闭塞，交通不畅，对于依仗身边方寸之地立身求活的古人来说，信仰成了信息交流和交换的重要内容，佛教的传入，道教的发展，让僧人、道士的游历成了必须。僧人的游历，道士的寻访，给信息的传递创造了条件。因此，寺院、道观的大量建造，给远方的僧人提供了暂时的栖息之地，让寻访的道士找到了"洞天福地"。走一路、访一路的僧人道士传递的信息，让一些骨子里就不安分，追求自由浪漫的文人也变得蠢蠢欲动。于是，这些浪漫的文人，凭借着胸中的墨水，借着手中的秃笔，把那山、那水描述得出神入化，给后人带来了无限的遐想。于是，趋之若鹜，让这些山水更加地有名，更加地有灵性。

还有一些风景名胜广为人知，不外乎通过三个途径，一是通过名人的文字，可以让深闺冷藏的美景扬名天下，如李白的《梦游天姥吟留别》，造就了新昌的天姥山，欧阳修的《醉翁亭记》，让滁州一座普通山头上的小亭子"醉翁亭"，成了众多文人墨客的追逐。二是自身实力再凭借皇恩浩荡，一个"好风凭借力，送我上青天"，而四海周知，如泰山，嵩山。最后一类是靠自身实力而独步天下的，如黄山、雁荡山、长江、黄河。

太姥山也不能走出这个套路，那山南山北的三十六寺院，加上名家朱熹的妙笔，让本就奇峰怪石的太姥山更加地名扬天下。踏上太姥

留下，留不下

山旅程，天蓝蓝的，太阳烈烈的，但一进景区，天突然变了，变得灰灰的、暗暗的，乌云也一阵一阵地压下来，仿佛立刻下雨一般。忘记带伞，只能买了一次性的雨衣，谁知，仿佛天神照应似的，买了雨衣后，天竟然牢牢地保持这阴阴的状态，让进入太姥山的游人既免去了太阳暴晒之苦，又看到了云雾缭绕，仿佛置身仙境的奇妙景象。坐落在群山怀中的国兴寺，尚存石柱三百六十根，寺前有楞伽宝塔和石池，可见当时之规模。山门遗迹前的一株千年苏铁，依旧枝繁叶茂。放眼望山，奇石嶙峋，什么夫妻峰、大象石，只要凭着想象，一定能找到想要的动物形象和人物形象。上山顶有好几条路可供选择，但一线天却是每个人都会选择的，因为那狭长的缝隙，让精瘦如柴的人游刃有余，让挺胸凸肚的人卡在其中，优雅全失，其中虽然会有激动和尴尬在里面，但渴望的就是这一让人不知喜悲的过程。一线天很黑，很多时候全凭摸索着前行。其实这样也好，至少在这黑暗的缝隙里，你看不到我的表情，我不知道你的恐惧，但有一个共同点是一样的，那就是"兴奋"。山顶上奇石嶙峋，看什么像什么，大自然的神奇之处就在于在无形之中给人广阔的想象空间，却又不露痕迹。云雾一阵阵地涌来，无私地填满人与人之间、人与山石之间的空隙，刚刚还能看到对面的奇石怪石，眨眼之间就朦胧一片。朦胧是一种美，一种无法言语的美。

　　海岛在我眼里其实就是山，只是这山被大海包围。所以，当我登上嵛山岛的时候，并没有惊喜，也没有失望，只有那浓烈的鱼腥味，让我想起了饲料厂里的鱼粉，那咸中带腥、腥中带臭的味道，不是一般人能适应的。嵛山岛很大，到能看到山、湖、海的地方，需要坐岛上的接送车。山路弯弯，很小，两车交汇需要小心翼翼。夹在两山中间有一条小溪直接通海，溪水很大，从岩壁顶头落下，瀑布一般，看得我心里唏嘘不已，这样好的水，白白流入大海。但后来证明，我这想法其实就是杞人忧天。嵛山岛据说是中国最美的十大海岛之一，但让我这个从小就居住在大山里的人来说，根本看不出美在何处。难道一垄垄满山遍野种植的茅草就是美的内在？或许这就是差异，思想、意识、地域的差异。开接送车的驾驶员水平极高，把哐当作响的中巴车开得如飞机一般，让人整个心都吊着，时刻惊醒着。车停下的地方有一个湖，据说这岛上有日、月、星三个淡水湖，这海岛上的淡水湖，给科技工作者带来了课题，也给岛上的居民带来了生存的必须。那插在茶树中间黄黄的粘纸，上面粘满了黑黑的虫子，这个办法真好，能让茶叶成为真真的绿色食品。天公作美，到了山顶，放眼一望，竟然看不出哪是海，哪是天，水天一色，亲密融合，无痕无迹。或许，这才是崳山岛的精髓所在。

我一直以为牛郎岗只是一座山，但到了之后才明白，这似乎和牛郎织女相关的地方，其实就是一个沙滩。沙滩不大，可供游泳的海域也不大，可是，尽管如此，依然吸引了不少的游客下海畅游。沙滩的树林里很干净，上面除了坐着看海看泳者的游客，就是各色的小贩了。这些小贩真的很小，一个泡沫箱盖子上面，就足以把全部家当放下，沙滩边捡拾的贝壳，游客吃后剩下的螺壳，都成了商品。经商者很随和，就连游客坐在他的凳子上，也不会恶狠狠地驱赶。这里的摊贩不像其他有些景区的摊主，大声吆喝，这里只有轻声的讨价还价声，没有一浪高过一浪喧嚣的叫卖声。海水很蓝，沙滩很美，可是却依旧没能让我下水，不是我不喜欢，而是因为我是旱鸭子，只能望海兴叹。

我时常说，心境决定环境，环境影响心境。所以当我踏上回程旅途的时候，我的心依然处在极度的兴奋之中，那山，那海，那天，足以让我回味久远。怪不得古人有云，仁者乐山，智者乐水。

我就装模作样做一回喜山喜水的仁智双全之人吧。

其实不想走

"其实不想走，其实我想留。"

踏上飞机的舷梯，我忽然想到这句歌词。

成都，九寨，黄龙，乐山，峨眉，看着似乎遥远，但似乎又很接近。

远和近，只是心境的距离。咫尺天涯，就在意念之间。

一

为了人间仙境九寨沟，为了"神秘的大佛"，为了峨眉派的周芷若，为了诸葛孔明，为了安得广厦千万间的杜甫，很多很多的理由，让我选择了四川。

杜甫草堂，我一直以为是处在一个很小很小的地方，然后是很小的房子。然而让我没想到的是，杜甫草堂竟然坐落在成都的一环线内，小桥流水，树木竹林，环境优雅。茅草、薄壁、卧榻，尽管仿古得很逼真，但始终让人感觉不踏实。琳琅满目的商品，六十元一张的门票，倘若真有另一个世界，不知道诗圣会有何感想。

青羊宫，让我看到一个本土宗教魅力，老子是祖师，周易、八卦是圣物。进了青羊宫，心生敬畏，不敢喧哗，不敢乱行，规规矩矩地穿行、观看，却不礼拜。因为畏惧，害怕礼节错误而亵渎神灵，所以不敢礼拜。

到武侯祠，只是一个意外，一帮人走着逛街的时候，忽然看到了武侯祠，于是，我从偏门的入口而入。武侯祠是为纪念诸葛孔明而建，然而，走了一圈才发觉，诸葛亮其实只是一个配角，主角依然是垂手过膝的刘备。

三国，因乱世而造就了曹操、刘备、孙权三个英雄人物，也让诸葛亮、周瑜、司马懿走上了智慧的舞台。一部《三国演义》，让人忘记了《三国志》记载的真实历史。要说"真主倚门房，野主坐神堂"俗语的最佳解释，《三国演义》和《三国志》就是最佳的注脚。

二

九寨沟、黄龙因水而闻名。

步入九寨沟的景区，我却始终拿前一天在黄龙景区看到的景色作为对比。黄龙小巧而艳丽，九寨沟雄壮而壮观。特有的水质，养育了特有的水藻，特有的水藻造就了特有的水色。无论黄龙还是九寨沟，一路上去，流水之声始终敲击着耳朵，水声虽噪，但不烦，这或许就是自然的力量和生机。

视觉容易疲劳，类似的水色，类似的风景，让人也变得疲劳。倒是几只游弋在海子中间的"野鸭"，给疲劳的视觉打了一针强心剂，成了相机的焦点。

无论是黄龙还是九寨沟，水都凉得刺骨，清澈见底的海子，让人忘记了水深，水浅。摸一下滑滑的沟底，软的是淤泥，硬的是河床。

长长的瀑布，导游说这是《西游记》电视剧片尾的拍摄地，围着瀑布乱转，脑袋里却始终在想《西游记》片尾的图像。心有二意，看不到好的风景。

藏民居前面的经幡、白塔，一切熟悉又陌生。

十五块钱一盒的方便面，八块钱一根的火腿肠，不消费不给开水的商场，让人想不掏腰包都不行。

或许这就是商机，其实这也是风景。

三

最早知道乐山大佛，是一部名叫《神秘的大佛》的电影，然后是中国地理的教科书，再后来是各种各样的书籍。

一直以为乐山大佛的位置应该夹击在两山的中间，没想到竟然临河。

看大佛，有两条路可选，一是上山走路，二是坐船。

上山能看到各类的历史文化痕迹，坐船能看到大佛的全景。衡量再三，从节约体力出发，选择坐船。

坐船确实看到了大佛的全景，但却感受不到厚重的历史。这也刚好印证了孟子"鱼和熊掌不可兼得"的名言。

我因读书时候看了金庸的武侠小说，知道了峨眉派，知道了周芷若。

原以为上峨眉山能看到日出，能上到金顶，能看到云海，但到最后，除了几只猴子，什么都没看到。

我们没有走上金顶的线路，而是走了另外一条线。这条线上，除了路边随处可见的小吃店和摊点，什么都没有。这让我很遗憾。

当我们拼着命走进山谷看那几只猴子的时候，不知道猴子也在看我们。假如我懂猴语，我一定能听到猴子在说，"这帮傻瓜，被我们玩了还给我们东西吃。"

傻与非傻，没有真正的区别标准，所谓的标准，只是自以为是的感觉。

四

当飞机掠过那些裸露的山头，我还没从白得刺眼的云朵和蓝得慑人的天空中回味过来，坐在窗口忽然想，假如此刻飞机和那山石亲密接触，我能算因公殉职吗？单位和航空公司会给钱吗？老婆孩子拿了这钱，会如何生活？

人在天堂，钱在银行。或许就是这样的状况。

想到这里，我不禁被自己的想法引笑，看来我真的傻了，痴了，呆了。

一直在臆想能在旅途有一个特别的、让人一生难忘的故事，然而，直到离开，什么故事都没有发生。

原以为，到了成都，一定能见上友人，但很多事情往往无法预料，直到走，都没能相见。

这是谁的错？你还是我？

不想纠结，不想深究，只要看着那不时传来的短信提醒，已经足够让我已经冰冷的心开始温暖。

错过了一个车站，一定会有另一个车站在等着我。

五

四川之行，六天，没记住沿途的风景，却记住了友人。

删除了一长串的短信，却留下了另一串短信。

没吃上真正的川味菜肴，却收获了值得让我铭记一生的经历。

很多时候，说比不说好，不见比见好。

别了，四川。

别了，成都。

别了，我的友人。

那一块清静之地

　　繁杂之时，那一块世外桃源般的清净之地，又不时进入我的记忆，想一人静坐静思的冲动不时产生。这块清净之地，犹如一位绝世美女，匆匆一别，相思一生。

　　过村庄，穿小溪，再沿一条蜿蜒在农田中间偶尔铺有卵石的小道前进，就到了一座山的脚下。小道连接着上山的山道，和山下的小道相比，上山的山道更显先人的勤劳，单是那用大石做边，卵石铺筑路面，非用心不可。

　　山道不宽，也不陡，很多地方的边沿路基早已坍塌，可惜无人修缮。路边长满杂草灌木的地方，依然有很明显的梯田印记。不知是生活好了，还是现在的人懒了，好好的梯田，都成了荒草的世界。倒是路边的竹林，清秀挺拔，杂草全无。

　　转过一个山坳，前面忽然开朗，一块平整的土地，被青山环抱怀中。一个清澈见底的池塘坐落中间。"半亩方塘一鉴开，天光云影共徘徊。"先人笔下的印记，竟然在此重现。池塘有很明显的现代修筑的痕迹，水泥沟坎，让此地显得很是清爽。不用刻意寻找，在池边坐下，满目就是风景。

　　池塘不大，半亩左右，路边小沟上铺着一块石板，上面刻有"红金水库"和"一九六〇"年的字样，大概这个池塘就是"红金水库"吧。但不管是叫池塘还是水库，我感觉还是叫它池塘来得亲切、自然、随性。池塘边上中有一个湖石般假山样的东西，很美。在这池塘中间竟然还有这样美丽的石头？好奇地试着用石头扔过去，石落上头，没有一丝的痕迹，连石头也不见了踪迹。转了几圈，想看出它的背面，但背面被水遮挡着，无法看清。只能站在它的面前细细欣赏。看了很久很久才看明白，这不是石头，也不是假山，而是水母或者水藻，只是很久没人打扰，它慢慢地积少成多，形成了这一天然奇观。大自然就是这样的神奇，连水藻都能在自己的世界里自娱自乐地造出那湖石假山。

池塘的一头铺着七八块水泥板，成了一个极好的休息平台，坐在上面，听着潺潺的水声，看着青山倒映和清澈见底的池塘，望着四周尚未完全返青的山林，心想不静下来都难。

四周寂静一片，不见人影。山风吹过，惊动了树叶和竹林，沙沙之声传到耳中，忽然发觉缺了些什么？想了半天，才猛然惊醒，这山林之中，池塘边上，有了水声，有了风声，就是少了鸟鸣声。空山无鸟鸣，是不是这鸟也是有着灵性的，它知道我进山是为了清静，为了逃避，所以也就闭着嘴强忍着不出声了？如果真是这样，那么我就要埋怨这灵性的小鸟了，你的声音，就是我此时心中必不可少的天籁之音。水至清则无鱼，看了半天，池塘里竟然没有一丝鱼影。

池中无鱼，是幸还是不幸？

初春的季节，没有太阳，但并不阴冷，坐在池塘边上也有股暖暖的春意。在这样的季节里，在这样的青山环抱，在这池塘边，在这人迹罕至寂静的山林里，可以一人小坐，可以三五朋友小聚，也可以拿一瓶酒，倚坐在池塘边，喝一口酒，看一眼池中的天光云影，这将是一种何等的生活和臆想？

当然，酒，一定要高度的烈性酒。友，一定要交心交底的知己。

腊月的安昌古街

霜浓似雪，田野如月光笼罩，白白的。呵出一口气，也是白白的，浓雾一般。

早上七点半不到，太阳才刚刚抬了个头，绍兴古镇安昌的街上已经满是背着长枪短炮各式相机的摄影爱好者了，腊月的古镇安昌，满街的年味吸引了众多的游客和摄影爱好者。

小桥、流水、白墙、黑瓦、长廊，构成了古街风景的全部。唱社戏、打年糕、扯白糖、灌腊肠、嫁女、娶媳，撑开了古街腊月的大幕。

走过古街入口的石牌坊，就是一座小桥。桥不大且简单，几块条石垒成的桥墩上搁着几块已经被岁月磨出光亮的石板，依稀可以看出确属年代久远。在安昌古街，有十七石桥跨水乡之说。众多石桥式样各异，但建造的材质都是一样的条石和石板。为了显示石桥的历史，每座桥都有一块小石碑，刻记着石桥的建造年代。走过入口的石桥，就是长长的古街，古街依水而建，石板铺地，经过整修，所有门面样式基本一致，木头的排门，木头的柜台，原色的竹椅，让人恍若回到了旧时。古街被一长溜从店铺屋檐搭出的长廊庇护着，让行在街上的人能晴天不晒太阳、雨天不湿衣衫。

古街上的店铺大多已经开张，早上到古街的大多是为了看日出时候古街风景的，街上的小吃店都蒸着馒头，煮着粽子，冒出的热气，把狭小的古街弄得云雾笼罩一般，恍若仙境。

一群背着相机的摄影爱好者，不管是熟悉的还是不熟悉的，都热情地打着招呼，招呼是热情的，却都没有停下他们奔波的脚步，唯恐稍迟一步就会把古街的美景错过。一位老妇拎出一个煤炉生火，袅袅上升的烟雾竟然吸引了十多只相机围着她不断地"咔嚓"。挑着一篮青菜一篮萝卜的老人，成了那些摄影爱好者的临时模特，按照摄影者的要求，挑着青菜萝卜不断地来回走着，直到他们满意为止。做这样的临时模特也是有报酬的，不过报酬不是很高，钱也是几个摄影者自愿掏出的。和这位临时客串的模特比，一位着长衫戴乌毡帽、留有花白长须的老头则成了正式的模特，钱，成了摄影的主题。

扯白糖、灌腊肠是古街腊月不可缺少的一个项目。满街都是扯白糖和灌腊肠的摊子。扯白糖是现做现卖，腊肠则都挂在了沿河街边长廊的柱子上。将几大勺白糖放进铁锅，再加几勺水，架在煤气灶上，任其煎药似的不停翻滚着，一直要煎到用筷子一沾，糖水粘连成条条细线才算成功。已经煎好糖汁的，把刚刚凝固的琥珀色的糖汁先用手不断拉扯，拉扯一会儿后，就把凝固的糖汁放到固定在柱子上的木钩子上不断扔过去、扯过来，几个来回，琥珀色的糖汁慢慢变白，糖汁成了糖块，上面出现了一条一条拉扯后的线状印迹，扯白糖就这样扯成功了。扯成的扯白糖就着初升的阳光，竟能闪出令人眩晕的光色来，让人想不吃都难。和做扯白糖能马上见到成果相比，做腊肠则是一个只能现场观看的工艺。主人把那肥瘦结合的新鲜猪肉切成蚕豆大小的颗粒，放入白糖、细盐、酱油等调料，搅拌均匀，然后扯出一副已经洗净的小肠，把已经搅拌好的猪肉灌入，灌一段，用棉线打一个结。很快，长长的一串腊肠就成形了，只要把它挂在店铺门口的柱子上，几天后就是街头在卖的那酱红色的美味腊肠了。

太阳慢慢爬上天空，暖暖的阳光不停地从街角和长廊的空隙处钻入，把古街上行走的人们和摊子染上了一层金色的光晕。人越来越多，窄小的街道上挤满了来往的人，摄影师围着扯白糖的摊子、灌腊肠的店铺不停地拍，信步闲走的游人则围着扯白糖的摊子讨价还价，五块钱买三小包扯白糖，尝个新鲜。也有嘴巴里嚼着扯白糖的游人，围着摊子看扯白糖或灌腊肠。主人也不遗余力地卖弄着，当然，这卖弄的目的有二，一是体现腊月的年味，二是让游客管不住不断咽着口水的嘴巴，掏钱买这甜甜的扯白糖和香香的腊肠。

　　远处，一阵"劈劈啪啪"的鞭炮声拉紧了游客和摄影者的脚步。古街对面的河边，有一方门面，门楣上雕刻着"中国银行"四个字，看了介绍才知道这里原来是中国银行的旧址。每到腊月，古街的管理者都要借这"中国银行"旧址，演一出"银行老板嫁女"的水乡婚嫁戏。安昌是水乡，河流穿村走巷，旧时，出入安昌大多靠船，船成了安昌的主要交通工具。所以今天银行老板"嫁女"，船成了必不可少的工具。一阵鞭炮声后，又是一阵铜锣的声音，一乘顶上插着彩旗的大红花轿被移到披红戴绿的一艘船上，"新娘"就在插着彩旗的大红花轿上。随着船篙的撑动，载着大红花轿的船紧跟者前面同样披红挂绿摆放着大红被子、脸盆脚盆、水桶饭桶的嫁妆船向前面慢慢地移去。前面沿河的一个老台门早做好了迎接新娘的准备，寓意传宗接代的麻袋，已经从河边埠头铺到了厅堂。从女孩到妇女的过程就是这样的简单和复杂。

　　这边新娘出嫁刚完成，古街街头戏台的头场锣鼓就敲响了，一阵紧似一阵的锣鼓声，让人想不移动脚步都难。很快，原本还在河边、街上、桥上看"银行老板嫁女"的游人都被这锣鼓声赶到了街口。街头的戏台，一到腊月都会有社戏上演。水乡嘛，看社戏是腊月必不可少的娱乐。三场开场锣鼓之后，戏开场了。在台上做戏的，照例是从邻县请来的越剧班子。台上，描眉画脸的小姐公子、皇帝老爷咿咿呀呀地唱着，台下，一群嚼着扯白糖罗汉豆的男的、女的、老的、少的，不管听懂，听不懂，都入神地听着、看着。

　　从建筑、格局、环境等方面看，安昌完全可以和乌镇、周庄相比，但由于旅游开发的迟缓，以至真正的江南水乡风情却无人能识。平常时节，安昌少有游人，只有到了腊月每年一次"腊月风情节"，成了吸引游客的重头戏。其实，到安昌，无论在什么时候，都能看到那原汁原味的水乡风情。

绝壁上的野葡萄

在稽东千年香榧林的一段绝壁上有一株野葡萄。

谁也不知道这株野葡萄是什么时候进驻到这段绝壁上面的，因为等人们发觉这株野葡萄的时候，它已经自说自话地在绝壁上面找了个有层浅浅泥土的石窝开始生根发芽。

也曾有人猜想过这株野葡萄的来历，可是它却像一位从山外躲入山林之中隐居的隐士一般，默默无闻，不向人们透露一丝关于自己身世的信息，只管自己挣扎着生长。

这株野葡萄很怪，它和宛委山上薛壁居前的那株野葡萄完全是两种个性。薛壁居前的那株野葡萄，宛如一位娇羞的弱女子，身材纤细，不足一握，扎根在山腰那肥沃的土地上，生长完全依附着旁边的几棵木荷和冬青，在它们的上面密密地织成了一张藤网，枝条纤细，小心地攀附在木荷和冬青的几个枝条上。这株野葡萄在自开自落的同时，还能长出几串如蚕豆般大小的葡萄来。尽管长出的葡萄很小，数量也很少，可是它毕竟也有了果实，有了成就。千年香榧林绝壁上的这株野葡萄，犹如一位长相粗犷的山里男子，身材粗壮，从根到有枝叶分叉的藤茎足足有两丈多高，比一个成年男人的手臂还粗。这两丈多高的藤茎光滑粗壮，不枝不蔓，紧贴着悬崖绝壁。藤茎向上，分出无数枝条，这些枝条在交错盘旋、顺着绝壁的凹凸，在错综复杂中继续向上和向四周延伸，把整整一块面积在数百平方米的寸草不生的绝壁给牢牢的覆盖了，从远处望，仿佛在一面白白的悬崖上覆盖了一层

留下，留不下

厚厚的绿色防卫网。在厚厚的、绿得发黑的枝叶间，找不到一颗野葡萄的影子。看来，这颗野葡萄和生活在它脚下的那几株夹杂在雌性香榧树中间的雄性香榧树一样，只开花，不结果。不同的是，雌性香榧树没雄性香榧树就结不出价格昂贵三年才成熟的香榧来，而这野葡萄，不管是雌是雄，都毫无用处。

这株野葡萄虽然长不出葡萄，可是它的精神却让我震惊。或许在某一天，一颗不知来历的野葡萄种子，在一个偶然的机会里随着一只飞鸟的排泄物一起掉落在这悬崖绝壁下面的一块只有薄薄的一层腐叶和泥土上面的时候，这颗种子就开始了坚忍不拔的奋斗。悬崖绝壁，只有石头没有泥土，它就借着那极少的一层泥土和腐叶，生根发芽，然后伸出根系，向下四处发展，把根系牢牢扎进了绝壁上的缝隙之间，然后，借着这些绝壁缝隙的力量，不断向上发展。它没有人们意想中的盲目发展，它一步一步地按照自己的思路发展着，等它在这绝壁上站稳脚跟的时候，它就把枝叶伸向了周边的悬崖绝壁，它要用自己的力量，为这白乎乎、光秃秃毫无生气的悬崖绝壁献上自己的一丝绿色，让那死气沉沉没有丝毫迹象的悬崖绝壁开始呈现生命的颜色。

做人其实也应该跟这野葡萄一样，不但要做到逆境抗争，还要做到处处付出，不求回报。这野葡萄要是时时刻刻想着让这没有丝毫生命生气的悬崖绝壁给它回报，它早就在天气干旱的时候成了悬崖绝壁的陪葬。正是因为它不求回报，只顾着把自己的根基扎深扎实，才在这悬崖绝壁之间找到了生存的机会，在万物焦黄的时候，它依然郁郁葱葱。

付出和得到必成正比，有付出必有回报。只有向对方全身心的付出，才能得到对方全身心的回报。

吼山行

吼山在越城区的皋埠镇，因越王勾践卧薪尝胆豢养猛犬而得名。

要看桃花，第一个感觉就是应该去吼山。

吼山，一直以石奇而闻名，但自从十多年前在吼山脚下种起桃树后，吼山却成了观赏桃花的胜地，后来者居上，倒让人忘记了奇石而记住了桃花。

承蒙孙、杜两位老师的恩情，才促成了我们一帮曾经做过这两位老师学生的吼山之行。两位老师早早在鲁迅中学门口等着我们几位拖拉的学生，特别是我带着女儿赶到的时候，已经成了我们一帮同学中的最后到者。

沿着市区人民东路延伸段一直向前，就到了吼山脚下。山脚的停车场早就停满了汽车，没法，只能沿着山脚的围墙找了一处空地停下，刚停下，就有人来收钱，价倒不高，十块钱一辆车，但这收费者的来路却不明，一直等付了钱，依然不知道是哪个部门在收。

买票进门，放眼一望，竟然没有臆想中满山遍野繁花似锦的热闹景象，只见一大片开着蓝色小花叫不出名字的植物成了吼山的主角，那绽放着红色或桃红的桃花却成了点缀。沿着曲折的长廊一路向前，发觉原本应该以桃花为主体的景区竟然变味，卖烧烤的摊子摆了一长溜，一路过去，桃花的清香闻不到，烤肉的香味倒是扑面而来。最为可笑的是，河边的桥脚下竟然摆着几个小帐篷，喇叭乱叫着说这里面是动物园，能看到大得能吃蛇的老鼠、奇怪的猫狗，等等，大有

留下，留不下

"壶中天地，无限世界"之气势。前几年为拍摄电视《卧薪尝胆》而建了勾践的草房宫殿，让吼山有了另外一处风景。宫殿前在开展的群众文艺活动，虽然嘈杂，但为桃花节添彩不少，旁边的偏殿成了展示奇形怪状石头和三叶虫、恐龙蛋化石的处所，进内一看，长知识不少。

一路前行，桃树三三两两，枝头的桃花虽然开得很是旺盛，但稀少得让人感觉这样的桃花阵势和景区拼命宣传的桃花节有些不相符合，那两株大大的开满白色小花的梨树，让人误以为是雪留枝头。

游人很多，都在这些点缀在蓝色花海中的桃花下照相留影。但在我看来，这宣传声势浩大的桃花节、这开着深红和桃花两种颜色的桃花丝毫没有半山腰那蘑菇似的"云石"和"棋盘石"吸引人，桥头的"动物园"也没有棋盘石下那两间没有了门的小平房来得真实、自然，让人亲近。

过云石、棋盘石，就是一条上山的石径小道，一级一级的台阶，让我一步一步接近了山顶的"寿宁寺"。

心有风景，处处风景。走在石径小道上向下看，远处田野阡陌纵横、河道遍布，等待春播的农田经过耕作，形成了一个又一个新奇的图案，从上往下看，恍惚如"麦田怪圈"，让人流连忘返。

沿着石阶一步一步向山顶攀登，石阶两边都是半人多高的茶树，可以看出这占据当地农民部分经济收入的茶树曾经是山顶的主人。

"寿宁禅寺"建在一个高台上，整个寺庙建筑都是崭新的，明显可以看出这寿宁寺不是旧物而是新建。山门还在修建，现在进门需从天王殿进，过天王殿，就是大雄宝殿。大雄宝殿内人影幢幢，香火旺盛，按照一位朋友曾经"见佛礼佛"的指点，我双手合十，虔心下拜，虽无香烛，但用心一也，相信宽宏慈悲的佛祖不会怪罪。大雄宝殿前有一新建寺舍，转到前面，原来是供奉观音菩萨之处，观音菩萨尚未开光显身，但我还是俯身合十一拜。

出寿宁寺，再无桃花观赏，于是就换路下山。此路和上山的那条路刚好是个弧形，也是石砌台阶，路边先是山上常见的细竹，然后就是毛竹。在下山的路上，看到一棵大树，让我震惊不已。说它是一棵，其实也不正确了，粗粗的树干已经从中间劈开，一分为二，犹如一个练劈腿的孩子，把两只脚伸得直直的。被劈开的树干分别长出了茂盛的枝桠。看了这树，我被它顽强的生命力所震惊，就这样一株普通的树，不知道什么原因一分为二，面对这样的酷刑，它没有屈服，而是顽强地生长着。

景区围墙边建筑一堵宣传墙，细看说明，才知这是宣传绍兴籍院士的"院士林"。简单的一堵墙壁、几张照片挂在上面，感觉有些不伦不类，不知道这些挂在墙上的"院士"如果到此一游，会有何感想。

和这院士林相比，旁边的农具博物馆却有着浓浓的文化气息，很多在年少时候见过或用过的农具，成了展品在展示着，不能不让人产生一种莫名的亲切感。女儿从未见过这些农具，我正好趁这机会让她好好认认，也算对她一个课外教育吧。

吼山景区不大，如果不为看桃花，那一年四季都能去游览。抛开城市喧嚣，到吼山顶上泡一壶茶，俯瞰山下田园水乡风光，那是一种何等的享受？原始的景色被人为改造之后，千篇一律，模样类似，让人找不到以前，找不回记忆。

当民女于无意中救了赵构

两位普通的民女，碰上南逃的皇帝赵构，然后又救了他，结果为此而失去了生命。当然，这其实不会是真事，只能是传说。然而，传说在很多时候也是一种寄托和梦想，更是一种意想中的完美。

出绍兴城南二十余公里，有一狭长的山谷，山谷之中有岭，分别连通绍兴的兰亭和紫洪。就是这个离城不远的山岭上，演绎了一段民女救皇帝的"壮举"。

宋靖康二年（公元 1127 年），金兵攻陷汴京，北宋灭亡。赵构在南京应天府（今河南省商丘县南）即位，改年号为"建炎"。赵构即位后，在金兵追击下不断南逃，从建炎元年（1127 年）到绍兴八年（1138 年）的十余年间，赵构宗一直辗转在东南沿海各地，躲避金军。一次，赵构又遭金兵追击，逃难至会稽山脉的一处山岭。在饥饿交迫，追兵逼近，生命攸关之时，幸好遇上了当地正在砍柴的姑嫂两人。此时的赵构不但用两个番薯填饱肚子，还在姑嫂的帮助下，得以逃脱了金兵的追击。后赵构在临安（杭州）安定之后，偏安一隅的赵构倒也不忘当年逃难之时的救命之人，便派人四处寻访，才知救他的两位女子已被金兵杀害，于是追封未婚女子为妃子娘娘，封其嫂为陈周娘娘。

山不在高，有仙则名。因为有了赵构，因为有了这"民女救皇帝"的壮举，原本无名荒野山岭就有了一个响当当的名字——妃子岭。穷山僻壤之中有了和皇帝挂上钩的故事，不大书特书无疑于浪费，于是，就在这在荒野山岭上建了妃子庙，把这两位不知姓名的英雄姑嫂供奉起来，并为她们定下了生日——农历二月廿六和六月初五，以便供奉香火。

到妃子岭，筼溪村是必经，从筼溪村进，沿路原有很多的明清建筑，可惜得以完整保留的很少，大多被改建或废弃坍塌。和那些坍塌了的古旧建筑形成鲜明对比的是妃子岭，当年赵构躲避金兵逃亡的荒野山岭，已经被香港同胞出资修缮成了平整的石板台阶。从山脚上岭，两边翠竹掩映，其景其色，早已不见赵构出逃的狼狈，倒是几处为纪念出资修路的香港同胞而建的功德碑，让人深深感受到了这些同胞的浓浓思乡之情。

沿赵构曾经逃亡过的荒野山岭而行，想在沿途找些过去了近千年的痕迹，但始终无法找到。看着路边不时出现的功德碑，踏着平整的石板台阶，心里不禁感慨，把原生态的岭路建成掺和进了现代元素的石板路，这是幸还是不幸？是必然还是偶然？带着纠结的心情爬岭，眼中的青青翠竹也没有了初时的淡雅朴实，竟然也有了些许娇媚之气。

妃子庙坐落在两山夹击的龙背上，稍有规模。左右靠山，前后凌空，从高处看，掩映在青山翠竹丛中，显出了清秀和典雅的气息，正好符合淳朴、无求的山村女子的形象。不知是顺应妃子岭岭顶的山势，还是确实存在的男尊女卑意识，妃子庙的大殿没有朝向正南，而是偏西，或许这也是一个课题。妃子庙墙体的黄色很新，但从裸露的屋梁和门柱，依然能看出其建筑的古旧。墙角的一块石碑被砌入墙体，虽然风化不特别的严重，但肉眼已经难以辨认出原文，只能挑出"山阴""十五年""徐"等几个字来，如果能拓出此碑上的文字，那肯定是妃子庙一段历史的记载。

妃子庙的东首，一段碎石铺筑的岭路完整、原始地展现着，这尚且保存完好的岭路，是不是赵构南逃的那一段？那横亘路上的粗大树木，是不是那姑嫂救赵构的所在？路边那一堆炭样的泥堆，难道就是姑嫂烤番薯请赵构"用膳"的遗存？岁月已经无法诉说一切，只是曾经的那一段"经历"，世世代代口口相传。所以，那姑嫂俩虽然印迹全无，但人们宁愿相信她们已经羽化成仙，为她们建起了庙宇，并尊为"菩萨"。

民女于无意中救了赵构，民众于有意间建了妃子庙。一切都是付出和收获的永恒轮回。

激情飞扬九龙湖

估计去宁波九龙湖参加聚会的那帮文友在到达九龙湖之前，都没有想到，这竟然是浙江省公安文联第一次文友聚会。当然对文友清明雨而言，她更没想到她的一篇普通的随笔，竟然能在一帮喜欢文字的警察中掀起巨浪，从而成就了这个省公安文联的第一。

八月十五日，这是一个平常的日子，然而对于我们这帮在论坛上踊跃报名要求参加文友聚会的几位"文人"而言，确实是一个考验，一个是否诚心的考验。早上七点一过，原本以为会是晴天的天竟然变了脸，难得一见的暴风雨竟然不期而至。风，吹得窗户啪啪作响，雨，打在窗户上，四处飞溅，声若擂鼓。以为在同一城市的小儒会因此而退却，然而，就在我心里打着小九九的时候，小儒的电话到了，这样大的风雨，小儒竟然在小区门口等着我了。

有人说"文人相轻"，然而，对我们这帮因为文字而激情相聚的自喻为"文人"而言，是"文人相亲"，因为有着共同的爱好，有着共同的语言，所以在论坛上有了惺惺相惜，有了激情飞扬。小儒的如期出现，让我感动，感动于小儒的守信。冒雨一路疾驰，好不容易赶到杭甬高速绍兴入口，然而，入口却是车辆排成了长龙。小儒打电话问同事，才知道杭甬高速宁波到杭州方向出了事故，处理事故的封道，让高速公路的入口成了摆设。没法，只能绕道，转道上虞，准备从上虞上高速。幸好，到上虞道口的时候，除了出了点走错了入口的小小意外之外，总算顺利地上了高速。

上了高速，雨依然没有停息的意思，清明雨多次打电话来问我和小儒的方位，为了不让清明雨担心，我好几次都谎报了军情，把到宁波的距离着实缩短了许多。等赶到约定的宁波九龙湖景区散客接待中心的时候，清明雨和她先生早就等在门口了。进得门去，才知道风雨竟然没有阻挡文友相聚之心，我和小儒成了最后的到达者。

没有刻意的亲近，也没有敷衍的寒暄，我和小儒就把在论坛上早就熟识得不能再熟识的文友一一对应了。傅笙是省公安文联的办公室主任，一直以为至少是一位学究般的老者，没想到竟然是貌若西施的美女；邹文斌，印象中应该属于和戏曲中的明代文人周文宾类似的儒雅之士，没想到竟然被小儒说成了"黑帮"；农民大伯竟然是一位从部队转业的帅哥，左看右看都不像文人，倒像一位体育健将；再别康桥，这位文联版上的管理员，却有些五大三粗状；问鱼，在刚提出参加文友聚会的时候，就有文友给我站内短信，让我先读懂了问鱼的小说再见问鱼，见了问鱼，果然，幸亏读了她的小说，才能稍稍跟上她的脚步；萧迪，网上看他文章的时候，我还装模作样好为人师地说上几句，等他站在我的面前，我才知道，自己确实是妄自托大了；铁鱼、且介亭，宁波公安文联中的中坚，尽管以前一直没有留意过他们的文章，但听清明雨一介绍，却犹如久别重逢的故友，笑谈如风……

文人相聚，文字是缺不了的。我参加这次聚会，实属钻营，所以一直不敢胡言乱语，唯恐露出拙劣本性，所以，当走出葡萄园走进餐厅后，只敢拿着小儒带去的太雕酒，四处给人倒酒，只盼喝趴下几个文坛高手，好让自己逃过"一劫"。萧迪，这个在论坛上时常被我呼作"兄弟"的小弟，仿佛和我心有灵犀似的，拿出半夜躲着卫生间里写就的长诗《九龙湖，为相约干杯》朗诵起来，带着播音员磁性般的声音竟然把我给镇住了。生在象山的且介亭的越剧，竟然比我家乡的那些越剧迷唱的还要正宗。

中餐结束，雨停云开，省公安文联的傅主任和象山的且介亭先行脱离我们的队伍，让去九龙湖游玩的人少了不少，不禁心生遗憾。

清明雨作为最先的发起者和组织者，把先生作为我们聚会的服务生拉进了队伍，于是，联系九龙湖上的游船、规划到九龙湖景区旅游的路线、每到一地开始解说成了她先生的主业。我们这帮"文人"也就乐得享受，安心跟着这位军人游玩。

九龙湖景区确属山清水秀，风景优美，期间的青山绿水让我这本来就生活在山窝窝的山里人都感慨万千，碧水万顷的九龙湖上，竟然没有一丝垃圾，游玩的船全部用绿色环保的电动船，这就值得一些想依靠旅游发财却又不愿投入资金的风景点好好的学习了。九龙湖风景区做足了文化的文章，无论是湖中的猴岛，山窝里的香山教寺，还是那飞流直下、一跌数瀑的香山飞瀑，都有文化的内涵在里面。

九龙湖边走，如在画中游。这山、这水、这景，让平时不得不用一副严肃样子待人的这帮"文人"都露出了本性。脱鞋褪袜，步入小溪，踏上溪石，只为体会那清凉透骨的溪水；四处寻找、弯腰俯身、双手乱拍，只为抓住那在树下杂草中乱窜的蜥蜴；低声惊呼、仔细观察、细细拨弄，因为看到了传说中意味着不是吉祥花叶不相见的彼岸花。牵手过那横搁在溪水中的溪石，欢声笑语震头了山林，把本来就已经颤巍巍躲在树叶尖头的雨水都震得掉了下来，跌落在石径的卵石上，跌成片片心形水花；跌落在激流的溪水中，溅起一个小小的浪花；最最令人神往的是跌在人的脸上，那就替代了欢愉时候的泪水。石蒜，因为被称作"彼岸花"所以就多了些许的玄幻，香山教寺中巍峨、庄严的佛像，让人不由自主地弯下了腰，不为信仰，只为尊重。香山教寺前放生池里的乌龟，让人不想淡然都难。猴岛上的猴子，温静如同处子，当然也有因凶狠而被几位文人冠以"磕了药"而被关在笼子里的，但这完全不能改变我对岛上猴子的印象。

相聚总有分别时，分别是为了下次的相聚，缘聚缘散无法避免。分手时刻很快到来，其实，每个人都希望这时间能停滞不前，停滞在我们一起欢笑的九龙湖边，但，这只是美好的心愿，时光依然需要按照自己的轨道前进着。香山飞瀑前一起留个影，留下因文而识、因文而知、因文而亲的文友的身影，期待着下一次的再见。

香山教寺前的乌龟

你不一定见过乌龟浮在水面上四处游荡的那份悠闲,我却在宁波镇海的香山教寺前的池塘中见过,而且悠闲游荡的乌龟不止一只,而是好多只。

香山教寺在宁波的九龙湖风景区内,进九龙湖风景区大门,一路盘山而上,至一半山腰,只见两山环抱之中,竟有数处建筑,黄墙黛瓦,一看就是净域之地。下车细看,果然在一处极大的广场边上的房子门楣上看到了"香山教寺"四个大大的鎏金大字。

转身再问刚从另一辆车上下来的清明雨及其先生,方知此处确属新建的佛门净地。进得大殿,抬头就见一庄严佛像,金光闪闪,满目慈悲,遥看芸芸众生。坐佛两边,就是各种姿态的慈悲观世音菩萨像。

走出大殿,就是广场,广场尽头,是一排石砌栏杆。走到广场尽头,回眼看那大殿背后的群山,只见山峦连绵,群山环抱着这香山教寺。见我转身回眸,清明雨的先生赶紧过来,让我看那环抱的群山,他说,"你细看一下,那环抱的群山的山峰像不像人的头部?"我细看一下,确实像。"那你再看一下那山肩像不像人的肩膀?"我再细看,果然就是肩膀。他笑了一下,又说,"你再看一下,这头和肩膀,这山的走势,像不像一尊坐着的弥勒佛?"细看,果然逼真。这香山教寺就坐落在弥勒佛的怀抱之中。看来净域之地的择址在冥冥之中有着必然的巧合。

回身看石栏下面，下面是一个很大很大的池塘，池水清澈，没有半丝的杂物。然而再细看一下，发觉池中漂浮着一块一块的像小木头一样的物体，一动一动的，我近视，一时无法看清，就牢牢地盯着细看，看仔细了，才发觉这一块一块小木头一样的物体，原来是一只只自由游动的乌龟。

　　可能由于近来一直下雨的缘故，池中那些乌龟背上都有一层淡淡的淤泥样的东西，怪不得我这个近视眼一时无法看清。站在石栏前看那乌龟，两腿一蹬，身子就轻盈地飘了开去，那种悠闲、那种自然和自在，让人羡慕不已。旁边有调皮小孩扔下石头，那几只在游动的乌龟只是稍稍的向水下面钻了一下，很快又浮上了水面，那种气度，那份从容，让人不嫉妒都难。

　　靠近岸边，有一凸出水面的石头，石头上面竟然也趴满了乌龟，令人难以置信的是每一只比较大的乌龟背上竟然趴着一只或者几只小乌龟，其境之和谐让人类不禁感叹，确实，很多时候人还不如动物，动物在很多时候懂得谦让，而人有时候却不懂得这些。

　　这池中的乌龟不是野生的，而是信众为祈福放生而来的，这些信众怀着各自的目的，把内心的各种理想、愿望、期盼，不管是否合情、合理，都让这小小的乌龟承受着。乌龟，因其长寿、恬淡，无声无息，与世无争，而一直被人用来放生，然后，又有多少放生的人能从这小小的乌龟身上看到乌龟的可贵之处？

　　乌龟无言，乌龟低贱，因为成了人类的替代，成了放生的主流，成了佛门慈悲的主力，乌龟就成了有灵性的动物，被人珍惜，受人尊重。然后乌龟依然有着自己的本性，有着独立的"乌龟格"，所以它可以在放生池中无忧无虑自由游动。把意愿寄托在乌龟身上的人类，却每天为名、为利、为生活忙忙碌碌，忘记了慈悲，忘记了谦让，忘记了人性和道德。

青山秀水徐凫岩

周六下午，同学狐狸突然心血来潮，打电话给虾说去新昌同学团长处玩，虾一听当然赞成。虾和狐狸、团长虽然相聚不远，但真正能见面的时候也不多，特别是团长，因为在单位里混了个小头目加上自己搞了点三产，所以显得特别的忙碌。上个月松阳同学聚会，团长却远在成都，所幸的是和他是同行的嘉兴的一位同学小其也在成都参加同一个会议，让他也参加了一个只有两个人参加的同学会。

赶到新昌已是夕阳西下，出了高速，直接进了酒店。三杯两盏淡酒下肚，千言万语出口，等到起身出门，已是酒醉如昏。在昏昏沉沉中约好第二天的行程，再也无心闲聊别后之情，只能进房睡觉。第二天一早，习惯起早的虾和狐狸早早的等着团长光临了。上车再说行程，这才记起，昨天说了半天依然没有多少记忆，客随主便，狐狸驾车赴新昌的邻居奉化溪口。

到溪口，首先要游的就是蒋氏故居。每个地方都一样，只要出一个名人，那么这个名人就真的能做到"福泽后世"，让后人能在先人种下的大树下悠哉乘凉。游毕蒋氏故居，和溪口的其他景点，我们驱车赶到距离溪口最远的景点徐凫岩。

徐凫岩属宁波奉化溪口的雪窦山景区中的一景，从溪口蒋氏故居出发，沿山而走，经过曾幽禁张学良将军的雪窦寺，再沿着山腰蜿蜒而上，约行5、6公里，即到了徐凫岩。

徐凫岩景区大门素雅，除却一管理出入口和门票出售处，别无他物。从大门进，就是一条宽不足 2 米的用卵石铺就的小道，顺着路边的小溪，蜿蜒而走。溪水清澈透底，溪中时有小鱼遨游，路边绿树成荫，两边夹道而栽的树木让整条卵石小路成了一条绿色长廊。

卵石小路行不多远，一座石砌小桥横亘在小溪上，桥上的石栏刻满岁月痕迹，桥拱之间布满青苔、紫藤，桥首几株榆钱树上垂下的一串串沉甸甸的榆钱，让这桥在斑驳之间又显出一丝安宁祥和。过了石桥，依然是卵石小径，却能隐隐听到沉闷的声音犹如夏天乡下的雷声，从远处传来，隆隆之声缠绵而不绝。

顺着隆隆之声向前，卵石小径分成左右两条。顺着隆隆之声向左行不足百步，就能看到有一块顺地势而建的小平台。站上小平台，才发觉这小平台建在悬崖峭壁之上，人站上面，脚下就是万丈悬崖，让人找到那隆隆之声的真实来源，就是那飞流直下、半途遇上突出的岩石而水花四溅的瀑布。这悬崖，这瀑布，这隆隆之声，竟然让人脚下发软。略微探身眺望，只见这瀑布边上有两个描红大字"徐凫"。

其实，这瀑布旁边的大字不止两个，而是"徐凫溅雪"四个大字，是 1987 年由当时的全国政协副主席、民盟中央主席屈武题写。这徐凫岩的传说很多。有则神话，说很早以前，在"猴鞠岩"这个地方，有个鹤发童颜的仙人走到陡险岩边，仰脸朝天喊："快来吧，接我回去！"说完，一只形似野鸭子、实为仙鹤的大鸟从空中飞来。降落在这个仙人身边，载着他很缓慢地飞向天空。从此，就有了"徐凫岩"之称呼。

离开这个只能听声而未能观看瀑布全景的小平台，走一段不算很陡的山路，就看到远处石壁上有"云梯"二字，再继续向前，行至小径尽头，就到了"云梯"之处。这云梯依着悬崖峭壁而建，类似住宅中的楼梯，高八层，两面开有小窗，前面则似楼台，站上面而能窥全景。沿云梯而下，因云梯边上树木苍翠而遮住视野，对瀑布只闻其声不见其影。到了悬崖底部，底部依然是用卵石建筑的小径，沿小径向前，就到瀑布前面。站在瀑布前面的小桥之上，就能看到瀑布全貌。

瀑布从山顶而下，畅快淋漓。来徐凫岩之前，曾听一位导游介

留下，留不下

绍，徐凫岩瀑布特点是巨岩犹如一只猴子对天鞠躬，所以，当地人称为"猴鞠岩"。瀑布两侧是延伸几百米形状如刀削斧凿的悬崖绝壁。石壁底下有潭，潭深不见底，水清如碧，寒风吹拂，响声聒耳，令人望而生畏。悬崖上方青松葱茏，杂树丛生，下面草木成簇，树木苍翠。

徐凫岩因其景美、山秀而一直被众多的文人墨客所推崇，据说宋代有位诗人看了徐凫岩，欣然挥笔写下："一流瀑泻九重天，长挂如虹引洞仙。岩壁凫飞延岁月，石梁龙滚飞云烟。满山药味增新色，夹岸桃花胜旧年。"

走近 "江南大寨"

上旺在绍兴县的富盛镇，在二十世纪的六七十年代，曾因"农业学大寨"领先而享誉一时。江南大寨，成了上旺的代名词。

从富盛镇政府出发，顺着一条穿插在两山之间只容两车勉强交会的柏油公路一路向前，经过一番"曲径通幽"的感慨后，在路边看到一个大门口上写着的一副对联，"当年新农村，时代活化石"。

上旺，到了。

下车站着向四处张望，这山、这水、这景，一切都和其他的山区小村一样，也没有意想中层层叠叠的"大寨田"出现。好奇，让我转头向陪同的富盛镇广电站的一位工作人员表示出了疑问。

她说，"梯田，在目不能及的山窝窝里。"接着指着不远处的一排老式两层办公房说，"你所看到的是上一辈人艰苦努力后的成绩，要想知道以前，了解历史，你必须得去'陈列室'看。"

陈列室内果然陈列着上旺从荒山秃岭到梯田重重树木荫荫的所有图片和文字，从头到尾，就是一部完整的上旺发展史。"八把山锄打天下"，让穷困的上旺人有了主心骨和领头人，荒山开垦出了良田，石头窝窝里种上了苗木，筑石为坝让流经村庄的小溪成了能满足村民生活需要的小型水库，再在这小型水库上面设计建筑，让仰面朝天的小水库成了无人能识的地下水库，水面成了地面，成了种植庄稼的良田，这样的结构，既是天才的构想，也只有上旺人才能把构想变成现实。

时事造英雄，上旺也因为时代的要求，而造就了一位英雄人物。如果不是旁人介绍，谁也不会想到那位闲居在家、时常拿把锄头上山挖笋的白发老翁，就是当年带人向荒山要良田的老支书，也不会想到他会因此而走上政坛，成为当时的中央候补委员、省委常委、县委书记。

　　走进上旺，必须要看的就是"十三排"。十三排不是一个简单的名称，而是一个时代的烙印。二十世纪六十年代末七十年代初，上旺拆旧居建新房，一排又一排的两层楼房，不知道羡煞了多少来上旺参观取经的人们。这十三排两层楼房在当今看来依然没有落伍，挑檐围廊，天井小院，清一色的青砖黛瓦，整齐的灰缝，绝对让当今那些偷工减料的包工头汗颜不止。碎石铺就的道路连接着这十三排代表一个"新农村"时代的两层楼房，犹如上旺人，简单而淳朴。屋旁用来引雨水的小沟沟中水流潺潺，清澈见底。这些从远处引来叮咚作响的泉水绕屋而走，引人遐想。如果能在一个月朗星稀的夜晚，坐在二楼的阳台上，闭上眼睛，细心听这叮咚作响的泉水，一定能听出山村的快乐和幸福来。

　　知青是时代的产物，上旺的知青小屋也不可避免地成了时代的产物，两间小平房加一个小院，构成了三五个单身知青在上旺的全部生活。令人称奇的是在四五十年前，上旺的人民已经为从城里来农村锻炼的知青考虑到了生活的舒适度，"男浴室"或"女浴室"这几个字绝对让当时来参观取经的人们震惊不已。一批又一批的知青来了走，走了来，有的还落地生根，把家安在了上旺，但是他们只有自豪，没有后悔。

　　上旺，是一个时代的代表，更是一个时代发展的必然产物。当社会的车轮不断前进的时候，上旺也在不断地前进。从大集体到联产承包责任制，从反资修到允许一部分人先富起来，从开山担石到新建茶厂、名茶市场，上旺在一步一步跟着时代前进。

　　"十三排""知青屋"不再是上旺的骄傲，梯田也不再是上旺的代表。原汁原味的乡村旅游，成了当今上旺的新起点。保护"十三排""知青屋"的原貌，成了当前上旺的头等大事。旅游休闲已经取代了往日的参观取经，为接待参观取经人员而建的接待点成了现在村委的车库，人民公社大食堂成了展厅，只有路边山墙上的那副已经被风雨侵浊得有些斑驳模糊的"上旺人民有力量"的大幅宣传画，依然牢牢地坚守着。

太阳每天都不一样，日子每天也不一样，人更是这样。上旺是二十世纪六七十年代时代的缩影，尽管上旺的发展有着必然的时代背景在里面，但是，我们依然不能忘记当时的时代精神，每个时代都有着每个时代特有的时代精神，人也是如此。社会只有踩着时代的脚印才能前进，人只有时常回顾自己留下的脚步，才能知得失、明方向。忘记该忘记的，记住该记住的。浪里淘沙，为的是见到混于沙中的金子；披荆斩棘，为的是得到幸福安康。抛弃虚无、浮躁、虚荣的心理，走一条踏踏实实的路，就像上旺的梯田、十三排、知青屋一样留给后人，那不是更好？

"驴行" 香山寺

香山寺，初听此名，以为该净域之地应该在香山。然而，当周日这天我和朋友"驴行"福全的"豆雾尖"（音）才发觉，香山寺原来近在咫尺。

驱车出城向西至福全容山，再从村中进入一条小路。小路为已经不再常见的泥石路，然而，等走一段泥石路后，即将到山脚的地方，又是水泥路面。再一直向前，就能到达豆雾尖脚下。豆雾尖脚下有一个山塘，不大，也就10余亩左右的水面，但水极其清澈，一眼看去，蓝蓝的恍如"猫眼"。车至山腰，有一处停车之地，周围林木葱茏，旁有几幢玄色房子，细看立在房子边上的一块大大的圆石，上有"云泉禅寺"四字。按照以前一位信佛朋友所言，见佛礼佛，也就进殿礼佛。殿内共供有三位神，中间为"九天玄母"，左为"玉皇大帝"，右为"关羽"。佛、道、人同处一殿，也算是三流同源，和谐相处。

香山寺在豆雾尖顶上，从山脚到山顶全是台阶，台阶沿着山势一直向上，或蜿蜒，或陡峭，水泥浇筑的台阶的两边都是高矮不一的树木和杂草，偶尔出现几株挂着小小的、圆圆的、红红的不知名野果的树木，为青绿和枯黄相间的山林增添了不少鲜艳之色。深秋的季节，草木凋零，台阶上枯叶飘舞，台阶两边则是绿叶和枯叶共存，鸟雀与秋风齐鸣。上去的台阶足有千级，幸好路边建有凉亭和石凳，累了可以小坐休息。临近山顶，周边的台阶及雕栏皆已换成石质，雕栏栏板与栏板连接处的石柱上刻着捐助人的名字，一心向善，行善积德，留个名字也算是对自己一个交待。

　　一鼓作气爬上山顶，放眼望去，周边雾气四罩迷蒙一片。山顶上面的建筑尽管依山而建，但却是一片平整，周边皆用石质雕栏围着，因为因地制宜，所以很多地方都成了地下室。山顶建有多处殿宇，这些建筑已经有些年头，很多地方的墙皮已经开始斑驳剥离，因为其远，所以除了豆雾尖周边的人士知晓之外，外人很少知道。今年也是随着网络的发达，豆雾尖才成为一些"驴友"喜爱的"驴行"之地。

　　东侧，建有一幢两层殿宇，一层为"观音殿"，二层为"三圣殿"；北侧，建有天王宝殿，中间为圆通宝殿，西侧为大悲楼，里面佛像尚在打磨上色。南侧，为香山寺的主要建筑——大雄宝殿。各殿殿前均设有烛台和香炉，供善男信女顶礼膜拜。各殿之间，有不少建筑，因没有挂出殿宇名称，因而无法知晓。大雄宝殿有两层，底层较矮，设有斋房，估计可供前来礼佛的善男信女用斋。

　　太阳渐渐露脸，笼在山顶的雾气逐渐散去，放眼四望，四周悬崖峭壁，上山之路，宛如飘带，远处房舍清晰而小巧。山上已有人在四处参观和礼佛，听他们之间的交流之意，属于网络聚会"驴行"一族。云雾散去，依然不时有人上山，看来"山不在高，有佛则灵"。山上秋风习习，爬上山顶而流的汗水很快就被吹干。按照以前朋友"见佛礼佛"的"教诲"，买来香烛，供奉在大雄宝殿前的烛台上，再燃上几柱清香，用心膜拜。

　　在圆通宝殿旁找一处避风之地，拉来几把香山寺专门放着的椅子，坐下，掏出瓜子、蜜柚，悠闲而养力。圆通宝殿大殿大门两侧的柱子上镌刻着一副对联，上联为：智者除心垢垢去明存心地洁润；下联为：行住持和忍忍能消祸永保安宁。细看之下，再细想不禁想到刚才上山时候在半道"培福亭"前看到的一副对联：返大雾听经言迷津大悟，回香山思佛语智慧广开。感觉毕竟是佛门圣地，无处不在传播积德行善、宽容为怀和时时自省之道。

　　悟道其实也要缘分，很多时候都是说说知道、听听很懂，真正做到却没有多少。曾听一位信佛的友人说过，悟道需要缘分，缘分未到，再想也无用，缘分到了，很快就能顿悟入空门而无悔。

千年古道陶宴岭

在绍兴县的王坛镇有一条古道。

旧时，古道因其属绍兴到稽东、王坛和嵊州的北乡、谷来、崇仁的必经之路而久负盛名，现在因其保存完好、古朴依旧而闻名，这就是陶宴岭。

陶宴岭南北走向，北起绍兴县平水镇的金渔岙，南止王坛镇的新联村。

陶宴岭又名陶元岭，始建于南朝，完工于明清，南朝齐梁年间道教思想家、医学家陶弘景隐居于此，岭由此得名。陆游祖父左丞相陆佃亦在此结庐读书，墓地就在陶元岭支峰下，可惜早被历史的烟尘湮没，无处寻找。

从金渔岙村口到陶宴岭的岭脚，没有明显的古道风采，杂草已将旧时连接古道的一段机耕路淹没，幸好初夏季节的杂草并不茂盛，辨别方向并不麻烦，这让初踏此道的我惊喜不已。

陶宴岭全部用小块的石头砌成，风雨侵浊，岁月洗礼，原先棱角十足的石头早都被磨砺得浑圆光滑，一路上去，凡是砌成台阶和铺成岭路的石头见不到一块棱角分明的。岭路的建筑有着很明显的官方组织痕迹，两米多宽的道路，高度相似、宽度相仿的台阶，整齐划一的路基，非民间自发组织所能完成。确实，早在唐代，绍兴（越州）就属海内名郡，而平水则是越州所属会稽县的五大名镇之一，并开始有了竹木山货的交易，出现了"平水草市"的名称。当时，嵊州的北乡、谷来和绍兴的稽东、青坛、王坛的山货都要经陶宴岭到平水，然后转到平水埠头，装船运载到绍兴，同样，当地民众所需的生活日用品亦需经此道挑运进山。所以，陶宴岭当属官道无疑。

刚踏上陶宴岭不久，就见路的左边有一间小屋，小屋依山而建，檐高不足两米，全部用大小不一的石块砌成，虽然上覆现代的瓦片，但一看就知年代久远，以现代人的心态，全然不会花大力而建此只够遮阳挡雨的小屋。和所有依山而建的岭路一样，陶宴岭也是一面傍山，一面依水。山是并不险峻的会稽山脉，水是山谷中间的小溪，溪水清冽，潺潺水声合着山谷中的各类鸟鸣和风过树梢的声音，恍若天籁。

踏岭而上，特殊时代建设的梯田在山谷中间依山而上，随处可见。只是这些梯田早没有了水稻的影子，代替的是雷竹、板栗、茶叶等经济作物。这些经济作物也都与萋萋荒草和细细竹枝为伍，深受山民喜爱且鲜美无比的野笋随处可见，要不是还要爬岭观景，这野笋绝对会成为我的囊中之物。

山岭渐高，林木开始茂盛，参天古木随处可见，古朴的岭道，清幽的风景，犹入仙境，心再也无所思无所想。两株参天的古枫中间，是一间用石块打底、上筑泥墙而成的房子。这个房子其实是一个供过路人休息而用的亭子，只是建设者考虑到行走陶宴岭路人的实际，所以亭子没有建在路上，而是建在路边。这样，就是到了寒风肆虐、雪花狂舞的冬季，躲着亭子里面，也不会被风雪侵袭。细想之下，不由得被古人的周全考虑而感动。

长途跋涉之人，最需要的是水。陶宴岭虽然依山傍水，但路下的溪水不但距路面深达丈余，而且一到旱季少雨季节，这路下的小溪自然成了砂石的世界，无水可见。大自然的胸怀是博大的、无私的，在人走投无路之时，一定有一条路、一扇门为有心的人开着，这陶宴岭也是如此。行至大半山腰，有一间小小的房子以山崖的绝壁为墙，建在岭道旁边，"眼望神海"的匾额挂在门楣上，门没上锁，进门，屋内塑着几座神像，屋角有一两尺见方的小石池，一线细细的泉水从小石池上方的石壁上流出，泉水清冽甘甜，屋内柱子上挂有数个舀水用的竹筒，避免了路人口渴之时见水无法喝到的痛苦。

随着岭道的上升，路边不时传来阵阵的野葱香味，让人陶醉，路边不知名的小草开满了黄色的小花。上到岭顶，竟然是一片平整开阔之地，十余幢民房错落有致建在岭顶，屋后树木葱郁，房前菜花怒放。"人间四月芳菲尽，山寺桃花始盛开"的意境竟然真实地展现在我的面前，让我惊叹不已。好客的老婆婆拉出一张椅子让我坐下，又从屋内捧出一杯香茶让我解渴。我不禁忆起同样身居山中的祖母"来者都是客"的教育来。此种纯朴，只有久居大山的人才有。

在岭顶稍坐片刻之后准备下岭，好客的老婆婆让我灌上茶水再走。我问："你们山上的水从哪里来？"老婆婆说："岭顶有井，四季不绝。"在老婆婆的指点下，果然在一块平地上见到一口井，井水幽蓝深邃，对着井口，深深一吸，一股甘甜沁入心肺。喝掉带去的矿泉水瓶里的最后一滴水，灌上老婆婆凉在茶桶里的茶水，才放心地踏上下山之路。

下山的岭路比上山的岭路要平缓许多，和北面上山的岭路周边的参天古木林立不同，南面岭路旁边都是毛竹。顶着棕黑色笋壳即将成为毛竹的毛笋随处可见，茶叶早就抽出了翠翠的嫩芽，村民用剪子剪着茶叶的嫩芽，收获着希望。时近中午，山脚下几户人家中升起了久违的炊烟，温馨、回味一下填满了我的心间。路边的溪水比北面要大很多，溪沟也要阔很多，民居古朴，菜香四溢，引得肚子也在咕咕作响。下山岭路的平缓，让我忘记了年龄，蹦跳如孩童，让我很快就到了岭脚。

陶宴岭古道，本是已被人遗忘了的历史和记忆，近年来，随着复古风的流行，这千年古道才又进入众人的视线。"山不在高，有仙则名"，陶宴岭古道没有像其他一些供人游玩的山一样，"有山必有庙"，但它以古朴、典雅、纯洁唤醒了历史，唤醒了记忆。

踏访陶宴岭古道，踏访的不仅仅是一道风景，一段历史，而是一种精神，一个传统、一份记忆。

追逐湘湖

湘湖，和西湖一样，属泻湖。

同属泻湖，两者的内涵却完全不同。西湖，被文人追逐；湘湖，被历史追逐。

一

第一次听到湘湖，是在杭城求学之时。当初宿舍有七位同学，其中三位是萧山的。湘湖，对他们而言，就像家门口的小池塘、菜园子一样的熟悉，而对从未出过远门、从未听过湘湖的我来说，无疑是一个极具诱惑的名词。

第二次听到湘湖，是十年前的一次会议。愿意去参加这个会议，全然是为了湘湖，会议地点设在湘湖边上的东方文化园。可惜，会议时间紧凑，行程匆匆，除了对会议场地旁边的东方文化园走马观花游览一通外，依然与湘湖擦肩而过。

第三次听到湘湖，是前年同学的一个电话。萧山搞文化产业的志伟同学在湘湖边上设了个工作室，邀请几个绍兴和萧山的同学前去热闹一下。因为湘湖，急匆匆地赶到萧山，和同学汇合后，终于相聚于湘湖边上。湘湖就像遮面美女，只露出小小一角，让我偷窥。

第四次听到湘湖，是前几天县文联的伟鸣老师的一个电话，问周六有时间否，去湘湖走走。因为湘湖，欣然答应。这次，湘湖终于把我拥揽入怀，亲密接触。

二

"水光潋滟晴方好，山色空蒙雨亦奇"，苏轼的一首《饮湖上初晴后雨》，虽然写的是西湖，但当我步入雨后的湘湖，忽然怀疑，东坡写就此诗的时候，是不是也到过湘湖？抑或说专为湘湖而写，而因为某种原因，被依附到了西湖。

仲春季节的湘湖，正是春雨霏霏时节。出行的时候，天上还是雨丝如织，一到湘湖，雨停了，风起了。

"风乍起，吹皱一池春水。"池在湘湖边上，不大，边上有几幢仿古建筑，是几家单位的办公地。池边有石雕，栩栩如生的十二生肖，就着略显寒意的春风，静静地趴在池边，仿佛在等待池中的春讯。

湘湖被山环绕，山水一色。湖边有好多的旧时民居，现在都被整修一新，成了陈列馆和纪念馆。进入馆区，无须付钱，还有专门的工作人员给予讲解。游走湘湖，免费成了亮点。

行舟湖上，满目黛绿，山是绿的，水是绿的，所有的一切都是绿的。绿得沁肺，绿得醉人。湖中有桥，连接湖中长堤。湖心有岛，专供游乐。湖面有鸟，时而掠过水面，带皱一片绿水，湖水微漾，成就无数个疾飞的黑点。白鹭，灰鹭，停在岸边树上，梳理羽毛，悠然自得。几只野鸭，冒充鸳鸯，游弋远处，带来相机的一片咔嚓声。

三

绍兴有鉴湖，湖上有跨湖桥。

当初从新闻媒体上看到"跨湖桥"遗址，以为此跨湖桥就是鉴湖上，马臻墓旁的跨湖桥。直到后来才搞清楚，这跨湖桥，是湘湖的跨湖桥，两者同名，相距百里，相隔千年。

湘湖，从一成型，就成了开垦、开发的乐土。数万亩的湖面，慢慢被围垦成了一块一块的土地。水面越来越小，土地越来越多。由此而成的砖瓦业，慢慢成了气候。众多砖窑，烧出了无数砖瓦，建起了万千高楼。

土越挖越多，沉积湖底的秘密渐渐被发现。"萧山八千年"的独木舟，就在跨湖桥边上被发现了。

历史就是这样，往往在无意中被发现，无意中被展示，无意中被延续。精巧的独木舟虽然成了残片，但历史赋予的印记，依然厚重，无法破坏。

随着独木舟被发现，好多的陶罐、玉器、骨器、木制工具被发现。看着这些被展示的物件，不得不赞叹先人的智慧和踏实。激进和毛躁无法把文明传承。

无知而无畏，无畏而无谓。如果当初一些人心里只有无谓，那么跨湖桥遗址就从未出现。好在世上无谓之人少了好多，才让历史显现。

跨湖桥文化，成了人类进化繁衍的标志。

四

萧山旧属绍兴，是越地。湘湖和绍兴接壤。湘湖的好多故事，都和绍兴连在一起。

湘湖，成了吴越战争时期的战场。在这个战场上，吴越两国，各有胜败。

越王勾践的卧薪尝胆，也在湘湖有了新的版本。如果怀疑勾践卧薪尝胆在湘湖，那么，越王勾践在湘湖边上的越王山上屯兵五百，或许就是事实。勾践，就是凭着偷偷藏着的五百壮士，才慢慢发展，成就复国伟业。

名人，都是人们关注的。西施也不例外。西施，人们记住她，不是因为她助越复国的功绩，而是她的美貌。当夫差自刎，西施就不知下落。于是，范蠡带着西施泛舟而隐，就和湘湖搭上了边。西施本是湘湖边上女子，也成了故事。

湘湖边上，有好多的人文古迹，如果要走遍、看遍，那是一项工程，浩大的工程。所以，很多时候，看资料，看文字，也能成就踏遍湘湖山水的梦想。

五

引入的钱塘江水，成就了现在的湘湖。以前的砖窑、田地，成了湖底的陈列。

现在，湘湖成了一方水面，一个记忆，一段历史，一片风景。

漓渚散记

离江至兰渚山下，恰好江中有渚（渚者，水中小块绿地），故名"漓渚"。

一

王羲之的天下第一行书《兰亭序》，让兰渚山下的兰亭成了书法圣地，而王羲之时常居住练笔之地漓渚，却默默无闻。如今，漓渚的墨池遗迹残存。

漓渚，无法借王羲之之名，从《兰亭序》上取得优势。

好在还有勾践植兰。勾践种植的兰花，不知是什么品种，更不知道是不是现在百万一苗的"极品"。但既然是皇家种植，兰花品种定然不差。借着勾践"卧薪尝胆"的忍辱负重之精神。兰渚山下，万千花木成就一方经济，很多人凭着那株株花木，一跃巨富。

名人往往都是需要挖掘的，挖掘如果能和历史的考证结合，那无疑是巨大的成功。如果西楚霸王和虞姬泉下有知，他们一定会跳出来，细诉身世。漓渚，也就可以成为一代英豪的纪念之地。

塔石是虞姬的家乡。和塔石相距十余里地的项里，是项羽的家乡。如果这个传说是真实的，那么项羽和虞姬的相遇是存在的。西楚霸王骑马路过塔石被虞姬的谷耙惊了座驾，成就一番姻缘也就顺理成

留下，留不下

章。可惜，遗迹无存，所有的一切，只能口口相传，而无法确证。

王羲之、勾践、项羽、虞姬和漓渚的关系如果遭人怀疑的话，那么清代的姚启圣和漓渚的结合，那是言之凿凿。在二十世纪那个特殊的年代，姚启圣的衣冠冢被毁，墓中物品被盗，千真万确。

二

一直以为鉴湖源头在湖塘，所以，当步入漓渚的六峰村，站在那刻有"徐家"的大石头前，看着脚下宽不足三米的一沟被称作是鉴湖的源头的溪水时，心里顿时生疑。但事实毕竟是事实。这潺潺水流，就是鉴湖的源头。支撑绍兴酒文化的源头，在这里。

当下有人戏言，如果也能在这个溪沟边上，竖上一块巨石，上书"鉴湖第一源"，那么，这清净优美的六峰村，必将成为当今文人墨客的追逐之地。

或许村人知道鉴湖源头和村镇文化结合的重要，一路上去，溪中不见垃圾，干净的道路，边上错落有致、各种风格的农村别墅，整修一新的灰墙青瓦，间杂廉政格言，活脱脱一幅自然天成的中国水墨画。

好客的主人，见人进门，不问来由，热情让座，转身就泡上一杯明前新茶。这就是山里人的淳朴和好客。这样的待客之道足以让生活在城市之中的人，蒙面遮羞。

宁可食无肉，不可居无竹。这样的情景，也只有在漓渚能够看到。北欧风格的别墅前面，是一大块竹园。长成数米高的毛笋，已经给竹园增加了新的生命和生机。

错落有致的别墅、院落，全按主人的喜好建设，好在这里文化底蕴深厚，庭院的设计，全然没有暴发户的心态。

三

春风吹过，一股若有若无的清香，顷刻间把人包围。一簇生长在石墙上的细叶狼萁，让人不得不感叹生命的顽强和生活的俏丽。

有故事、没记载的漓渚，决定不走传说的人文之路，而是依托山村，剑走偏锋，走一条"美丽乡村"之路。美丽乡村，既是一个活动，更是一次行动。

要把"美丽"乡村建设起来，"花乡"的品牌创建时候的留存，成了主要。

漫山遍野的花木果树，不用刻意种植，就是一片风景。房前屋后，满眼皆绿，也是天成。有了基础，只要合理地统筹和规划，就能让理想成为现实。

村中，常见的水泥路面被乌黑的柏油路面替代。黑黝黝的路面，比苍白的水泥路更显洁净。当然，环境和人的素质是相匹配的，否则也就没有洁净如洗的村路。

漓渚，花木是支柱，房前屋后，四季花香，漫山遍野的花木，让村民想不富都难。外行看热闹，内行看门道。小小的一盆兰花，百万元的标价，足以吓退许多盲从的爱兰者。小小一个庭院，放置的兰花价值千万，让人咂舌。

四

漓渚，是山区。其实，当时间向前翻转千年，这里却是交通要地，陆路、水道的中转枢纽。当年，勾践用轻舟载着复国之梦，给吴国夫差送上美女西施，就是在漓渚这块土地上。当诸暨人士出入绍兴，不经漓渚，那就只能笨牛行路，多走很多冤枉路。

世事轮回，沧海桑田，昔日的水道，现在成了陆路。昔日的大小埠头，现在只能从旧时典籍中找到影子，用大步、小步来记录曾经的过去。

　　九块大石板建成的九板桥，只成了一个地名，这九块桥板，早已不见踪影。春秋时期贵族的墓葬区，在南宋期间被延续，挺尸山上埋葬了许多皇宫贵族。现在，墓冢全无，空留一纸记忆。曾经的墓葬，也成就了一批盗墓之人，文物，就从他们手上出土。

纤山秀水南北湖

南北湖在海盐。

对南北湖的了解，曾经是一个空白。

等入住南北湖边上的酒店，站在房间的窗口，放眼湖中长堤，岸边翠柳青松，才恍然大悟，自己已经置身南北湖畔。

南北湖是海盐的一个主要景区，进得南北湖的区域，就有一个门岗。游人进入景区需要买上一张门票。当然，居住在里面的人肯定不需要门票了，要不然，让那些只靠着山上的橘子、竹子生活的居民怎么生活？

南北湖的晚上很安静，走出酒店，满眼黑漆漆的，除了昏暗的路灯，没有一般风景区所有的炫目景观灯光。静静的湖边，除了偶尔驶过的汽车、摩托车的轰鸣，听不到预想中夜鸟的飞翔声和偶尔的鸟鸣，是鸟儿睡觉了，还是根本就没有鸟儿在这湖边栖息？

深秋的夜风，已经有些刺骨，穿着短袖，无法再多待一会儿。晚上，枕着电视机的声音和臆想中的鸟鸣、湖浪拍岸、风过树梢的声音入睡，直到被一阵忽远忽近的鸡啼唤醒。

听到鸡啼，让我产生了一种错觉，是不是把鸟鸣听成了鸡啼，等打开窗户，窗外的鸡啼声和着清新冰冷的晨风，扑头盖脸的打来，我才清醒，这不是梦境。

清晨的南北湖湖面，灰蒙蒙的，天也是灰灰的，没有想象中山区早晨天空的湛蓝。湖水浑浑的，离岸不远的水中，漾几块小小的青红，这是还没有被采摘的菱角枝叶。远处的山、房屋、树木，还有那青黄的芦苇荡，倒映在湖水中，形成了一幅完全对称的水墨画。垂钓的老人，静静地坐在岸边，钓竿那头的浮子，也静静地竖立着，生根了一般。

慢慢地，慢慢地，太阳从山的那头升了起来，掠过屋顶，穿过树梢，在湖水上洒了一层漾动的金色。

南北湖的景区很大，要深入景区，必须得换乘景区的交通车。景区交通车驾驶员的车技似乎特高，我的心一直跟着隆隆作响的马达声悬在半空，直到车子停下，下了车，心才慢慢回到了原处。

鹰窠顶，山不高，怪石嶙峋，海拔不到二百米，却是南北湖景区的一个重要景点，据说也是候鸟南飞的栖息地和旧时农民的捕鸟地。但最出名的，还是农历十月初一在顶上能看到日月同升的奇景，可惜，随着山上的树木繁盛，这日月同升的奇景被遮挡，好在远处还有一地可以观看，所以鹰窠顶上空留两个亭子，也是一个风景，一个记忆。

有山必有寺，这似乎成了当前风景名胜地的必然，所以，下得鹰窠顶，云岫庵就成了必游之地。进得云岫庵的大门，墙上就是几块佛教知识的普及宣传板，这很新颖，走过不少地方，似乎没有看到过这样的知识普及。按照朋友曾经的教授，进门礼佛，想着走走看看，云岫庵的住持已经在客房招呼了。住持很年轻，据说是南京大学的研究生。宽厚的笑容，热情的招呼，随口而来的网络语言，加上她娴熟的茶道，让人深深感觉出家人的仁厚、博学。

白云阁已经是取代鹰窠顶观看日月同升奇景的最佳观景点了，但一跨入大门，一把大大的装饰茶壶，已经说明白云阁的用途，那就是品茗聊天的休闲之地。白云阁不高，三层，上得二层，走出围廊，就能看得南北湖的全景。据说，如果天气晴朗，还能跳过远处的滩涂，遥望到杭州湾，山、海、湖，一览无遗。

白云阁前的停车场上，有不少摊点，卖的都是当地的山货，有麦冬、灵芝、兰花、橘子。橘子是南北湖周边的主产，也很便宜，十块钱能买三小篮，篮子虽小得迷你，但篮中的橘子酸酸甜甜的，既解渴，又让人回味无穷。

一个不大不小的湖，因为中间一条长堤，分成了两半，也就成了南北湖。因为湖被山包围，所以，湖光山色成了风景。好山，好水，增加了海盐的文化气息，状元的诞生，让孔圣人和四个弟子得以落户山顶，接受膜拜。

如果说隔堤而望的杭州湾是宽阔的，那么南北湖就是纤瘦的。如果南北湖以外的山峦是雄壮的，那么围湖而立的山峦就是秀气了，所以，我不愿意用当地挑选出来的词语来称呼南北湖和湖周边的山，而只想用"纤纤"和"秀秀"四字，来表述我心中的南北湖，以及湖边的那些山峦。

留下，留不下

记忆中似乎没有到过神仙居，可是，等走进神仙居的大门，看着嶙峋山石，青葱树木，仿佛很是熟悉。

想了很久，想到头痛，才终于记起，神仙居，到过，游过。

十二年前的事，似乎不应该遗忘的经历，怎么就遗忘了呢？这让人很是痛苦。可是，转而一想，其实也不用痛苦，生活就是如此，人生就是如此，记住该记住的，忘记该忘记的，或许神仙居就是我经历中应该忘记的。

神仙居景色依旧，改变的只是我的容颜和思维。

那山，那水，那石头，只要在景区里面，无一不是风景。怪石嶙峋，需要用想象力去体会。平凡无奇的石头，经过想象的加工，可以幻化为将军，为马，为笔，为美人。就是从崖顶坠落的溪水，也可以幻化成万千风景。

总之，风景需要体会，需要想象，想象一出，越看越像，越像越看，环环相扣，缺一不可。

当走进皤滩古镇，满目文化，让我忽然明白，想象，只能用于自然景观，如果用到文化浓厚的人文景观上，那无异于对牛弹琴，自不量力。

龙形的街巷，卵石铺筑的道路，究其历史，上可追溯到盛唐，下续至明清，极盛于南宋。这里的一砖一瓦，一枝一叶，无处不沁在文化当中，单就南宋年间那二百余名进士，足以让人瞠目。

明清时期的青楼，被完整保留着。走进青楼，耳边似乎传来老鸨的招呼，女子的讨好，大茶壶的呼喊，也似乎听到了呢喃之中的无助和无奈。岁月就这样流逝，历史就这样记录，一个时期的产品，一个时期的拥有，就这样无奈、无助地留存了下来，成了一些影视剧的场景。

留给影视剧的不仅仅是青楼，还有那赌坊，放在台子上的红绿筹码，置在盘子中的骰子，让人耳朵里想不响起那吆五喝六的赌博声都难。

看多了历史，看多了过去，连街头巷尾摆放着的那红红的柿子、晶亮的板栗、毛茸茸的芋芳，都让人不忍多摸，似乎摸是亵玩。

想想也是，这样一条古街，长不过四里，却将民宅、祠堂、学堂、青楼、赌坊等等都汇到了一起，这不能不说是一个默契。

生活本来就是五花八门，所以，合在一起，就是默契，就是真实，就是实实在在。

长城，一直以为只有防御匈奴的北方才有，等走到临海，看到那古城墙，才知道，其实，长城只是一个城墙的表现，南方和北方表现方式的不同，只在于长短和保护范围的不同而已。

临海的古长城，其实就是旧时台州府的城墙，只是因为保护得好，才得以成为保护点，才得以成为景点，才让后人明白了那时候的生活、经历、历史。

戚继光打倭寇时候缴获的大炮，一门一门地安放在城墙顶上，他发明的集瞭望和藏兵于一体的空心敌台，一个一个地站在高高的山肩上，人往上一站，果然能看到城墙内外数千米外的一切。

元末明初的方国珍在城墙旁边找了块地，建了天台，期望祭天而成大业，可惜，未成大业，空留下那洁白石砌的天台。

虽知一篇讨武檄文，让骆宾王流芳百世，但却不知骆宾王和临海的关系，直到在古长城对面的东湖里，看到了"骆临海祠"，看了里面的介绍，才知道这初唐时期的名人，竟然和临海有着不解之缘。

生命短暂，很多东西，没有可能留下，但如果能有留下的，那必定是精华，只是自己认为是精华的，时间不一定会认定是精华，所以，历史五千年，能留给后人的，只是极少。我虽然想留下，但我也明白，肯定留不下，而且是绝对留不下。

姑苏行

两国之间的一场战争，演绎了一段传奇，成就了一代霸主。从此，《吴越春秋》既成了书名，又成了记录历史的代名词。

两千五百年后的一个秋天，我踏上了当年吴国的土地，不为追寻历史，只为探究历史以外的故事。

一

车从绍兴出发，不到三个小时，就到了苏州。好快，好近。前人需要几十天、几个月才能做到的事，现在只是一眨眼的事情。故事，只是历史中的一个线头，很小，但不能缺少。

此行与旅游无关，与风景无干。所以，一到苏州，进入的不是积淀着厚厚历史的苏州古城，听到的也不是姑苏城外寒山寺的钟声。

现代的脚步，暂时领先了历史的脚步，虽然若干年后，我们今天的脚步也会成为历史。

因为科技，因为发展，苏州成立了工业园区。因为历史，苏州工业园区没有建在老城区，而是在城外开辟了一块新的天地，然后，这块新天地把很多的高科技产业囊括了进去。

或许，开辟之时，决策者曾经被质疑，也或许曾经有过自问，但事实证明，这个决策是何等的正确。

保护历史和发展历史、延续历史，没必要建立在拆旧树新上，留旧创新更有价值和风范。

苏州国科数据中心有一幢球形建筑，正是这个建筑，突出了收纳在里面的产业与其他产业或者企业的不同。膨大的服务器、数据库，保证了多少 IT 企业的核心。严格的安保，让所有的秘密，成为真正的秘密。

介绍数据中心的材料，全部在一张小小的卡片上面。这张名片样的卡片，一个小小的动作，就能翻转成一个有着 2G 容量的 U 盘，这样的创意，或许只有聪明的吴人才有。

一直以为动漫很简单，不就是把一张画一张画叠加起来，然后加上速度吗？但是，当走进工业园区动漫游戏公共技术服务平台，才明白，动漫，不是拉洋片，也不是驴皮影，而是实实在在的高科技。

曾经，机声隆隆，烟囱林立，成为工业发达的标志。当经济和环境成负方向发展的时候，人们开始反思，开始重视。

二

环境，比经济更重要。

于是，无烟产业，或者说无烟企业成了香馍馍，每个地方都劈出一块地来，把这些对环境影响不大的企业引进来。

昆山，姑苏城外的一个县级市。阳澄湖的名气比昆山响。四处横行的大闸蟹，掩盖了昆山的高科技产业和产品。

传统的，也是最好的。大闸蟹的美味，延续几千年，始终被人津津乐道。只是不知道现在昆山依赖发展的产业，是否也会像阳澄湖里的大闸蟹一样，延续千年，被人牢记。

昆山，和苏州一样，也有高新技术开发区。听着名称，似乎区别不大，但从入驻的产业和企业中可以看出两者的区别。尽管都是高科技，但因为入驻的企业不同，所以产业不同，产品不同。

昆山高新区和苏州一样，有着自己独有的产业结构。光伏产业、模具产业、电子显示屏等使得昆山高新区没有和周边城市一样，出现重复的产业。独特的产业结构，成就了独立的新兴产业和支柱性基础环境。

<h1 style="text-align:center">三</h1>

"江南福地，常来常熟。"

八个字，勾起了心中的期盼之情。

常熟之行，缘由于此。

可惜，到了常熟之后，才知道，无法看到常熟的芦苇荡、沙家浜，因为这次出行的任务是看企业，而不是看风景。

好的企业，远胜过差的风景。

进了常熟经济技术开发区，心中蓦然升起这样的想法。

"猎豹""路虎"的整车基地，让人觉得拥有好车、豪车不再是梦想。

特殊的玻璃投影，将光打在玻璃中间，使得一块小小的玻璃，成为神话般的科幻世界，这不是想象，而是实实在在的存在。假如把商铺的挡墙用玻璃挡上，放上一台投影机，播着产品广告，无论内外，都可以看到，那是何等的招摇。

3D 打印，在报纸上看过，在网络上查过，但没有实实在在地见过。当一台简简单单的打印机上面的打印喷头不断运行，一只和画面上一模一样的花瓶实实在在呈现在面前的时候，忽然有种后怕，如果这打印机突然打出一个"我"来，该怎么办？是不是需要用孙悟空的火眼金睛才能辨认。

假如连"火眼金睛"都辨认不了，那该怎么办？

当然，这是杞人忧天。3D 打印毕竟不是"克隆"，一时和"伦理"还无法挂钩。

在常熟经济技术开发区的规划图上出现了好多园区，好多大学都入驻其中，设有研发基地，其中也有我的母校。亲切感，从母校开

留下，留不下

始，连带着喜欢上了所有规划。

陈列室、展览室内企业带头人的介绍，让人振奋不已，有羡慕，有期待，有渴望，有攀比。

"在这里，看见未来。"这是一家公司的广告，也是常熟经济技术开发区的写真。

四

到了姑苏，不接触文化，那是不可能的。

文化，如同春天的雨丝，无影无形，在不知不觉间沁入，致使衣衫尽湿却毫无感觉。

我在二十年前到过苏州。当时成行的冲动，是小学时期的一篇课文《苏州园林》，因为一篇课文，让心魂牵。去年也到过，是因为参加"姑苏警苑"的笔友会。

两次成行，两次不同的收获。

这次出行，以为不会再和苏州深深相拥，可依然如愿再次拥入怀中。

七里山塘，若不是出租车司机的介绍，还真的不知道有这样的地方。

这个和绍兴仓桥直街类似的古街道，却比仓桥直街更加地丰满，更加地妖娆。或许和地理有关，或许和历史有关，但我更相信和人的思维有关。

改造、创造的结果有两个，一个是发展繁荣，一个是落寞消亡。七里山塘，走的是发展繁荣之路。

始终让人想不明白，一个本来存在的古镇，因为围了一道围墙，就成了收费参观的理由。

走进昆山的千灯，不由自主想起绍兴的安昌。

一样的古镇，一样的河道，一样的沿河建筑，因为保护与开发，因为发展与发现，因为生存与发展，都成了景观。

安昌的腊肠、扯白糖，让人想到了过年。千灯古戏台上演绎的评弹和昆剧，让人感受吴语呢喃。

原本让人生活生存的地方，成了景观，成了摇钱树，成了保护费用的支柱，这是幸或不幸？

沉钧和谢访，都是论坛上的知交，也曾见过两次。好在这次行动宽松，得以在阳澄湖边一聚。可惜，沉钧、谢访一人开一辆车，让杯酒言欢成了臆想。好在以茶代酒，亦是厚礼。

五

吴越春秋，历史依旧记录。

用了三天时间，行走了苏州、昆山、常熟三地，看了现在的发展，回味了故去的历史。

吴越相连，相似和相近的很多，又各有千秋。

回程的车上，忽然想起最近网络上流行的一句话，"一直被模仿，从未被超越"。

这或许就是这次行走三地最大的感受。

北上，北上

写文章的人都很在乎题目，题目是点睛之作。我也同样，傻乎乎地坐在电脑前半天，竟然想不出一个合适的题目来表达我的真实心境。

一

时常和渔夫大哥在网上说要去秦皇岛，当然，很多时候我也只是说说而已，要是真的去，还真的不知在何年何月。

前几天，渔夫大哥突然说，蝶衣赴京要来秦皇岛，你和蝶衣联系一下，赶紧过来。我一听，这可真是一个千载难逢的好机会，于是就赶紧和蝶衣联系，当然，蝶衣没有明确告诉我赴秦时间，只说等定下来了给我短信。

自此，度日如年，望穿秋水。

蝶衣在网上说定下了赴秦时间，我也赶紧按照蝶衣说的时间买好车票。

出发那天，绍兴大雨，但再大的雨也挡不住我北上的脚步。

火车站里有好多和我一样心中有目的、有希望的，把小小的车站挤得满满当当。时常听人说，火车特别是长途的火车，是艳遇可能最大的地方，当我怀着期待、忐忑的心情走进车厢，三个腰粗膀大的男人已经等着了，只把我唬得一愣一愣的。这还不算，要不是窗户被锁住，我一定被这三个大男人满嘴的大蒜味熏得跳窗。

有这三个大男人，我如何敢胡思乱想，只得乖乖睡觉。

人在极大的外界压力下，平时无法表现出来的潜能会被激发，此刻的我睡觉的潜能被激发，下午四点半上的火车，五点钟已经在梦里见美女。等我一觉醒来，已是凌晨，摸出手机，短信、未接电话提示已经占据话机的整个屏幕。

进了北京火车站第一候车室，蝶衣果然急乎乎赶来和我会合，这总算圆了我坐火车赴秦的梦，所以，很多时候机会不是没有，而是能不能及时迅速地把握。

<h1 style="text-align:center">二</h1>

渔夫大哥来短信说在开会，让清风在山海关接站，并附上了清风的照片。

下了动车，我远远看到出口处的一个戴着帽子的帅哥在东张西望，赶紧掏出手机看照片，一看，就是清风。此时的蝶衣估计看到帅哥有点晕了，清风伸出手足足有一分钟，她都没回过神来。

清风带着我们到了海边，让我们边看大海，边等渔夫大哥、锦衣和木兰。

说实话，没到秦皇岛之前，我连秦皇岛在哪里都不知道，秦皇岛的地理知识还是前天晚上恶补的。

渔夫大哥在锦衣、木兰的陪同下，"威严"地出现在我的面前。我认真地从近视镜片后面细细打量，还真的本色，和网上发的照片里的形象丝毫不差。

为了接待我和蝶衣，渔夫大哥专门买了两箱白酒、一大坛黄酒，但大哥的这个待客"伎俩"如何能瞒过，况且我时常狂吼"喝酒，我是属于你们趴下我站着"，于是，我就偷偷想着中午把渔夫大哥、清风、锦衣、木兰喝趴下的办法。

渔夫大哥坐下后，问喝什么酒？我说，"你们喝黄酒，我喝白酒。"我边说边拿出早就准备好的一坛女儿红。结果，清风说为陪我这个弟弟，陪着喝白酒。木兰也是，不肯喝女儿红，不管我如何巧舌如簧，木兰就是不上当。锦衣要开车，理所当然喝饮料。此时，让我意想不到的事发生了，蝶衣竟然奋不顾身跳了出来，要陪渔夫大哥喝黄酒。蝶衣的酒量我已经领教过，黄酒对她而言，一瓶无味，两瓶起步，三瓶正好。这样的酒量，我估计对付渔夫大哥，那是绰绰有余。这让我窃喜不止，到后来，肯定是我和锦衣站着，其他统统地趴下。

往往结果和期望有极大的距离，喝到最后，一坛女儿红渔夫大哥和蝶衣对分了，渔夫大哥谈笑依然，蝶衣竟然走路摇晃，还露出自己的脚丫数起了脚趾。一瓶 52 度的白酒正好三杯，我和清风、木兰一人一杯，想赖皮都不行。一人一杯白酒下肚，清风和木兰当然无事，原以为会及时倒下的我，竟然没倒。这让我惊诧不已，拿过酒瓶使劲看，52 度，写得清清爽爽、明明白白。天，难道见了渔夫大哥、清风哥哥和两位美女妹妹，我的酒量直线上升了？

三

山海关就在火车站对面。

二〇〇三年的时候，我到甘肃见过嘉峪关。两者相比，嘉峪关苍凉悲壮，山海关柔弱娇媚。同样，修旧如旧的山海关做作的痕迹太重，商业的气息盖过了历史的气息，让历史成了景点，不知是对是错。

书上经常说，万里长城东起山海关，西至嘉峪关。但看了老龙头，我倒觉得万里长城的起点应该是渤海湾边的老龙头，不知是我的错还是写书的错。

进了景区，木兰突然说，这写"天下第一关"牌匾的是她的先人，让我肃然起敬。

因为还不到旅游旺季，游山海关的人不是很多，稍微等等，就能拍到一张没有一个多余的人的照片。

老龙头也有很多后来修建的景点，景点虽然多了，但往往失去了历史的真实。整个老龙头，除了那口能烧数百人米饭的大铁锅和老龙头上四块建筑城墙留下来的巨石外，真的很难看到过去的印记和历史的痕迹。

四

晚餐时我以为渔夫大哥还会让我和蝶衣喝酒，但等了半天，都没见大哥劝酒。

大哥就是大哥，他知道蝶衣和我肯定喝不下了，也就没有劝酒，反而专门为我和蝶衣上了小米粥，说小米粥能解酒。大哥真好！

一直以为黄酒酒劲长、白酒酒劲短，以为过了一个下午酒劲早过的我才知道错了，边喝小米粥人边迷糊，等回到房间，人早就迷迷糊糊。拼命喝水，但依然无用。

一夜折腾，人变得有些神经分分的了，梦也变得奇幻无比，等梦醒来，后悔不该这么早醒来，闭上眼想继续，可是做梦又不是做人，刚才断了现在还能接上。

五

我早就知道北戴河，只是不知道北戴河就在秦皇岛。想在"北戴河"刻石下留下到此一游的印记，可是等了半天都轮不到，不留也罢。

南戴河开发成了娱乐区，滑沙、滑草、索道，人人趋之若鹜，排队半天都轮不到，还是坐那不知发明于何年的小火车，倒也体验一下小环境内的享受。咸亨酒馆、拱形石桥、白墙黑瓦，虽说是江南风景，但哪有半丝江南的味道。

渤海上的游船很大，但最大的船也斗不过风浪，坐在船上，巨大的游轮被风浪抛起又扔下，人类在这大海面前，渺小得不如一只飞虫。

六

刚走近渔夫大哥的办公室，一股墨香已扑鼻而来，沙发上晾着渔夫大哥特意为我和蝶衣以及小儒写的书法作品。

只在网上见过渔夫大哥写的书法作品，只感觉笔法飘逸，造诣极高，到了现场，更是感觉渔夫大哥的字有极大的张力和气势。

一大叠已经写好的书法作品放在书桌上，旁边是几颗正章和闲章。随便拿一幅字，敲上印章，就是收藏之珍品。

渔夫大哥很是谦和，拿着笔，让我们说写什么，他就写什么。大大的"醉虾"两字，让远在成都的紫馨给要去了，不过也好，不在我的眼前，我就忘记了昨日的酒醉。

七

有聚必有散。

尽管拖着买了比蝶衣迟一天的车票，可是依然得回家。

渔夫大哥、嫂子、清风专门送我到山海关，陪我在山海关老城走了一圈后，又设宴为我饯行。

酒，没有再喝白酒，因为被贪心的我打进了背包。啤酒，成了大哥、嫂子和清风兄为我饯行的主力。

四瓶啤酒上来，一人一瓶很快完成。

再上三瓶，又被喝个一干二净。

继续上，三瓶。我和清风对半瓜分。

又来二瓶。渔夫大哥陪着我喝。

此时的我已经是醉了，喝啤酒从不超过两瓶的我，现在的量已经大大超过。

　　我还是要喝，我怕别离，我要用酒麻痹那不愿意离开的心，要用酒来咽下分手时刻的伤悲。

　　我其实很感性，很容易激动，也很容易流泪，我最怕的是离别，所以，很多时候送友人我都送到车站门口转身就走，因为害怕不舍的泪水会流在友人的眼里。

　　大哥、嫂子、清风兄弟一定要把我送进车站，看着我找到候车的座位才肯走。其实我已经无法控制眼里的泪水，我只能用含着泪水的笑和大哥、嫂子、清风作别。

　　不用多长时间，动车带着我的不舍，带着渔夫大哥、嫂子、清风兄弟、锦衣、木兰的盛情离开山海关，离开秦皇岛。

八

　　火车一路飞驰。

　　北京下起了大雨，仿佛知道我的不舍。

用笔触摸世界

我很崇拜作家，也曾期盼自己能成为作家，尽管知道自己或许始终实现不了这个梦想，可是我依然实实在在地在努力。曾经有一段时间常写新闻稿子，就以为自己写的文章和文学距离不远了，至少已经很接近了，可是当我真正接触文学的时候，才发觉自己所谓的"文学"思想和真正的"文学"相差十万八千里，我笔下的文字，完全没有触摸到文学殿堂的砖瓦。作为一名文学爱好者，我很想用笔来触摸世界，把生活中的一切用文字表述出来，让写作成为一种快乐，尽管这个过程很艰难，但是我在努力。

生活的经历，随便一扯，都能扯出复杂的情感，这情感无法用语言来描述，只有用文字来描述，才能品尝出其中的酸甜苦辣来，所以，文字成了体现语言的最好方式。

文学作品源自生活，只要用心留意看看，生活中，爱无处不在。对坚守爱的人来说，任何的冷漠、绝情、陌生都是暂时的，问题的关键在于信念，心中有爱处处爱。成功的写作一定是灵感与知识的结合，没有知识的积淀，就没有灵感的触动，没有灵感的触动，就没有文字的表达，一切都是相辅相成的。

人生有追求才不显得落寞，生活有目标才有色彩，我将继续用笔追求文字的组合，描述生活的色彩，展示警察的风采，并继续不断努力。